LAURE ARBOGAST

NOVEMBER love

3 - âmes sœurs

Playlist

- *The Anthem,* Good Charlotte
- *Makes No Difference,* Sum 41
- *The Mixed Tape*, Jack's Mannequin
- *Dear Father,* Sum 41
- *I'd Do Anything,* Simple Plan
- *Pathetic,* Blink-182
- *Here I Am Alive,* Yellowcard
- *Tragedy + Time,* Rise Against
- *Come Back Home,* We Are The In Crowd
- *The Best of Me,* The Starting Line
- *Cheap Shots & Setbacks,* As It Is
- *Holiday From Real*, Jack's Mannequin

Écoute l'intégralité de la playlist *Best Of* de Matt sur YouTube Music à l'adresse suivante :

https://bit.ly/playlistnovemberlove

ou en flashant directement ce QR code :

La famille de Matt

Les amis de Matt

Denis Eychenne — 40 ans

Jay (Julien) Chaix — 24 ans

La famille de Victoria

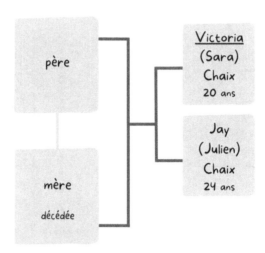

Les amis de Victoria

Lexie (Alexandra) Leblanc
21 ans

Marine Delonge
22 ans

Prologue
VICTORIA

Trois ans plus tôt…

Je vais tomber ! pensé-je en fixant avec horreur mon portable qui s'est disloqué sur le bitume, quelques mètres plus bas.

Assise sur l'étroite corniche, les pieds dans le vide, le dos plaqué contre la façade, je sens mon corps s'engourdir peu à peu. Je tremble de froid, de peur et de fatigue. Mes cuisses sont de plus en plus douloureuses, comme si des couteaux les transperçaient.

Je n'ai jamais été aussi seule. Les larmes me brouillent la vue. Le vertige me prend chaque fois que je regarde en bas. Si je pouvais arriver jusqu'au balcon, je serais sauvée… Il ne me reste plus qu'un mètre à parcourir pour atteindre la rambarde métallique. *Tu y es presque, Victoria Charlie Sara*, me dit ma voix intérieure. *Allez, tiens bon ! Ce cauchemar sera bientôt terminé !*

Depuis que Teo m'a quittée il y a deux mois, je ne vis que pour ma passion, le tennis. Je n'ai jamais mis les pieds au lycée de Cayenne et j'ai abandonné les cours par correspondance. « Je n'ai pas besoin de plan B. Je vais m'en tenir à mon plan A », ai-je dit à Lexie dans l'un des rares SMS que nous avons échangés ces derniers temps.

Gagner est la seule chose qui m'importe. Mon frère a dit un jour lors d'une conférence de presse : « Je joue chaque rencontre comme si c'était le match de ma carrière. » C'est cet état d'esprit qui a permis à Julien de se faire une place en un temps record parmi les grands. C'était aussi le mien…

Jusqu'à ce que je sorte par cette fenêtre pour échapper à mon poursuivant.

Cet après-midi, j'ai remporté haut la main la finale d'un tournoi junior contre une adversaire beaucoup mieux classée que moi. Je n'ai jamais si bien joué. Le contraste entre ma détresse présente et mon euphorie d'il y a quelques heures est saisissant. Quand le soleil se lèvera, serai-je encore de ce monde ?

Depuis mon départ pour la Guyane en décembre, c'est la première fois que je reviens en métropole. La compétition se déroule à Paris, pourtant, j'ai l'impression de voir Teo partout.

Quand je croise Killian juste après ma victoire, je me crois victime d'une hallucination. Hélas, il est bien réel.

— Alors, la Reine des Glaces, tu ne réponds même plus quand on te salue ? me lance-t-il avec mépris.

— Ne m'appelle pas comme ça ! protesté-je. Je ne t'ai pas reconnu, c'est tout.

— Nous aurais-tu déjà oubliés, nous autres petits provinciaux sans intérêt ? Tu sais, nous aussi, on t'a déjà oubliée. Teo n'a pas attendu la fin de l'année pour te remplacer.

Quoi ? Frappée de plein fouet par cette révélation, je reste muette. Killian brandit son téléphone sous mon nez. Sur l'écran s'affiche une photo de Teo et d'une fille blonde qui s'embrassent à pleine bouche sur un canapé. J'ai envie de vomir…

— C'était pendant le réveillon chez Florian. Depuis, ton Teo a changé plusieurs fois de copine.

Devant ma moue dubitative, il me montre la preuve de ce qu'il avance. Autre fête, autre fille, même Teo, qui a enlevé ses lunettes et enduit ses cheveux de gel. Sur l'une des photos, prise au lycée, il enlace une fille. Il a perdu du poids. Son sourire est faux, j'en suis sûre... Ou pas. La vérité, c'est que je ne sais plus. Je croyais connaître ce garçon, mais je me suis trompée.

— Je n'en ai rien à faire, dis-je d'une voix étranglée. Ni lui ni moi ne voulions d'une relation à distance vouée à l'échec.

Menteuse.

— C'est lui qui n'en voulait pas, non ? Toi, tu étais amoureuse de lui. Enfin, c'est ce qu'il raconte...

— Lui aussi, il m'aimait, mais c'était trop compliqué, répliqué-je en retenant mes larmes.

— Si tu le dis... répond Killian avec un sourire condescendant. Au fait, un des gars organise une fête ce soir. Ses parents ne sont pas là et il y aura de l'alcool. Ça te tente ?

— Très peu pour moi.

— J'avais oublié que la Reine des Glaces ne se mêlait pas au commun des mortels...

Je pense à Teo et à toutes ces filles avec lesquelles il s'affiche. Je m'imagine seule dans ma chambre d'hôtel à me demander ce que j'aurais pu faire pour qu'il ne me jette pas comme une vieille chaussette. Je m'imagine seule au club de tennis à faire du mur. Aucune de ces deux perspectives ne me réjouit.

— À la réflexion, pourquoi pas ? Tu m'envoies l'adresse ?

Deux heures plus tard, je sors de la douche. Je passe la minijupe noire et le top rouge décolleté que je viens d'acheter pour l'occasion. Puis j'applique sur mon visage une épaisse couche de fond de teint pour cacher mes cernes. Je ne lésine ni sur le mascara, ni sur le fard à paupières, ni sur l'eye-liner, le blush ou le rouge à lèvres. Ma main tremble un peu : je ne me maquille plus depuis ma déconvenue avec Teo. J'avais oublié à quel point on perdait du temps...

Plutôt satisfaite, je regarde le résultat dans le miroir de la salle de bains. Je recule de quelques pas et grimace. Mes épaules carrées ne sont guère féminines et j'aurais bien besoin de quelques centimètres de plus. Peut-être que si... *Stop, Sara. Ce n'est pas pour ça qu'il t'a quittée.* J'enfile mon manteau et je glisse mon téléphone dans ma poche. J'ai conservé toutes les photos de Teo, dans un dossier intitulé « ne pas ouvrir ».

« Tu es une fille banale, sans talent particulier… » *Stop !*

Quand je pénètre dans l'appartement de X – peu importe son nom –, toute trace de mélancolie a disparu. J'ai la ferme intention de passer une bonne soirée, de m'amuser et d'oublier Teo pendant quelques heures. Ainsi, quand le propriétaire des lieux me complimente sur ma victoire, mon service, mon revers, je baisse ma garde. Il voudrait en savoir plus sur ma façon de m'entraîner. Je le suis sur le canapé. Je lui redemande son nom : il s'appelle Mika. Pour ne pas le vexer, alors que je ne bois jamais, j'accepte le cocktail qu'il me tend et j'en avale une ou deux gorgées – peut-être trois ou quatre.

— Tu es très belle, dit-il soudain en effleurant de ses doigts ma cuisse nue.

— Euh… Je… Merci, mais… commencé-je, prise d'un rire nerveux.

Depuis Teo, aucun garçon ne m'a touchée. Je croise les jambes pour me soustraire à son contact, mais il se penche vers moi et m'embrasse.

— Mika, non… dis-je en reculant hors de portée de ses lèvres.

— Allez, la Reine des Glaces, ne fais pas ta prude… On sait tous les deux que tu en as envie, dit-il en posant la main sur ma taille.

— J'ai dit non ! m'écrié-je en le repoussant.

Il me dévisage comme si je venais de commettre un crime – de lèse-majesté, peut-être :

— Tu plaisantes, j'espère ? lâche-t-il avec dégoût. Tu me chauffes depuis le début de la soirée et maintenant, tu ne veux plus ?

— Mais je n'ai rien fait ! On bavardait, c'est tout ! Quand est-ce que j'ai suggéré que je voulais aller plus loin ?

— Tu penses que j'aurais « bavardé » avec toi pour le plaisir ? ricane-t-il.

— Je l'ai cru, oui.

— Dans ce cas, pourquoi tu es venue chez moi habillée comme ça ?

Il esquisse un geste de la main en me désignant. Mortifiée, je ne réponds pas.

Il y a quelques semaines, j'aurais riposté d'une manière ou d'une autre. Mais après ce qui s'est passé avec Teo, je n'en ai pas le courage. C'est vrai, j'ai fait un effort dans mon apparence ce soir pour me sentir plus jolie. À mes yeux et surtout aux yeux de la société. On demande aux femmes un peu de maquillage mais pas trop, une tenue sexy mais pas trop, une attitude confiante mais pas trop. Problème : qu'est-ce que ça veut dire, « pas trop » ? Si on ose franchir la ligne rouge, on devient une pute. Mais si on s'en écarte, on n'est pas épargnée pour autant car alors, on est accusée de se laisser aller. Dans tous les cas, on n'est pas respectée. C'est usant.

Mes entraînements rigoureux et ma récente remise en question m'ont épuisée. J'ai perdu toute confiance en moi. Je me réfugie dans les toilettes et je branche mes écouteurs. Je n'ai qu'une playlist dans mon téléphone, intitulée *Best Of*, que Teo avait partagée avec moi. Je n'ai pu me résoudre à la supprimer. Écouter les chansons qu'il a choisies m'apaise et me brise un peu plus le cœur. Que fait-il, en ce moment ? Et Julien ? Lui arrive-t-il de penser à moi ? La vérité, c'est que mon frère me manque. Mais il est trop tard pour renouer le contact.

Soudain, on tambourine à la porte :

— C'est pour une urgence ! s'écrie une voix masculine.

À peine suis-je sortie des toilettes qu'un garçon s'y précipite pour vomir l'alcool qu'il vient d'ingurgiter. Je me hâte vers le hall d'entrée en rasant les murs.

— Tu pars déjà ? m'interpelle Killian avec un sourire moqueur.

— Oui, je retourne en Guyane demain matin. Je ne voudrais pas rater le réveil.

— Bon voyage, Sara. Un conseil : fais attention à toi. C'est dangereux, la nuit. Surtout pour les jolies filles.

Je hausse les épaules et tire la porte derrière moi. La musique, le bruit des conversations et des rires s'estompent. Le couloir est sombre, à l'exception du bloc lumineux de l'issue de secours et d'un petit point rouge près de l'escalier. Je plisse les yeux. Je finis par distinguer un homme vêtu d'un *hoodie* noir, la capuche rabattue sur la tête, qui fume une cigarette devant une fenêtre ouverte sur la rue. J'appuie sur l'interrupteur situé à côté de la sonnette. En vain.

— Bonsoir, ma belle, dit l'inconnu d'une voix grave.

Ma belle. Je frissonne. Dommage que ma bombe au poivre soit restée en Guyane… Je pense à l'individu qui m'a poursuivie dans un parc il y a quelques mois. Je me sens d'autant moins à l'aise que je porte des bottines à talons. *Je suis paranoïaque*, me dis-je en passant le plus loin possible du fumeur.

— Eh, tu pourrais me répondre ! dit-il en m'attrapant par la manche.

Je pousse un cri de surprise et tente de me dégager :

— Je ne suis pas votre « belle » et vous n'avez aucun droit de me tutoyer ! dis-je, la gorge serrée.

Il lâche mon manteau :

— Oh, ça va ! On ne peut même plus dire bonjour à une femme, maintenant ?

Sans prendre le temps de répondre, je m'élance dans l'escalier en prenant garde de ne pas rater une marche. Je dévale les deux étages et j'atteins enfin la porte d'entrée, tourne la poignée et… c'est fermé ! Je la secoue de toutes mes forces. Sans résultat

— Alors, on fait moins la maligne ? s'esclaffe l'homme à la cigarette, à quelques mètres derrière moi. Tu vas avoir ce que tu mérites : une bonne punition…

C'est un cauchemar. Je vais me réveiller. Ce n'est pas réel. Tête baissée, les épaules rentrées, je le bouscule sans qu'il réussisse à m'attraper. Je remonte les deux étages le plus vite possible. Les mains moites, je sonne à la porte de Mika, mais le volume sonore de la fête a encore augmenté. Personne ne m'entendra… Des pas se rapprochent. Il me suit !

Paniquée, je jette un coup d'œil par la fenêtre ouverte. À trois mètres sur ma droite se trouve le balcon de Mika. Pour l'atteindre, une corniche tout juste assez large pour s'y asseoir. Les mots de

Killian résonnent à mes oreilles. « C'est dangereux, la nuit. Surtout pour les jolies filles. » Je me vois déjà déposer plainte pour viol dans un commissariat. J'entends déjà les policiers me dire : « Vous étiez habillée comment ? Vous aviez bu ? » ou encore : « Vous aviez quelle attitude ? » – sous-entendu : « Est-ce que par hasard, vous ne l'auriez pas un peu cherché ? »

Je suis seule. Je dois m'en sortir seule. L'adrénaline aidant, j'enjambe le rebord de la fenêtre et je pose un pied sur la corniche, puis le second. Je m'assois avec précaution juste au moment où l'homme atteint le deuxième étage.

— Où elle est passée, celle-là ? grommelle-t-il. Elle a dû aller au troisième…

Les pas s'éloignent. J'ai le malheur de regarder en bas, vers la véranda au toit en verre du café qui occupe le rez-de-chaussée de l'immeuble. Je suis prise de vertige. Je ferme les yeux et je m'accroche un peu plus fort à la corniche. Si je tombe, je suis morte. Je regrette d'avoir bu ce cocktail qui me monte à la tête. J'ai envie de vomir…

Je pense à mon frère que rien ne perturbe, pas même les situations les plus critiques. À dix-sept ans, lors de l'interview précédant sa finale à Roland-Garros, pour sa première participation à un tournoi du Grand Chelem, il n'avait pas manifesté la moindre appréhension. Pourtant, son adversaire était un vétéran du circuit, l'un des meilleurs joueurs mondiaux. « Je me battrai jusqu'au bout », avait-il déclaré. Et c'est ce qu'il avait fait. Au cours du cinquième set, après quatre heures et demie, Julien se jetait sur toutes les balles, même les plus courtes. Il n'économisait pas ses efforts. Il menait cinq jeux à deux et avait trois balles de match quand son genou a lâché. Il s'est effondré au milieu du court Philippe-Chatrier[1]. Après une « pause médicale », il a tout de même voulu disputer les deux balles de match qui lui restaient dans l'espoir de faire un ace, ce qui n'est pas arrivé. Ce n'est qu'à la fin du jeu qu'il a abandonné, en larmes, avant d'être évacué sur une civière. Le public, ému, l'a ovationné malgré sa défaite. J'étais là, tout en haut, dans la foule. J'ai assisté impuissante à la scène. *J'aimerais avoir un dixième de son courage,* pensé-je en ouvrant les yeux.

Résolue, je me décale de quelques centimètres vers la droite et je m'arrête pour reprendre ma respiration. *Encore. Respire. Encore. Respire.*

J'ai parcouru un peu moins d'un tiers du chemin. Je n'en peux plus. De ma main tremblante, je parviens à saisir mon portable dans la poche de mon manteau. Puis, je compose un numéro que j'ai effacé depuis longtemps, mais que je connais par cœur. Ça sonne...

« Bonjour, ici Julien Chaix », dit une voix d'adulte que je reconnais à peine, très différente de celle de l'adolescent de quinze ans avec qui je me suis disputée. « Laissez-moi vos coordonnées et je vous rappelle dès que possible. »

Julien, viens me chercher, je t'en supplie ! imploré-je en silence avant de raccrocher. *Au moins, dis-moi quoi faire !*

J'envisage de téléphoner aux pompiers. Avec un peu de chance, ils seront là très vite, ils déploieront un filet au-dessous de moi comme dans les films et je n'aurai plus qu'à sauter. Soudain, mon portable sonne. Je sursaute et il m'échappe des mains. J'ai eu le temps de voir le numéro de mon frère à l'écran. L'appareil ricoche sur la verrière et tombe sur le sol où il se brise avec un bruit sec. *Le même bruit que celui de mes os quand ils se briseront sur le bitume,* frissonné-je en tentant de lutter contre la panique qui m'envahit.

Pour me donner du courage, je fredonne tout bas les paroles du dernier morceau de la playlist de Teo que j'ai écouté : *Time + Tragedy* de Rage Against. Une chanson prophétique...

Une fille est assise au bord d'un toit, les pieds dans le vide, au-dessus de la foule. Elle souffre. Elle est seule. Elle prie pour que demain soit meilleur...

Soudain, quelqu'un apparaît sur le balcon à deux mètres de moi, cigarette à la bouche. Je le reconnais aussitôt. Sauvée !

— Killian ! appelé-je d'une voix plaintive.

Surpris, il se penche au-dessus de la rambarde et scrute la rue en contrebas.

— À ta gauche…

Incrédule, il se tourne vers moi.

— Putain, Sara ! s'écrie-t-il. Mais… qu'est-ce que… Ne bouge pas !

Il s'allonge sur le sol et me tend la main, mais il est trop loin pour m'atteindre.

— Un type m'a poursuivie dans l'escalier, sangloté-je.

— Tiens bon, j'appelle les secours ! dit-il en se relevant.

Il fait volte-face et disparaît dans le salon. *Pitié, ne me laisse pas…* Je sens mes forces m'abandonner peu à peu. Si ça se trouve, il va retourner danser…

J'entends des éclats de voix à l'intérieur. Deux personnes se disputent. L'une d'entre elles est Killian. Livide, il reparaît deux minutes plus tard suivi de Mika… qui est vêtu d'un *hoodie* noir à capuche. Qu'est-ce que ça signifie ?

— Les pompiers sont en route, dit Killian d'une voix blanche.

— Sara, je suis désolé ! gémit Mika. Je voulais te faire un peu peur, histoire de…

— C'était toi ? coupé-je.

— Ce n'était qu'une mauvaise plaisanterie, je…

— Parce que ça te fait rire ?

— Non, je…

— Attention, Sara ! s'écrie Killian en désignant la corniche qui se fendille sous moi. Vite, prends ma main !

Il se couche à nouveau sur le balcon et tend le bras le plus loin possible dans ma direction. Mue par l'énergie du désespoir, je me décale le long du mur. Nos doigts se touchent presque. Plus que quelques centimètres…

J'agrippe le bout des doigts de Killian, mais la corniche cède sous mon poids. J'entends son hurlement juste avant que mon corps n'atteigne…

L'eau.

Je tombe dans l'eau. Surprise, je rouvre les yeux que j'avais fermés pour ne pas me voir passer à travers la verrière. Je flotte dans la mer. Une mer immense et calme. L'eau n'est ni froide, ni chaude, ni salée. Je suis sous la surface, mais je respire sans problème. Pour la première fois depuis longtemps, je ne souffre ni du décès de ma mère, ni du désintérêt de mon père, ni du rejet de mon frère, ni de la trahison de mon ex-petit ami. Plus rien n'a d'importance. Je suis bien. Je suis… morte.

Je n'éprouve aucune tristesse. Simplement de la curiosité. J'aperçois plusieurs éclats de verre plantés dans mon épaule gauche, dont trois de plusieurs centimètres. Le sang coule de mes plaies et colore l'eau. Pourtant, je ne ressens ni peur ni douleur.

— C'est fini, dis-je à voix haute sans que mes lèvres bougent.

— Non, dit une voix de petite fille dans ma tête. Rentre chez toi, Sara.

— Qui es-tu ? m'étonné-je. Je ne te connais pas.

— Je suis Maxine, répond la voix. Tu ne me connais pas encore.

— Maxine ? Comme Max Guevara, le personnage incarné par Jessica Alba dans *Dark Angel* ? demandé-je, perplexe. Teo était amoureux d'elle…

— C'est pour ça qu'il a choisi ce prénom.

— Ne me dis pas que tu es… *notre fille* ?

— Pour le savoir, tu dois y retourner.

— Mais Teo m'a quittée…

— La vie est longue.

— La mienne est finie.

— C'est à toi de décider. Ta vie sera différente de celle que tu imaginais, mais pleine de surprises. Ce ne sera pas facile. Tu viens de faire une chute presque mortelle. Mais même les cicatrices les plus profondes s'effacent avec le temps.

— Je ne sais pas, Max…

Elle est partie. Autour de moi, l'eau est plus claire. Le sang a cessé de couler de mes plaies. Soudain, je me mets à suffoquer. Je bats des pieds pour remonter à la surface. Vite… J'étouffe… Quand j'émerge enfin, je prends une grande inspiration et j'ouvre les yeux.

Je suis couchée sur un lit, dans une chambre que je ne connais pas. Les lumières de la rue filtrent à travers les rideaux. Je m'assois et masse mon épaule douloureuse. Mon bras est prisonnier d'une attelle. À côté du lit, allongé sur le ventre, quelqu'un dort sur un matelas. Ses mains sont tachées de... *de sang ?* Non, c'est de la peinture... Et ce garçon, c'est Matthéo. Peu à peu, le présent me revient en mémoire, bien moins réel que le cauchemar qui hante la plupart de mes nuits.

Je suis à Paris, nous sommes le samedi 19 décembre, il est 2 heures du matin et tout va bien... pensé-je en consultant mon téléphone que j'avais glissé sous l'oreiller.

Matt marmonne quelques mots – dont « Sara », me semble-t-il – et il se tourne sur le dos. Je retiens mon souffle, les yeux fixés sur son beau visage, mais il ne se réveille pas.

Je ne sais pas ce que j'éprouve pour lui. J'éprouve *quelque chose,* c'est sûr, mais c'est différent de ce que je ressentais pour Teo. Il me manque. Teo et Matt sont la même personne, mais j'ai l'impression d'avoir perdu pour toujours celui que j'aimais. Je ne retrouve pas sa douceur. Son attitude parfois arrogante me déconcerte, bien qu'elle ne soit sans doute qu'une façade.

Quand je rêve de mon accident, une insondable tristesse m'envahit. Je me lève sans bruit et je me hâte vers la salle de bains. J'enlève mon attelle, j'entre dans la baignoire et je me place sous le ciel de pluie, en évitant avec soin de regarder mes cicatrices. Quand l'eau ruisselle sur mon visage, je m'autorise enfin à verser les larmes que je m'efforce de retenir le reste du temps.

L'eau commence à refroidir... Je m'enveloppe dans une serviette et je saisis mon téléphone pour consulter le compte Instagram de Ryōma. Mais je change d'avis et je compose de mémoire le numéro de Julien. Au moment où je m'apprête à raccrocher, il prend la communication.

— Allô ? fait une voix ensommeillée à l'autre bout du fil.

Le cœur battant, je m'assois sur le tapis de bain. Je ne sais par où commencer...

— J'espère que vous n'allez pas essayer de me vendre un objet inutile… En France, il est 3 heures du matin, précise-t-il avant de bâiller.

Il a une voix d'homme, à présent, pensé-je, intimidée. Je ne dis rien.

— Tori, c'est toi ? demande-t-il soudain.

Surprise, je raccroche aussitôt. Pourquoi j'ai réagi comme ça ? Mon téléphone sonne. C'est encore Julien. *Parce que s'il te retrouve, c'en est fini de ta liberté…* Je renvoie l'appel vers mon répondeur, qui par chance n'est pas personnalisé.

Je me sens si mal que j'en ai la nausée. Je pourrais réveiller Matt et lui raconter ce qui m'est arrivé, mais il ne comprendrait pas. Personne ne le peut. En fait, si… Il y a peut-être quelqu'un.

Je compose son numéro, sans trop savoir comment il va réagir. À Los Angeles, il est neuf heures plus tôt, donc 18 heures…

Il décroche aussitôt. On entend un bruit de moteur.

— Oui, Victoria ?

— Marc, je te dérange ?

— Pas du tout. Ce soir, Jian a décidé de me faire goûter les « meilleurs burgers du monde ». On est en route pour le *boardwalk* de Venice. Qu'est-ce qui t'arrive ?

— Je veux retourner là-bas, lâché-je de but en blanc.

— À Los Angeles ?

Je suis ridicule. Je ne le connais pas si bien que ça et il a ses problèmes…

— Non, je… J'ignore comment ça s'appelle, bafouillé-je. Laisse tomber. Pardon de t'avoir…

— Tu peux peut-être me décrire ce « là-bas » ? reprend-il d'une voix rassurante.

— Un endroit qui n'existe que dans ma tête, j'en ai peur…

— Neverland ? Le Pays Imaginaire ?

— Un endroit déconnecté de la réalité, où les rêves sont brisés…

— Je sais ! *La La Land*, autre nom d'Hollywood. Si tu me

rends visite, je t'y emmènerai. Jian me l'a fait découvrir ce matin. Un peu surfait, si tu veux mon avis.

— Non… Tu y es allé une fois, mais il y a vingt-trois ans.

— Oh. Je vois.

Il marque une pause, puis il soupire :

— Deux fois, en fait. J'y suis retourné fin octobre. Mais quelqu'un m'a fait comprendre que ce n'était pas le bon moment.

— Qui ?... Pardon, ça ne me regarde pas.

— La première fois : Eileen, mon ex-femme. La seconde : Matthéo, mon fils. Ils ne voulaient pas que je parte.

— Si je m'en allais, personne ne le remarquerait.

— C'est ce que je pensais aussi, mais je me trompais. Et je ne regrette pas un seul instant d'être revenu, même si ce n'est pas facile tous les jours…

— Pour ma part, je suis partagée.

— Victoria, Matthéo t'a déjà perdue une fois et ça l'a dévasté. Pourtant, il te croyait heureuse et en bonne santé.

Matt, dévasté ? Ce n'est pas l'impression qu'il donnait sur les photos que Killian m'a montrées…

— Je ne te demande pas de rester avec lui, continue Marc. Je te demande de rester *en vie*.

— C'est bien mon intention, dis-je d'une voix ferme.

D'ailleurs, je me sens mieux.

La conversation devient plus légère. Marc me parle de son arrivée aux États-Unis il y a trois jours et de sa rencontre avec le cousin de Denis, Jian Lee. Celui-ci a accepté de lui transmettre son savoir de pâtissier et de l'héberger dans le *pool house* de sa propriété de Santa Monica.

— Cette dépendance est presque aussi grande que l'était notre villa à Niort… Je vais devoir te laisser, Jian vient de se garer. Victoria, ça va aller ?

— Mmh… Oui.

— Appelle-moi quand tu veux. Je ne suis pas sûr d'être de bon conseil, mais je peux te dire quelles sont les erreurs à ne pas commettre…

— Merci pour tout, Marc, dis-je en souriant.

— Si tu as envie de visiter Los Angeles, avec ou sans mon fils, mon offre tient toujours.

Après avoir raccroché, je retourne dans la chambre de Matthéo. Il dort encore à poings fermés sur le matelas. Je me glisse sous les draps et je m'allonge près de lui, sans le toucher. Mes cheveux, que je n'ai pas séchés, sont humides. Je frissonne. *Je n'arriverai pas à me rendormir...* pensé-je en mettant mes écouteurs. Je cherche la chanson *Time + Tragedy* de Rise Against, que j'avais chantée cette nuit-là. Elle semble avoir été écrite pour moi…

Un jour, peut-être, moi aussi je pourrai sourire à nouveau. Tout ce qui compte, ce sont les moments inoubliables que j'ai vécus avec Teo. Tant pis si notre histoire a mal fini… Je ne dois plus ressasser le passé. « Dis au revoir, ferme la porte. Même les cicatrices les plus profondes s'effacent avec le temps. »

Soudain, Matt se tourne sur le côté et se retrouve collé à moi. Aussitôt, il me serre dans ses bras, sans se réveiller. Il enfouit son visage dans mes cheveux que j'ai coupés au carré et teints en brun – ma couleur naturelle – dès ma sortie de l'hôpital. J'évite tout ce qui peut attirer l'attention sur moi. Je ne porte plus que des couleurs neutres : gris, beige et surtout noir, comme si j'étais en deuil de ma vie passée. J'ai jeté mes lentilles de contact et je ne me maquille plus. Si je pouvais, je me fondrais dans le décor.

Je sens le sommeil m'envahir. Je ferme les yeux et je m'abandonne dans les bras rassurants de Matt.

---

1. Le court Philippe-Chatrier est le court central du stade Roland-Garros.

Partie Un

« *Never say goodbye, because saying goodbye means going away, and going away means forgetting.* »

« Ne dis jamais au revoir, parce que dire au revoir c'est partir, et partir c'est oublier. »

— ROBIN WILLIAMS

CHAPITRE 1
Matt
SAMEDI 19 DÉCEMBRE, 6 HEURES

Trois heures plus tard…

L'alarme de mon téléphone me réveille en sursaut. Je l'éteins en hâte, le cœur battant. Je me redresse et masse mes cervicales douloureuses. Voilà ce qui arrive quand on dort par terre…

Je réalise que Victoria est assoupie sur mon matelas. Elle n'a rien entendu… Son beau visage, que j'ai connu hâlé par le soleil, est à présent très pâle. Cette semaine, elle n'est sortie que pour aller travailler. Elle a passé le reste du temps assise à côté de moi, à la grande table ou sur le canapé. Elle a regardé des animes pendant que je dessinais. Elle a refusé mes deux invitations au restaurant, prétendant qu'elle était trop fatiguée. C'est peut-être la vérité : malgré les apparences, ses nuits sont courtes, entrecoupées de mauvais rêves. Alors que papa crie dans son sommeil, Victoria se réveille en sursaut, pleure en silence et finit par se rendormir. La première fois où c'est arrivé, j'ai voulu la réconforter mais elle s'est refermée comme une huître. Elle est rentrée chez elle en pleine nuit. Depuis, j'évite d'intervenir si je m'aperçois qu'elle a fait un cauchemar.

Depuis vendredi dernier, j'ai l'impression qu'elle s'éloigne chaque jour davantage, soupiré-je en lui caressant les cheveux. Je ne sais même pas si nous sortons ensemble. Nous avons échangé quelques baisers timides, mais rien de plus.

Je suis en train de la perdre.

Hier, je suis rentré plus tôt que prévu et je l'ai trouvée assise au bar. Elle pleurait devant l'écran noir de son ordinateur portable. Elle a prétendu qu'elle venait de regarder l'épisode d'*Orange* où l'on comprend que Kakeru s'est suicidé. Je n'ai rien dit et je l'ai l'embrassée sur le front. Est-ce moi qui la rends malheureuse ? Dans ce cas, pourquoi revient-elle chaque soir ? C'est moi qui ai insisté pour qu'on continue à se voir, mais je ne la tiens pas prisonnière...

Après mon heure de jogging sur les bords de Seine, ma séance de pompes et d'abdominaux et une douche rapide, je retourne dans ma chambre, une serviette autour de la taille. Victoria n'a pas bougé. Je cherche des vêtements dans mon placard quand soudain, mon portable se met à sonner. Je refuse aussitôt l'appel. Zut, c'est Jay ! Il n'est pas encore au courant que ma Victoria est sa sœur. Parler d'elle est tabou. Je me demande ce qui s'est passé entre eux... Je ne vais pas tarder à le savoir.

Car j'ai prévu de révéler la vérité à Jay aujourd'hui.

Victoria bâille et s'étire.

— Bonjour, dis-je avec entrain. Bien dormi ?

— Salut, répond-elle en s'asseyant en tailleur sur le matelas.

Son sourire manque de conviction. J'attrape des chaussettes et un jean. Ils sont troués. Maintenant que je n'ai plus de problèmes d'argent, je dois investir d'urgence dans une nouvelle garde-robe...

— Je m'habille et je reviens.

Victoria hausse les épaules :

— Ne te gêne pas pour moi. C'est ta chambre et je t'ai déjà vu tout nu.

Elle voudrait que j'enlève ma serviette ? Ou bien ça ne lui fait aucun effet...

— Quand j'étais complexé, ça me gênait, dis-je en enfilant mon boxer derrière la porte ouverte de mon placard.

— À la fin, tu ne l'étais plus. D'ailleurs, tu n'avais aucune raison de l'être.

— Si, mais tu l'as oublié. Ou alors, tu n'étais pas très objective.

— Peut-être. J'étais amoureuse de toi.

« J'étais. »

— Et maintenant ?

— Je ne sais pas.

Sa réponse ne me laisse pas beaucoup d'espoir... J'enfile un T-shirt noir ajusté puis un sweat qui représente *Dustheads* de Jean-Michel Basquiat[1] – un des artistes qui me fascinent le plus.

— Je peux la toucher ? dit soudain Victoria.

— Pardon ?

— Ta cicatrice, précise-t-elle en désignant ma cheville. La nouvelle.

Je hoche la tête et viens m'asseoir sur le lit. Elle me rejoint. De ses doigts glacés, elle suit la fine ligne au-dessus de celle, plus irrégulière, de ma première opération. Je frissonne.

— Il t'arrive encore d'avoir mal ? interroge-t-elle avec douceur.

— Jamais. Sauf si je joue au tennis trop longtemps avec Jay.

— Jay ? demande-t-elle, intriguée.

Je me mords la lèvre. Ça m'a échappé... Mais elle ne sait pas que Jay est son frère. C'est moi qui lui ai donné ce surnom.

— C'est mon meilleur ami. On est tout le temps ensemble.

— Pourtant, je ne l'ai jamais vu...

J'ai fait en sorte qu'ils ne se rencontrent pas. Mercredi soir, Jay voulait dormir à l'appartement, mais j'ai insisté pour aller chez lui. Je dois changer de sujet. Et vite.

— Dis-moi, Vic... Pourquoi tu as arrêté le tennis ?

Une ombre passe dans les yeux de Victoria. Elle détourne la tête :

— Je... j'en ai eu assez. Mon niveau ne me permettait pas de gagner ma vie en tant que joueuse professionnelle. J'ai préféré ne pas persister dans cette voie.

— Toi ? Pas au niveau ?

— La concurrence est rude. Tu sais, ce qu'on voit à Roland-Garros, ce sont les meilleurs mondiaux, la partie émergée de l'iceberg. Mais le circuit est très dur. Participer aux tournois demande d'énormes sacrifices. Si tu n'es pas classé dans les 250 premiers, tu ne gagnes pas ta vie.

On croirait entendre Jay... Je ne suis pas convaincu par son explication :

— Mais c'était ta passion, non ?

— Les gens changent, dit-elle d'un ton sec. Toi aussi, tu as changé.

— Parfois, c'est pour le meilleur.

— Ou pour le pire. Qu'as-tu prévu, aujourd'hui ?

Sans transition... Que me cache-t-elle ?

— Je vais déjeuner avec Denis, puis je vais aux Lilas. Je dois aller chercher Margaux à son cours de tennis. Son prof, c'est Jay. Tu veux m'accompagner ?

Si elle accepte, Victoria et Jay se rencontreront enfin. Je dirai que je ne savais pas qu'ils sont frère et sœur et, avec un peu de chance, ils me croiront.

— Sans façon, réplique-t-elle. Je n'ai ni faim ni envie de fréquenter les courts de tennis.

Dommage.

— Ce soir, tu es libre ? On pourrait aller au marché de Noël sur les Champs-Élysées. Il y a trois ans, lors de notre *road trip* à Paris, on s'était promis qu'on irait un jour.

— Pourquoi pas ? Dix-neuf heures sur place ? J'aurai déjà dîné.

Elle ne veut jamais qu'on mange ensemble. Je ne me souviens même pas de la dernière fois où je l'ai vue avaler quelque chose... Si, avant-hier. Elle a mis une demi-heure à finir une banane.

— Je t'attendrai à la sortie de la station Franklin D. Roosevelt, proposé-je.

Victoria s'allonge sur mon lit.

— Tu te recouches ? m'étonné-je.

— C'est samedi et il n'est pas encore 8 heures, répond-elle comme si c'était une évidence. Tu devrais faire comme moi…

Enfin une initiative de sa part ! Je me glisse entre les draps et je lui prends la main.

— Te recoucher dans *ton* lit… Ou plutôt, sur ton matelas.

— Désolé…

— Maintenant que tu es là, reste, se moque-t-elle en m'embrassant sur le bout du nez.

Je réprime un sourire, mais je n'en ai pas besoin : Victoria s'est déjà endormie.

Je la regarde quelques minutes avant de me lever. Je finis de m'habiller et je vais rejoindre Denis au *Madeline*. Il est derrière le comptoir, en train de remuer une boule à thé d'un air absent.

Depuis sa conversation avec papa, je le trouve différent. Distrait, triste, moins sûr de lui. Je n'ai aucune idée de ce qui s'est passé : l'un et l'autre refusent de m'en parler. *Pourtant, il va bien falloir*, pensé-je en entrant dans les toilettes. À l'aide d'un stylo pailleté, j'écris sur le grand miroir au-dessus du lavabo : « Attention, le reflet de ce miroir peut être déformé par les standards de beauté imposés par la société. »

Après mon succès de Macaron le glouton, Denis m'a laissé carte blanche pour décorer l'endroit. La semaine dernière, j'ai collé sur l'applique murale ronde un sticker noir, clin d'œil à la célèbre affiche du film *E. T.,* de Spielberg. On voit la silhouette d'Elliott qui s'envole à vélo, le gentil monstre dans son porte-bagages à l'avant.

Une fois mon « forfait » accompli, je retourne dans la salle et je prends place à ma table habituelle. Denis arrive aussitôt et pose devant moi un plateau où manque la moitié du petit déjeuner.

— Qu'est-ce qui ne va pas, Denis ?

— C'est un secret qui ne m'appartient pas… murmure-t-il en

versant dans mon mug un thé d'un noir d'encre, noir comme son humeur.

— Un secret… qui concerne mon père ?

Il hoche la tête.

— Qu'est-ce qu'il t'a fait, jeudi dernier ?

Il baisse les yeux.

— Denis… insisté-je.

— Marc ne m'a rien fait. C'est moi le fautif. Mais j'étais loin d'imaginer les conséquences…

Qu'est-ce que c'est que cette histoire, encore ?

— Quelles conséquences, Denis ?

Il fixe sa tasse sans me répondre.

— Tu ne veux rien me dire. Papa non plus. Victoria ne me parle pas, Marine ne me parle plus, Margaux parle à tort et à travers et Maë parle sans arrêt pour ne rien dire. J'en ai assez. J'ai besoin de vacances.

Je me lève et je repousse ma chaise avec fracas. Denis me lance un regard blessé. Je remarque que Lucien n'est pas à sa place habituelle devant la porte. Où est-il donc passé ?

Toute la matinée, je repeins la devanture d'une friperie à la mode derrière le Centre Pompidou. J'ai eu ce travail grâce à Denis. La propriétaire et lui ont eu une relation amoureuse il y a quelque temps. Je m'en veux de m'être emporté contre lui. C'est mon meilleur ami et il a toujours été là pour moi. Je m'étais promis que papa ne viendrait jamais se mettre entre nous, mais c'est pourtant ce qui se produit maintenant…

Quand je rentre à l'appartement, Victoria est partie. Je lui avais proposé de lui laisser une clé, mais elle a refusé.

L'après-midi, je travaille à mon projet pour l'hôpital. Je parviens à terminer un dessin que j'envoie par SMS à Jay, qui me répond quelques minutes plus tard par une kyrielle d'emojis en forme de cœur. Mis en confiance, je le transmets à papa avant de me souvenir qu'à 9 heures – heure locale –, il est déjà dans les cuisines de la pâtisserie de Jian. Je sais qu'il se donne beaucoup de mal et je ne doute pas un instant de sa réussite. Il fait partie de ces personnes qui réussissent tout ce qu'elles décident d'entreprendre. Marine aussi. Dommage que ce ne soit pas mon cas.

J'arrive à mon rendez-vous avec Victoria avec un quart d'heure d'avance, pour être sûr de ne pas la faire attendre. Une demi-heure plus tard, elle n'est toujours pas là. Je lui téléphone, mais son répondeur se déclenche tout de suite. Peut-être qu'elle est encore dans le métro et qu'il n'y a pas de réseau ? Pendant que je patiente, je songe à appeler Jay, mais j'ai peur qu'il propose de me rejoindre.

À 19 h 30, Victoria arrive enfin, vêtue de mon *hoodie Hard Rock Cafe* sous son manteau noir.

— Désolée pour le retard, dit-elle sans donner d'explication.

— Je comprends l'origine de l'expression « amoureux transi », répliqué-je en m'approchant d'elle pour l'embrasser.

— Matt, soupire-t-elle en faisant un pas de côté. On avait dit que…

— C'est une plaisanterie, Vic, dis-je, vexé.

Je commence à désespérer…

— On y va ? demandé-je en lui prenant le bras.

Je l'entraîne vers le marché de Noël, dans la longue allée de baraques en bois. Comme toujours, la magie opère. J'ai beau savoir que tout est factice, surfait, commercial, le petit provincial qui est en moi est fasciné par le mélange de lumières, de couleurs, d'odeurs et de sons. J'ai envie de dessiner.

Victoria balaie la foule d'un regard absent. Elle s'arrête quand j'examine un objet, me répond par monosyllabes, se laisse porter par le courant. Elle est près de moi mais son esprit est ailleurs, là où je ne peux pas l'atteindre.

— Vic, est-ce que tu t'ennuies ?

— Mmh mmh, approuve-t-elle, perdue dans ses pensées.

— Tu aurais dû me le dire… On peut s'en aller !

— Hein ? Aller où ? Pourquoi ? dit-elle, surprise, en me regardant dans les yeux pour la première fois de la soirée.

— Est-ce que tu m'écoutais, au moins ?

— Mais oui !... Non. Désolée.

— J'ai envie d'une crêpe au chocolat, soupiré-je. Tu veux quelque chose ?

— J'ai déjà mangé. Je suis fatiguée, je t'attends là-bas, dit-elle en désignant des tables et des bancs en bois alignés sous une tente.

Je prends ma place dans la queue interminable et connecte mes écouteurs. Je lance ma playlist *Best Of* en épiant Victoria. Elle s'est assise dans un coin et fixe le vide devant elle.

Soudain, mon portable vibre dans ma poche. C'est papa... J'ai toujours un peu d'appréhension quand il m'appelle, surtout depuis qu'il est de l'autre côté de l'Atlantique. Mais je m'efforce de ne rien laisser paraître. J'espère que tout va bien...

— Allô, papa ? dis-je d'une voix un peu trop enjouée.

— Bonsoir, Matthéo. C'est la pause de midi, alors j'en profite pour répondre à ton message, celui avec ton dessin de Montmartre.

— Selon toi, je le garde ou je le déchire ?

— Pourquoi veux-tu le déchirer ? Il est très réussi. Ton style s'est encore affirmé.

Soulagé, je jette un coup d'œil à Victoria qui est elle aussi au téléphone. Elle a l'air bien plus détendue qu'il y a cinq minutes... Je suis sûr qu'elle bavarde avec Lexie.

Papa et moi échangeons quelques banalités. Il m'assure qu'il va bien, même s'il dort peu. Il profite de ses courtes nuits pour étudier les bases de la pâtisserie.

— Et toi, comment vas-tu, Matthéo ?

Je cherche à capter l'attention de Victoria mais son regard glisse sur moi sans s'arrêter. Je n'en peux plus.

— Ça irait mieux si l'on m'écoutait *vraiment* quand j'ouvre la bouche ! J'aurais peut-être l'impression d'exister.

Silence à l'autre bout du fil. Papa a raccroché ?

— Je suis désolé, dit-il d'une voix blanche. Je te promets de faire des efforts.

— Pardon ?

— J'ai de la peine à me concentrer. C'est l'un des symptômes du trouble de stress post-traumatique dont je souffre depuis mon agression.

Il a mal compris... Pour une fois qu'il me parle de sa maladie ! C'est d'ailleurs la première fois.

— Le quoi ?

— *Post-traumatic stress disorder* en anglais. *PTSD*. Un trouble anxieux qui apparaît après un traumatisme.

— Il y a d'autres symptômes ?

— Ça dépend des gens. Chez moi, comme tu l'as vu, angoisse, dépression, insomnies, difficultés à me concentrer et à ressentir certaines émotions.

— Alors, tes cauchemars...

— Je revis la même scène, encore et encore. Je meurs toutes les nuits depuis vingt-trois ans. Sauf, parfois, quand je prends des somnifères.

Quelle horreur... J'atteins enfin le stand du marchand de crêpes et de gaufres, mais je n'ai plus faim. Je cède ma place au suivant dans la file, mais je ne rejoins pas Victoria qui, à présent, fixe ses bottes.

— Merci de me raconter tout ça, papa. Mais je ne parlais pas de toi...

— Ah. Laisse-moi deviner : tu es avec ton amie Victoria ?

— Elle souffle le chaud et le froid depuis qu'elle m'a retrouvé à l'aéroport. C'est épuisant.

— Je ne crois pas qu'elle soit prête à accepter de l'aide.

— À ton avis, elle souffre de la même chose que toi ? C'est pour ça qu'elle a changé ? Qu'elle est triste, distante, qu'elle ne mange rien ?

— Possible. Je ne la connaissais pas « avant ».

— Qu'est-ce que je dois faire ?

— Pour commencer, éviter de la brusquer...

Moi, j'ai brusqué papa à trois reprises. À mon retour des États-Unis, après mon opération, je lui ai annoncé que je ne rentrerais pas. Aux vacances de Noël suivantes, j'ai poussé maman à le quitter. Il y a deux mois, je l'ai humilié devant le Centre Pompidou et je lui ai fait croire que j'étais gay.

— Matthéo, non... Je te le répète, tu n'y es pour rien, ajoute-t-il comme s'il avait entendu mes pensées.

Bien sûr que si.

— Ma pause est finie. Je dois te laisser. Si tu veux, on en reparlera.

Effaré par ce que je viens d'apprendre, je rejoins Victoria, m'assois à côté d'elle et pose la tête sur son épaule – celle qui n'est pas blessée. Elle m'ébouriffe les cheveux et me sourit.

Cette fois, son sourire est tendre et sincère. Il me redonne de l'espoir, mais je pressens que je vais encore souffrir. Peut-être même plus qu'il y a trois ans.

---

1. Jean-Michel Basquiat (1960-1988) est un peintre américain, pionnier de la mouvance *underground*.

CHAPITRE 2
Marine
MERCREDI 23 DÉCEMBRE, 23 H 30

Quatre jours plus tard…

— Killian, pourquoi tu as pris mon bikini et mes tongs ? demandé-je, perplexe.

Il hausse les épaules et rajoute un paréo au sommet de la valise.

— On ne sait jamais. Ça peut être utile.

— Pour aller à Niort ? Tes parents n'ont même pas de piscine…

Nous partons très tôt demain matin. Nous avons prévu de passer le réveillon de Noël et le 25 décembre chez eux – ou plutôt, Killian l'a prévu et pour une fois, je ne m'y suis pas opposée. Je ne me suis toujours pas réconciliée avec ma mère et mon frère. Les affronter me terrifie car ils avaient raison sur toute la ligne.

Non que la situation se soit détériorée. La routine a repris comme avant notre rupture et Killian se montre même plus attentionné sur bien des points. Mais je ne lui pardonnerai jamais le chantage dont il a usé pour me retenir : si je le quitte, il dévoilera que Matt est Ryōma et mon frère aura des démêlés avec la justice.

C'est la première fois de ma vie que je ne passerai pas le réveillon avec ma famille…

— Killian, est-ce qu'on va *vraiment* chez tes parents ? insisté-je.
— Bien sûr. Au retour...

Il a organisé des vacances au soleil ? Pourtant, il sait que je déteste les surprises... J'aime avoir le temps de planifier chaque détail.

— Au retour de quoi ? demandé-je, irritée.
— De notre voyage de noces à Las Vegas.

Je manque de m'étouffer :
— Pardon ?
— Surprise ! Notre avion décolle à 7 heures demain matin. Nous arriverons vers 14 heures et à 22 heures, nous serons mariés !

La panique me gagne.
— Mais... un mariage à Las Vegas n'a aucune valeur légale !
— Si. Il est valide en France.

C'est un cauchemar...
— Killian, ça va trop vite ! m'écrié-je. Je n'ai même pas de robe !
— Rassure-toi, j'ai tout prévu. Et puis, on pourra refaire une cérémonie plus traditionnelle en France avec nos familles dans quelque temps.
— On ne va rien refaire du tout parce que...

Je suspends ma phrase. Le regard que Killian me lance me terrifie. Ses yeux étincellent de colère.
— Ne gâche pas tout une nouvelle fois, dit-il d'un ton glacial.

Mortifiée, je secoue la tête. Il se radoucit un peu :
— Je préfère ça, dit-il en tapotant le sommet de mon crâne comme si j'étais un toutou bien obéissant.

Ce que je suis.
— Au fait, je voudrais que ce voyage soit notre petit secret, continue-t-il. Un moment rien qu'à nous deux. Donc, pas la peine de prévenir tes parents ou ton frère...

Au cas où ils tenteraient de nous en dissuader... Papa m'a fait jurer de signer un contrat de mariage. Je doute que ce soit à l'ordre du jour.

— Maintenant, boucle ta valise et viens te coucher, poursuit-il. On se lève à 2 heures du matin.

— Je... je dois encore prendre une douche et me raser les jambes.

— Inutile. Dans le pack que j'ai choisi, il y a un rendez-vous chez une esthéticienne avec l'option « épilation totale ».

Je n'ai aucune idée de ce que « totale » signifie, mais je ne doute pas que ce sera long, cher et surtout douloureux. Killian a toujours détesté les poils, surtout les miens. Il trouve ça répugnant. Lui-même s'épile le torse et même des parties beaucoup plus intimes. Il affirme que c'est la règle chez les moins de trente ans. Au cours d'une soirée où j'avais un peu trop bu, juste après avoir emménagé avec Matt, je l'ai interrogé sur le sujet.

— Pourquoi je m'infligerais un truc pareil ? s'est-il écrié, horrifié. Je ne suis pas maso !

— Pourtant, tu trouves ça normal que tes copines se l'infligent...

— Elles ne s'épilent pas toutes. C'est leur choix, ça ne me regarde pas.

— Mais ça ne te dégoûte pas ?

Matt avait ri, comme si ma question était stupide :

— Tu sais, après avoir mangé un ver de terre vivant et bu de l'urine, plus grand-chose ne me dégoûte...

— Mais pourquoi tu...

— Ce ne sont que des poils, Marine. Pas la peine d'en faire une affaire d'État.

— N'empêche que j'avais honte quand maman venait aux réunions parents professeurs sans s'épiler les aisselles...

— Au moins, elle venait, elle, avait-il répliqué. Pas comme papa...

Killian agite la main devant mon visage. Je reviens à la réalité.

— Tu pourrais faire preuve d'un peu plus d'enthousiasme...

grommelle-t-il. Je m'évertue à te faire plaisir et c'est comme ça que tu me remercies ? Tu es vraiment ingrate…

D'ordinaire, je me serais sentie coupable. Mais pas ce soir. Killian est allé trop loin. Il faut que ça cesse, d'une manière ou d'une autre.

— Je te remercierai dans un quart d'heure, dis-je avec un clin d'œil, en priant pour qu'il n'entende pas les tremblements de ma voix.

— J'espère bien !

Il choisit, dans un des tiroirs de la commode, une nuisette en satin bordeaux lacée dans le dos et il me la lance. Je l'attrape au vol et je me précipite vers la salle de bains où je la jette en boule sur le sol. Dès que j'ouvre le robinet de la douche, je me mets à pleurer. La première personne à laquelle je pense est maman, comme toutes les fois où ça va vraiment mal. J'ai envie de l'appeler pour lui demander ce que je dois faire, mais je n'ose pas. « Je t'avais prévenue. Maintenant, débrouille-toi », me dirait-elle avant de me raccrocher au nez. Et elle n'aurait pas tort.

Mais je dois trouver une solution, et vite. Bientôt, on sera à l'aéroport et ce sera trop tard ! Je téléphone alors à celui qui ne m'a jamais laissé tomber et qui me sort de toutes les situations. Nous sommes en froid, mais je suis sûre qu'il viendra me sauver.

« Ici Matt Walsh, mais je ne suis pas disponible pour le moment… »

Paniquée, je coupe la communication. Il a éteint son portable ! Les mains tremblantes, je cherche le numéro de Denis sur WhatsApp. Le répondeur se déclenche aussi. Il ne me reste pas d'autre choix que d'appeler maman… Son téléphone sonne mais elle ne décroche pas, signe qu'elle est à l'hôpital. Ou alors elle ne veut pas me parler ?

— Ma chérie, tu es prête ? crie Killian depuis la chambre. Je t'attends !

J'essuie la sueur qui coule sur mon front. *Je dois partir d'ici*, pensé-je, le cœur battant.

— Cinq minutes ! bafouillé-je. Je me lave les cheveux !

Je parcours mes contacts, à la recherche d'un sauveur potentiel. Jay ?... Non, je ne peux pas l'impliquer après ce qui s'est passé entre nous. Je suis seule. Il n'y a plus personne. Sauf peut-être...

Je relis le dernier SMS de Victoria, auquel je n'ai jamais répondu :

> Je suis désolée que tu aies dû assister à ma dispute avec ton frère. Si tu ne veux plus me parler, je comprendrai. Mais sache que de mon côté, ça ne change rien à notre amitié. Et si tu as besoin de moi, je suis là.

Espérons que ce ne soient pas des paroles en l'air... Je branche le sèche-cheveux, colle le téléphone à mon oreille et appelle Victoria.

— Marine ? dit-elle après deux sonneries. Tout va bien ?

Elle a une voix inquiète. C'est bon signe...

— Vicky, aide-moi, je t'en supplie ! Je ne sais pas quoi faire et j'ai peur et...

L'angoisse qui me serre la gorge m'empêche de continuer.

— Dis-moi ce qui s'est passé, répond-elle avec douceur. Rien que les faits. Du concret.

Tant bien que mal, je la mets au courant de la situation. Je ne lui précise pas les motifs du chantage que je subis, sauf qu'ils sont liés à Matt. Elle me demande l'adresse de Killian, que je lui envoie par message.

— Je ne veux pas me marier avec lui, Vicky ! sangloté-je.

— Ça n'arrivera pas, Marine. Je te le promets.

— Tu vas prévenir mon frère ? Il...

Soudain, j'entends des coups à la porte de la salle de bains. Je sursaute et laisse tomber mon portable. L'écran s'étoile et devient noir.

— Marine, qu'est-ce que tu fabriques depuis tout à l'heure ? crie Killian, exaspéré. Et pourquoi tu t'es enfermée ?

Les mains tremblantes, je ramasse mon téléphone et essaie en vain de le rallumer. Il est cassé !

— J'arrive, dis-je d'une voix mal assurée.

— Ouvre cette porte ou je la défonce.

Le ton de Killian est sans appel. J'éteins le sèche-cheveux. Victoria va-t-elle venir ? Si oui, que pourra-t-elle faire face à un athlète d'un mètre quatre-vingt ?

Les coups redoublent de violence. Je déverrouille à contrecœur.

— Tu pleures ? C'est une plaisanterie ? s'écrie Killian.

— Je ne veux pas me marier avec toi demain. C'est trop précipité.

— Précipité ? On est ensemble depuis qu'on a quatorze ans !

— On a passé notre temps à se séparer et à se réconcilier...

— La faute à qui ?

— Ce n'est pas moi qui t'ai trompé, et à plusieurs reprises !

— Si tu étais un peu moins rabat-joie, si tu faisais un peu plus attention à moi, si tu étais moins focalisée sur ta petite personne, je n'aurais pas eu besoin d'aller voir ailleurs !

Les propos de Killian me font si mal que j'en ai le souffle coupé. Je me demande souvent si je suis responsable de son attitude à mon égard, car il n'est désagréable qu'avec moi. Tout le monde adore Killian. Il est brillant, séduisant, séducteur et son amitié est très recherchée. Son amitié, ou plus si affinités... Il ne cesse de me reprocher d'être « toujours le nez dans mes bouquins » et de le faire passer après mes études et ma famille, ce que je ne peux pas nier... Mais c'est une échappatoire à l'enfer quotidien que je vis. C'est le serpent qui se mord la queue.

— Si c'est ce que tu penses de moi, pourquoi tu ne me quittes pas ? répliqué-je.

— Mais parce que je t'aime ! Je ne me vois pas vieillir avec quelqu'un d'autre que toi et je sais que c'est la même chose pour toi !

Il semble sincère... Il me serre dans ses bras. Surprise, j'hésite un instant de trop. Ses lèvres s'écrasent sur les miennes. Il me prend par la taille et m'assoit sur le rebord du lavabo. J'ai peur de ce qui pourrait arriver si je le rejette. Killian ne supporte pas de perdre, ni dans le sport ni dans la vie. Pour lui, tout est compétition et rapport de force. Il aime jouer et il joue pour gagner.

— Ta tenue est un tue-l'amour, dit-il avec dédain.

Il va ramasser l'immonde nuisette, mais ce faisant il marche sur mon portable. L'écran se casse.

— Qu'est-ce que...

Soudain, on sonne à la porte. Le regard de Killian passe tour à tour de mon téléphone à moi.

— Tu n'es qu'une garce, lâche-t-il en me tirant par le poignet hors de la salle de bains.

Ses doigts s'enfoncent dans ma chair.

— Tu me fais mal, grimacé-je.

— La douleur physique n'est rien comparée à celle de la trahison. Je suppose que tu as appelé ton cher frère... Tu vas tout de suite lui dire de repartir, sinon je briserai sa carrière et sa vie.

Non... Tout mais pas ça !

La sonnette retentit à nouveau. Des coups brefs et répétés. Exaspéré, Killian ouvre la porte à la volée.

— Je viens chercher Marine, lance Victoria, debout sur le paillasson.

Son bras gauche est toujours prisonnier d'une attelle ; de sa main droite, elle tient son portable.

— Sa... Sara ? sursaute Killian.

Il se reprend aussitôt et se met à rire.

— C'est à *elle* que tu as demandé de l'aide, Marine ? Tu n'as pas trouvé mieux ?

— Au contraire, je suis parfaite pour ce rôle, réplique Victoria. Je ne suis personne et je n'ai rien à perdre. Et surtout, tu ne peux rien me faire.

— Je vais me gêner !

— Je suis morte, Killian. Tu l'as vu de tes yeux. Je n'ai plus peur de rien ni de personne, surtout pas d'un lâche comme toi.

Morte ? Qu'est-ce qu'elle raconte ? Killian a pâli et il a relâché son emprise. Je me dégage et frotte mon poignet meurtri.

— Peut-être, répond-il, mais Marine ne souhaite pas te suivre. Elle a réfléchi aux conséquences de ses actes et elle a changé d'avis.

— Tu parles du chantage que tu as utilisé pour la garder captive ? s'esclaffe Victoria. Mais tout le monde se doute que Matt est Ryōma et tout le monde s'en fiche ! Au pire, s'il passait un ou deux mois en prison pour vandalisme, il perdrait certes son anonymat, mais il y gagnerait une immense notoriété !

Pétrifiés, Killian et moi la fixons en silence. Elle était au courant ? J'étais la seule à l'ignorer ?

— Ta carrière, en revanche, continue-t-elle, prendrait un sacré coup si le public venait à apprendre comment tu traitais Matt au collège et au lycée.

— Killian, qu'est-ce que tu lui as fait ? m'écrié-je.

— Mais rien du tout, répond Killian d'une voix blanche. Ne l'écoute pas, ma chérie. Tu ne vois pas qu'elle est jalouse de nous ? De moi, parce que sa carrière est finie avant d'avoir commencé, et de toi, parce qu'elle n'a pas réussi à me séduire malgré ses pitoyables tentatives ?

— Ne change pas l'histoire, réplique Victoria avec calme. J'ai tout perdu, sauf la mémoire. Et je vais me faire un plaisir de rafraîchir la tienne.

— Tais-toi, menace Killian en avançant vers elle.

Victoria ne cille pas.

— Tu as trompé Marine avec moi, mais je m'en suis rendu compte juste avant que les choses ne deviennent sérieuses.

— C'était toi ? m'écrié-je.

Elle acquiesce avant de continuer :

— Tu as harcelé Matt pendant des années. Tu as volé ses vêtements à la piscine, tu as écrit au marqueur sur son visage, tu as essayé de le noyer dans les toilettes, tu…

Je ne lui laisse pas le temps de finir sa phrase. Mon poing part et rencontre la mâchoire de Killian. Une douleur fulgurante me transperce le bras.

— Tu es un moins-que-rien ! hurlé-je, les larmes aux yeux. Un déchet de l'humanité !

Killian me gifle si fort que je bouscule Victoria qui heurte elle-même le mur du couloir de l'entrée. Elle pousse un cri et porte la main à son épaule blessée.

— Vicky ! m'écrié-je.

Mais elle se redresse et pianote sur son téléphone :

— Rajoutons « violences conjugales » aux chefs d'accusation, dit-elle avec un sourire forcé en rangeant son portable dans sa poche. La vidéo de cet exploit vient d'être envoyée à ma meilleure amie Lexie, qui a pour mission d'appeler la police si je ne l'ai pas contactée dans trois minutes.

— Tu mens ! fait Killian, livide de peur et de colère.

— Tu as envie de prendre ce risque ? répliqué-je en me dirigeant vers sa chambre. Voilà ce que l'on va faire, *mon chéri* : je vais faire mes bagages, partir d'ici et disparaître de ta vie à jamais. Si tu m'adresses la parole encore une fois, je ne réponds plus de rien. Tu n'aurais jamais dû toucher à mon petit frère.

Les mains tremblantes, j'empoigne ma valise. Je rajoute mon ordinateur portable, mes livres, mes bijoux et quelques vêtements. Puis, je repasse devant Killian qui n'a pas bougé. Une fois que Victoria est sortie, je tire la porte d'entrée pour la dernière fois.

Le charme est rompu.

Nous nous hâtons vers l'ascenseur sans échanger un mot, mais nos regards disent l'essentiel. Arrivées au rez-de-chaussée, nous nous ruons à l'extérieur.

— Attends ! fait Victoria, le souffle court, au moment où nous tournons à l'angle de la rue.

Je m'arrête net.

— Merci, Vicky. Sans toi, je…

Avant que j'aie eu le temps de finir ma phrase, elle s'effondre sans connaissance dans mes bras.

CHAPITRE 3
Matt

JEUDI 24 DÉCEMBRE, 1 HEURE

Un quart d'heure plus tard...

— La télécommande n'a plus de piles, remarqué-je en essayant en vain d'éteindre la télévision au moment où le générique de fin de *Maman, j'ai raté l'avion !* commence.

Un film de circonstance, que je regarde chaque année au moment de Noël avec *Les Goonies* et *Retour vers le Futur*.

— Je n'en ai plus, répond Jay en se levant du canapé. Je vais en chercher chez Eileen.

Ça m'étonne de lui, pensé-je, amusé. *Lui d'ordinaire si organisé et prévoyant...* Depuis qu'il s'est donné pour objectif de rejoindre le circuit professionnel, il s'occupe beaucoup moins de sa maison. Ses priorités ont changé, mais je suis heureux de constater que j'en fais encore partie. Nous passons ensemble une ou deux soirées par semaine.

Jay est à peine parti qu'il revient en courant, le téléphone fixe de maman à la main. Il me le tend.

— C'est Marine, dit-il. Elle n'arrivait pas à te joindre.

Mon portable n'avait plus de batterie et il s'est éteint... Je l'ai mis à charger sans le rallumer ! Inquiet, j'approche le combiné de mon oreille. J'entends une sirène d'ambulance.

— Qu'est-ce que ce fou furieux t'a fait ? hurlé-je, m'imaginant le pire.

— Je n'ai rien, Matt, répond ma sœur d'une voix mal assurée.

Elle me résume la situation pendant que Jay se prépare et rassemble nos affaires.

— Rappelle-la, me dit-il en me tendant son propre téléphone. On y va.

Il me prend par le bras et m'entraîne dans le garage pendant que Marine me donne plus de détails.

— Victoria a eu un malaise en pleine rue. J'ai appelé les secours. Elle a repris connaissance un peu avant leur arrivée. Elle a très mal à l'épaule. J'ai insisté pour l'accompagner à l'hôpital. Quand les ambulanciers m'ont demandé si j'étais de la famille, je leur ai répondu qu'elle était ma belle-sœur.

Si seulement.

— Reste avec elle ! m'écrié-je. Promets-le-moi !

— Bien sûr, Matt. On se retrouve aux urgences.

Marine coupe la communication.

— « Elle », c'est qui ? demande Jay avec un sourire en coin.

Ta sœur. Je n'ai pas réussi à le lui avouer plus tôt. Je comptais le faire demain soir, lors du réveillon où je les avais invités tous les deux.

— Victoria. Je ne saurais te dire si c'est ma copine…

— C'est la fille que tu as rencontrée juste avant d'accompagner ton père à Niort ? Je croyais que ce n'était pas sérieux.

— Si. Ça l'est. Au moins pour moi.

Jay me lance un regard surpris :

— Toi, amoureux ? C'est la première fois que j'entends ça… Pourquoi tu ne m'as rien dit ?

— Parce que…

Je prends une grande inspiration et je ferme les yeux. Par où commencer pour qu'il ne me jette pas hors de la voiture ?

— C'est l'amour de ma vie, dis-je enfin.
— Cette fille, ce ne serait pas Sara ?
Je hoche la tête.
— J'en étais sûr ! exulte-t-il. Comment tu l'as retrouvée ?
— Par hasard, dis-je avec prudence.
Il va faire le rapprochement avec sa sœur…
— Mais… Je croyais que tu haïssais Sara.
— C'est plus compliqué.
— De l'amour à la haine, il n'y a qu'un pas, sourit-il en arrêtant la Jeep. On est arrivés aux urgences. Descends, je me gare et je te rejoins.
— Non, tu n'es pas obligé de res…

Je suis interrompu par une salve de klaxons en provenance du véhicule qui nous suit. Je sors de la voiture et je me précipite vers le bureau d'accueil.

— Je cherche ma femme, dis-je à la secrétaire. Victoria Chaix. Elle vient d'arriver.

Pendant de longues minutes, elle consulte son ordinateur tout en mâchant du chewing-gum. Enfin, elle m'invite à passer dans la salle d'attente dont elle déverrouille la porte. À peine ai-je franchi le seuil que j'aperçois Marine qui fait les cent pas. Je m'élance vers elle et je la serre dans mes bras. Je n'avais pas réalisé à quel point elle me manquait… Elle se met à pleurer.

— Je te demande pardon, Matt…
— Tu n'y es pour rien. Vic a déjà eu un malaise une fois, avec moi.
— Je parle de ce que Killian t'a infligé pendant toutes ces années.

Je me fige, mal à l'aise.

— C'est… c'est elle qui te l'a dit ? bafouillé-je. Elle se trompe, je…
— Non. Elle m'a dit la vérité.

Marine me montre sa main droite enflée et bleue :

— C'est la première fois que je frappe quelqu'un et ça fait mal… Si c'était à refaire, je le frapperais encore plus fort.

— Merci… dis-je, ému.

Et moi qui craignais qu'elle ne me soutienne pas…

— Où est Victoria ? continué-je.

— On l'a emmenée faire une prise de sang et des radios, je crois. On doit l'attendre ici.

— Comment va-t-elle ?

— Je ne sais pas, Matt. Elle a l'air comme d'habitude, mais elle a dit quelque chose à Killian qui m'a vraiment fait peur…

— Qu'est-ce qu'elle lui a dit ?

— Qu'elle était morte.

Je dévisage Marine sans comprendre.

— Qu'est-ce que ça signifie ?

— Aucune idée, mais Killian ne semblait pas surpris. Elle…

Marine s'interrompt et me fait signe de me retourner. Victoria s'avance vers nous et m'adresse un sourire timide.

— Matt ? Tu n'étais pas obligé de venir… J'aurais pu rentrer en taxi.

— Ne dis pas n'importe quoi ! m'écrié-je en me précipitant vers elle. Laisse-moi prendre soin de toi, Vic.

Je passe un bras autour de sa taille. Elle ne se dégage pas.

— Si tu veux, concède-t-elle d'un ton las. Avant de partir, je dois attendre les résultats de mes examens.

Je la guide vers une chaise et je m'assois à côté d'elle. Elle pose la tête sur mon épaule et ferme les yeux. Je serre sa petite main dans la mienne et trace des cercles dans sa paume avec mon pouce.

Mon portable sonne dans la poche de mon manteau. Je reconnais la mélodie – le thème principal de *Jurassic Park* – que j'ai assignée à Jay.

— Tu ne décroches pas ? s'étonne Marine, debout à quelques pas de nous.

Je secoue la tête. À la respiration régulière de Victoria, je comprends qu'elle s'est endormie.

— Je ne t'ai pas tout dit, chuchoté-je. Et à Jay non plus. Surtout à Jay. Et je préférerais ne pas avoir à le faire par téléphone.

Perplexe, Marine s'assoit à côté de moi et fixe le vide devant elle :

— Sans Victoria, je serais dans un avion pour Las Vegas... Elle n'a pas hésité un instant à me porter secours.

— J'espère que tu ne retourneras pas avec Killian ! Sinon, son acte de courage aura été vain...

— Il t'a harcelé, Matt. Et ça, je ne le lui pardonnerai jamais, dit-elle en prenant ma main.

Les larmes me montent aux yeux. J'aurais dû le lui avouer plus tôt. Mais c'est si dur d'en parler...

Elle réprime un bâillement. Je remarque ses cernes et ses traits tirés.

— Marine, tu devrais rentrer à la maison, dis-je en lui tendant mes clés.

— Chez toi ? demande-t-elle, surprise.

— Chez nous, dans le Marais, tu te souviens ? En face du *Madeline*.

— Je sais, mais...

— C'est *notre* appartement, Marine. Mamie nous l'a légué à tous les deux.

Elle se lève, prend une valise posée près de la porte, mais refuse les clés.

— Je vais passer la nuit chez maman, dit-elle. Je dois lui parler. Demain, j'irai chez toi... chez nous.

Un quart d'heure plus tard, un interne vient appeler Victoria. Je la réveille avec douceur et je lui demande si je peux l'accompagner.

— Êtes-vous de la famille ? interroge-t-il.

— Oui, je suis son mari, dis-je avec aplomb.

Victoria me lance un de ses regards indéchiffrables.

— Je préfère y aller seule, *chéri*. Tu m'attends ici ?

Comme si j'avais le choix... La tête entre les mains, je reste assis pendant de longues minutes, en réfléchissant à ce que je vais pouvoir dire à Jay.

— Tiens, Matt.

Je me redresse et je cligne des yeux. Jay est debout devant moi. Il me tend un gobelet de café fumant. Je le prends et je le pose sur la chaise voisine. Je ne peux plus reculer.

— Jay, je vais tout t'expliquer. Alors ne t'énerve pas, s'il te plaît...

Il fronce les sourcils.

— Pourquoi est-ce que je m'énerverais ? Ce n'est pas trop dans mes habitudes...

— Parce que...

Je m'interromps et je me lève quand j'aperçois Victoria qui arrive derrière lui, une pochette de radios à la main. Jay se retourne et se fige.

— Tori ?

Victoria pâlit et recule d'un pas.

— Julien...

Ils s'affrontent du regard, jusqu'à ce qu'elle baisse les yeux. Jay se tourne vers moi, le visage rouge de colère.

— Matthéo, tu as intérêt à avoir une très bonne explication, dit-il en croisant les bras.

CHAPITRE 4

Jay

JEUDI 24 DÉCEMBRE, 3 HEURES

— Je ne sais pas quoi dire, Jay, bredouille Matt sans me regarder en face.

Je serre les poings. Comment mon meilleur ami a-t-il pu me cacher qu'il fréquentait Victoria, alors que je la cherche en vain depuis deux ans ?

Soudain, tout s'éclaire. Les pièces du puzzle s'assemblent en un instant. Sara est le troisième prénom de ma sœur. Il y a une base militaire où papa a travaillé pas très loin de Niort, c'est là où Matt et Victoria ont dû se rencontrer. Ils se sont disputés quand ils étaient adolescents et ils se sont retrouvés il y a deux mois. Mais pourquoi ne m'a-t-il rien dit ?

Je me tourne vers Victoria. Elle paraît en meilleure forme que la dernière fois où je l'ai vue – juste avant qu'elle ne s'enfuie –, mais je sais qu'elle est très forte pour dissimuler.

— Tori, où étais-tu passée ? demandé-je en avançant vers elle.

Elle vient s'abriter derrière Matt.

— Loin de toi. Pas assez, me semble-t-il.

— Pourquoi tu…

— Matt, on s'en va, dit-elle en le prenant par le bras.

— Mais je… Qu'est-ce que les médecins t'ont dit ?

— Rien de grave. Une petite anémie. Et je me suis encore démis l'épaule. Dans deux ou trois semaines, il n'y paraîtra plus.

Je ne peux réprimer un rire nerveux :

— *Rien de grave ?* Matt est au courant, au moins ?

— Au courant de quoi, Vic ? demande-t-il d'une voix blanche.

Il ne sait pas.

« C'est l'amour de ma vie », m'a-t-il dit dans la voiture. Il n'a pas menti.

— On y va, Matt ? dit-elle.

Indécis, il me consulte du regard. Il n'est pas question que je la laisse filer encore une fois !

— Victoria, je dois te parler !

— Après ce que tu m'as fait il y a deux ans, je n'ai plus rien à te dire.

— Mais…

— Fais ta vie, je fais la mienne.

— Tori, non !

Elle entraîne Matt hors des urgences, mais il résiste.

— Qu'est-ce qu'il t'a fait ? demande-t-il, mal à l'aise.

— Rien qui te concerne.

— Ça me concerne, Vic. Jay est mon meilleur ami et tu es ma… J'ignore ce que nous sommes l'un pour l'autre, mais je tiens à toi plus que tout au monde.

Il oblige Victoria à s'arrêter. Elle croise mon regard :

— Il a voulu se débarrasser de moi, alors je me suis enfuie.

— *Se débarrasser de toi ?* fait Matt, éberlué.

— Mais pas du tout ! m'écrié-je. J'ai commis une erreur, mais tu refusais de me parler. Je ne savais pas quoi faire !

— Tu devais me laisser tranquille, comme tu le faisais depuis sept ans.

— Tu n'allais pas bien et…

— À présent, je suis majeure, coupe-t-elle. Tu ne peux rien contre moi.

« Contre moi ». J'ai essayé de l'aider… Pourquoi a-t-elle pensé que je lui voulais du mal ? Est-ce à cause de ce qui s'est passé il y a neuf ans ? Le regard plein de haine qu'elle me lance est comme un coup de poignard.

— Je ne t'approcherai plus, si tel est ton souhait.

— Merci. Je suis fatiguée de fuir, Julien. Viens, Matt.

Cette fois, il la suit sans discuter. Quand ils sont sortis, je me laisse tomber sur une chaise. J'ai envie de pleurer.

Quand j'ai repris mon calme, je regagne le parking et je rentre chez moi.

Quand j'arrive, je remarque que la lumière est allumée dans le salon d'Eileen. Elle doit être de retour du travail... Je gare la voiture et je vais frapper à sa porte. Cette nuit, j'ai besoin de ma mère, mais elle n'est pas là. Elle ne sera plus jamais là. Alors, Eileen m'apparaît comme une mère de substitution.

C'est Marine qui m'ouvre, vêtue de mon T-shirt qui arbore l'affiche des *Dents de la mer*. Margaux me l'a emprunté il y a quelque temps, un soir où les filles mangeaient chez moi. Maë avait renversé sa part de pizza sur la robe de Margaux. Sauf que sur Marine, mon T-shirt n'a rien d'une robe...

— Je... je pensais que c'était Matt, bafouille-t-elle en tirant dessus pour couvrir ses cuisses nues.

— Et moi, je cherchais Eileen, dis-je en rougissant. Elle est là ?

— Elle ne rentrera que demain matin. Je peux t'aider ?

— Non, sauf si tu veux que je te parle de mes problèmes...

— Oui, mais à condition que je te parle des miens, répond-elle en m'invitant à entrer.

J'hésite, car j'ai peur de lui dévoiler ce que j'ai fait il y a neuf ans. Mais après tout, quelle importance ? Marine ne m'aime pas et j'ai besoin de me confier...

— Cette fois, sans alcool, continue-t-elle. Mais je peux te proposer un excellent gâteau au chocolat – enfin, ce qu'il en reste.

— C'est moi qui l'ai fait hier, dis-je en la suivant à l'intérieur.

Nous nous asseyons sur le canapé. Elle s'enveloppe d'un plaid.

J'enlève mes chaussures et je ramène mes jambes contre moi. Marine m'encourage d'un sourire.

— Tu commences, Jay ?

— Victoria est ma sœur, dis-je avant de me mettre à pleurer.

— Quoi ? s'écrie-t-elle en m'entourant les épaules du bras.

— Matt était au courant. J'ignore depuis quand. Je suis sûr qu'elle lui a demandé de me le cacher...

— Pourquoi ?

— Nous sommes en froid depuis des années. Mais depuis deux ans, c'est beaucoup plus grave.

Marine a un mouvement de recul. Que sait-elle ?

— Elle a dit à Killian qu'elle était morte, dit-elle en évitant mon regard. Il n'avait pas l'air surpris. Un jour, il m'a raconté que tu avais fait du mal à ta sœur. C'est vrai ?

Mais de quoi il se mêle, celui-là ?

— C'est compliqué, Marine.

— J'ai un QI de deux cents. Il y a des chances pour que je comprenne...

Ses beaux yeux verts me fixent avec intensité. *Tu peux tout lui dire. Elle ne t'aime pas.*

Je lui explique comment Victoria est tombée du deuxième étage d'un appartement parisien lors d'une fête. Elle est passée à travers une verrière et elle est restée un mois dans le coma. Elle a souffert d'un traumatisme crânien et de plusieurs fractures, surtout à l'épaule gauche. Son opération ne s'est pas très bien déroulée et malgré des semaines de rééducation, Victoria pouvait à peine bouger le bras et la douleur était insupportable. Du moins, c'est ce que les infirmières m'ont dit, car elle a toujours refusé de me voir. Les rares fois où j'ai pu entrer dans sa chambre sans autorisation, elle ne m'a jamais adressé la parole. Victoria avait beaucoup maigri et ne s'intéressait plus à rien. Alors, quand le médecin m'a proposé de l'envoyer dans un hôpital psychiatrique pendant quelque temps, j'ai accepté. Il m'avait pourtant averti qu'elle était contre cette idée.

J'ai signé le document et une heure après, elle avait disparu. Je ne l'ai jamais revue... avant ce soir.

— Elle croit que tu as voulu te débarrasser d'elle en la faisant interner, dit Marine, pensive. Tu étais désemparé. Tu as estimé que c'était la meilleure solution.

— La *seule* solution... Mon père ne cesse de déménager et jamais elle n'aurait accepté de venir vivre chez moi.

— Alors, elle est allée frapper à la porte de Lexie qui l'a hébergée pendant deux ans.

— Alexandra est l'amie d'enfance de Victoria. Je lui ai téléphoné, mais elle a affirmé qu'elles avaient coupé les ponts depuis des mois. Elle m'a menti...

— Vicky ne voulait pas que tu la retrouves, Jay. Si Lexie t'avait dit la vérité, elle se serait enfuie à nouveau.

— Je suis perdu... dis-je, épuisé et découragé.

— Et si j'essayais de parler à ta sœur ? C'est mon amie, peut-être qu'elle m'écoutera.

J'acquiesce, peu convaincu. Quand Tori a décidé quelque chose – me haïr, en l'occurrence – rien ne peut la faire changer d'avis. Au cours de notre échange, Marine s'est rapprochée de moi. Ses cuisses nues touchent les miennes. Elle m'a pris la main.

— À toi, Marine. Parle-moi de ce qui t'est arrivé ce soir.

— J'ai échappé à un mariage à Las Vegas... murmure-t-elle. Et surtout, j'ai échappé à Killian.

— C'est déjà ce que tu disais la dernière fois...

Blessée, elle s'éloigne de moi.

— Je te demande pardon ! m'écrié-je. Je suis stupide. Et jaloux...

— Je t'assure que tu n'as plus aucune raison de l'être, dit-elle en me montrant son poing abîmé.

Elle l'a frappé ?

— Tu dois te désinfecter la main !

Elle hausse les épaules.

— Ça attendra demain. Je n'ai qu'une envie : aller me coucher, même sur ce canapé inconfortable.

— Ou alors, je te soigne et tu dors dans ma chambre d'amis...

Elle me regarde sans rien dire. Son expression est indéchiffrable.

— Sauf si tu as peur de moi, ajouté-je. Ce que je comprendrais, vu ta précédente expérience...

— Je n'ai pas peur de toi, Jay. Je me demande pourquoi tu es toujours si gentil avec moi.

C'est évident, non ? Mais si je lui répète que je l'aime, elle va finir par me trouver insistant...

— Viens, Marine, dis-je en me levant du canapé.

Elle m'emboîte le pas. Nous passons par le jardin et entrons chez moi par la baie vitrée. Je sens qu'elle hésite à me suivre dans l'escalier qui mène à l'étage.

— Attends-moi ici, proposé-je.

Je redescends quelques minutes plus tard avec du désinfectant et une paire de draps propres. Marine est dans la chambre d'amis et rassemble les dessins de Matt éparpillés un peu partout dans la pièce.

— Désolé pour le désordre... Je n'ai pas beaucoup de temps en ce moment.

— C'est à mon frère de ranger ses affaires, répond-elle avec un clin d'œil. Inutile de changer les draps pour moi.

Elle s'installe au bord du lit pendant que je verse du désinfectant sur un coton que j'applique avec douceur sur sa main blessée. Elle sursaute mais ne dit rien. Ses beaux yeux verts ne me quittent pas un instant.

— Quoi ? demandé-je en rougissant.

— Tu m'as manqué, Jay.

Surpris, je la dévisage. Elle a pensé à moi ? Je m'assois tout près d'elle sans lui lâcher la main.

— Toi aussi, Marine, tu m'as manqué. Tu n'imagines pas à quel point.

— Je crois que si, répond-elle en se rapprochant de moi.

Je pose mon front contre le sien. Nos souffles se mêlent.

— J'ai envie de t'embrasser. Mais ce serait une bêtise, dis-je en l'enlaçant.

— Une bêtise, répète-t-elle en écho avant de m'embrasser.

D'abord timide, notre baiser devient passionné. Marine s'assoit sur mes genoux. Je la serre contre moi comme si elle allait disparaître.

— Ne t'en va pas, Marine, murmuré-je au moment où nous reprenons notre respiration.

— Je suis là, Jay… Enlève ton T-shirt.

— Lequel ?

Marine fronce les sourcils, puis elle comprend et se met à rire. J'adore son rire. J'aimerais l'entendre tous les jours.

— Les deux, répond-elle en défaisant la boucle de la ceinture de mon jean.

— Tu es sûre que c'est une bonne idée ?

Je passe son T-shirt par-dessus sa tête puis j'enlève le mien, à l'effigie d'Indiana Jones.

— Une très mauvaise idée…

Je baisse la lumière et l'embrasse à nouveau. Nous nous allongeons sur le lit. Des semaines que je rêve de ce moment. Mais entre ma sœur qui me hait depuis des années et mon meilleur ami qui me ment depuis des jours, le timing n'aurait pas pu être pire. Ou alors, il est parfait. La présence de Marine me réconforte et m'apaise. Est-ce que je me sers d'elle ? Mais elle, elle s'était bien servie de moi pour se venger de Killian…

Peu à peu, tout disparaît. Ne reste que la sensation de la peau de Marine sous mes doigts, de ses lèvres collées aux miennes.

— Attends, me murmure Marine à l'oreille. Tu devrais aller chercher un préservatif.

Je me redresse et j'ouvre le tiroir de la table de nuit. J'en sors quelques carnets de croquis de Matt, son chéquier qu'il pensait avoir perdu et mon iPad qu'il avait pourtant juré ne pas m'avoir emprunté. Horrifié, j'exhume une part de pizza desséchée sous une médaille de tennis féminin. Appartient-elle à Victoria ?

— Tu peux regarder de ton côté ? demandé-je en désignant l'autre table de chevet, peu disposé à découvrir les « trésors » qu'elle renferme.

Marine s'exécute mais ne trouve pas non plus de préservatifs.

— Je n'en ai pas. On s'en passera. Tant pis, soupiré-je.

— Il n'en est pas question ! s'écrie Marine, sur la défensive.

— Tu as trois solutions : soit tu prends ma voiture et tu vas en acheter, soit tu vas puiser dans la réserve de Margaux, soit tu restes dans ce lit avec moi et nous ne ferons rien pour concevoir un bébé ou attraper une MST.

Marine me regarde avec des yeux ronds. Elle pensait que je ne voulais pas qu'on se protège ?

— Je choisis la troisième option, si tu me promets de ne pas aller jusqu'au bout.

Aucun risque. Je n'ose même pas imaginer où son ex est allé traîner.

— Je déteste cette expression. Ce n'est pas le but ultime, Marine.

Elle me regarde sans comprendre, ce qui m'attriste.

— Est-ce que ma mère est au courant, pour Margaux ? demande-t-elle en s'allongeant à nouveau près de moi.

— Aucune idée. Ce n'est pas le genre de discussion que nous avons d'habitude. Je peux éteindre la lumière ?

— Si tu veux. C'est quoi, pour toi, le but ultime ?

J'hésite un instant avant de répondre, le doigt sur l'interrupteur. J'en ai assez des non-dits.

— Que toi aussi, tu m'aimes, dis-je dès que la pièce est plongée dans l'obscurité.

CHAPITRE 5
Matt

JEUDI 24 DÉCEMBRE, 18 HEURES

Douze heures plus tard…

Quand j'ouvre la porte de mon appartement, je trouve Denis sur le seuil, un immense plateau de fruits de mer dans les bras.

— Tu es venu, dis-je, soulagé.

Après notre altercation de samedi dernier, je n'en étais pas sûr. Je lui ai envoyé un SMS pour m'excuser. Le lendemain, il a répondu « C'est oublié », mais depuis, nous n'avons pas communiqué. Je me sentais mal à l'aise, alors je n'ai pas pris le petit déjeuner avec lui au *Madeline*. D'ailleurs, j'ai travaillé nuit et jour pour boucler les dessins préparatoires de mon projet pour l'hôpital et je n'ai fini qu'hier après-midi. Puis, j'ai passé la soirée chez Jay.

Je débarrasse Denis de son plateau juste avant que Maë ne se précipite dans ses bras. Puis, je le mets au courant des événements de la veille. L'ombre de notre dispute s'efface peu à peu.

— Où est Victoria ? me demande Denis en jetant un coup d'œil autour de lui.

— Elle s'est enfermée dans ma chambre depuis notre retour de l'hôpital. Elle ne s'attendait pas à tomber sur Jay. Ça l'a beaucoup affectée. Si tu savais comme je m'en veux…

— C'est ce qui arrive quand on dissimule la vérité, dit-il en commençant à mettre la table.

Tu peux parler… pensé-je en lui adressant un regard appuyé. Il ne relève pas.

— Qui sera là, ce soir ? m'interroge-t-il.

— Maë et toi. Pour les autres, je n'en ai pas la moindre idée… Jay et moi, on est en froid. Qui sait s'il viendra ? Margaux a emmené Maë ici puis elle est partie chez une copine. Qui sait si elle reviendra ? Maman a fini une garde interminable. Qui sait quand elle se réveillera ? Quant à Marine, elle dormait à moitié quand je l'ai appelée tout à l'heure et elle m'a raccroché au nez.

— Après mon plateau de fruits de mer, qu'est-ce qu'il y a au menu ? Attends, laisse-moi deviner, sourit Denis. Tu n'en as pas la moindre idée…

— Non, je n'ai pas eu le temps d'y penser. J'ai terminé la crédence de la cuisine.

Je lui montre les motifs multicolores que j'ai réalisés au pochoir sur les carrelages blancs que papa a posés il y a quelques jours.

Denis siffle, impressionné :

— Beau travail ! Je suis fier de toi. Pour le repas, je te propose une raclette, comme d'habitude. Je vais acheter tout ce qu'il faut et je reviens avec mon appareil. Tu m'accompagnes, Maë ?

— Oui, mais tu me portes et tu chantes, réplique-t-elle en allant chercher sa plus grosse peluche.

Denis la prend dans ses bras et commence à chanter en coréen. Il me fait un signe de la main puis tous deux quittent l'appartement. Il ne deviendra peut-être jamais notre beau-père, mais il se comporte comme s'il l'était avec Maë et Margaux. Et avec moi aussi, parfois…

Je vais frapper à la porte de ma chambre. Victoria ne répond pas. Je décide d'entrer. Je la trouve allongée sur le lit, ses écouteurs dans les oreilles, le reflex de Denis autour du cou. Elle est plongée dans un livre de photographie. Dès qu'elle me voit, elle le ferme et me sourit.

— Comment tu te sens ? demandé-je en la rejoignant.
— Je vais bien, Matt. Ne t'inquiète pas pour moi.
— Tu passes la soirée avec nous ?
— Nous, qui ?
— Je ne sais pas si ton frère sera là. Si c'est le cas, ce serait peut-être une bonne occasion de lui parler, tu ne crois pas ?

Les traits de Victoria se crispent :
— Je n'ai rien à lui dire.
— Mais lui, oui. Pourquoi tu refuses de l'écouter ? Qu'est-ce qu'il t'a fait, Vic ?
— Ça ne te regarde pas. C'est entre lui et moi.

S'il lui a fait du mal, ça me concerne. D'autant qu'il est très proche de mes sœurs... Frustré, je soupire. Papa m'a conseillé de ne pas la brusquer.

— Je vais lui dire de ne pas venir.
— Non ! De toute façon, je n'ai pas faim. Je vais rester dans ta chambre.
— Tu ne vas pas passer le réveillon toute seule...
— Pourquoi pas ? C'est un jour comme un autre quand on est loin de sa famille. J'ai coupé les ponts avec la mienne et Lexie est retournée chez ses parents, alors...
— Et nous, on n'est pas ta famille ? Moi, Denis, Marine...

Victoria semble peu convaincue.

Une boule s'est formée dans ma gorge. J'espère que papa va bien... Est-ce qu'il va passer la soirée tout seul ? Inquiet, je l'appelle aussitôt. Il répond au bout de quelques sonneries.

— Tu fais quoi, ce soir ? demandé-je après avoir échangé quelques banalités.
— Le père Noël, mais ne le dis pas à ta mère. Elle se moquerait de moi...
— Pardon ?

— Quelqu'un devait se dévouer. Ils sont tous maigres comme des clous, dans la famille de Jian, ce qui est loin d'être mon cas…

— N'oublie pas de m'envoyer une photo de toi en Santa, m'esclaffé-je.

Soulagé, j'apprends qu'il passera le réveillon chez les grands-parents paternels de Jian. Noël ne signifie rien pour eux, mais leurs petits-enfants ont insisté pour qu'ils organisent une grande fête. « Bien sûr que tu es invité », a dit Jian à mon père comme si c'était une évidence. « Mon grand-père va t'adorer : tu parles mandarin, ce qui n'est pas le cas de la plupart de mes petits-cousins… »

Denis a dû laisser des instructions à Jian, qui emmène papa partout avec lui depuis deux semaines – même à la salle de sport. Il lui donne aussi des cours le soir, pour lui apprendre au plus vite les bases de la pâtisserie. Ils semblent très bien s'entendre.

Mon père me demande de lui passer Victoria avec qui il échange quelques mots, puis il raccroche. Je m'allonge à côté d'elle et je commence à dessiner son portrait.

— Arrête, Matt ! proteste-t-elle quand elle s'en rend compte.

— Pourquoi ? Avant, tu…

— Oui, *avant*. Maintenant, je préfère être derrière l'objectif, dit-elle en me photographiant avec l'appareil qu'elle porte autour du cou.

Je m'amuse à faire des grimaces et à prendre des poses ridicules. Elle éclate de rire. Il y a quelques années, j'aurais tourné la tête, je serais parti ou j'aurais au moins enlevé mes lunettes. Je ne supportais pas d'être photographié, surtout à côté de Marine – qui a hérité de tous les bons gènes de la famille –, de ma mère – que rien ni personne n'a jamais impressionné – ou de mon père – qui réussissait tout ce qu'il entreprenait. Je sais aujourd'hui que personne n'est parfait.

Je me lève et je vais chercher mes vieilles lunettes dans un tiroir de mon bureau.

— Je n'y vois rien, dis-je en riant après les avoir mises sur mon nez.

— Tu t'es fait opérer ? demande Victoria en continuant à me mitrailler.

— Il y a deux ans. C'est toi qui me l'as suggéré dans ta lettre, tu te souviens ?

— Non ! s'écrie-t-elle. Je n'ai jamais pensé que ta myopie était un défaut. Moi aussi, je porte des lunettes.

— Pas la peine de t'énerver…

Mais Victoria ne m'entend pas.

— Je ne t'ai jamais rabaissé, sauf dans cette satanée lettre que d'ailleurs, je n'ai jamais écrite !

J'enlève mes anciennes lunettes qui me donnent mal à la tête.

— Matt, je suis tombée amoureuse de toi au moment où je t'ai rencontré au club de tennis. Je t'ai aimé de tout mon cœur.

Elle parle encore au passé.

— Et quand as-tu cessé de m'aimer ? demandé-je, amer.

Victoria plonge ses grands yeux tristes dans les miens. Cette fois, elle ne va pas nier. C'est terminé. Ses lèvres tremblent un peu.

— J'ai cessé de t'aimer le jour où je suis morte.

— Je… je ne comprends pas, bredouillé-je.

Ou plutôt, j'ai peur de comprendre.

— J'ai eu un accident il y a trois ans. C'était en février. J'ai fait une chute de près de sept mètres.

Mes yeux se remplissent de larmes. Les pièces du puzzle s'assemblent enfin.

— Alors, ton bras…

— Brisé en mille morceaux, comme la vie dont je rêvais. Au cours de mon expérience de mort imminente, une petite fille m'a dit de revenir. Je l'ai écoutée, mais c'était une erreur.

Incapable de résister davantage, je serre Victoria contre moi pendant qu'elle me résume de façon froide et détachée son coma, son réveil, sa rééducation, sa difficulté à retrouver sa place dans la société. Elle est inerte dans mes bras. Elle est là, mais elle n'est pas là. Je l'ai perdue pour toujours et je n'y suis pas pour grand-chose.

Pris de nausées, je m'élance hors de la chambre. J'ai tout juste le temps d'atteindre les toilettes avant de vomir mon déjeuner, que Victoria n'a pas voulu partager parce qu'elle n'avait pas faim – elle n'a jamais faim. Puis, recroquevillé contre le mur, je me mets à sangloter. J'aurais dû la soutenir après son accident... Elle avait besoin de moi et je n'étais pas là !

Soudain, je sens une petite main sur mon épaule. Victoria est agenouillée devant moi et m'adresse un pâle sourire.

— C'est du passé, Matt. On ne peut pas le changer.
— Pourquoi tu ne m'as rien dit ?
— Parce que je ne supporte pas qu'on me regarde comme ça.
— Comment ?
— Avec des yeux pleins de pitié. Je n'ai pas besoin de ta pitié, Matt. Je veux qu'on me laisse tranquille. C'est tout.

Mon cœur se serre. Sara est morte. La belle jeune fille aux cheveux rouges dont je suis tombé amoureux n'existe plus. Victoria pose la tête sur mon épaule. J'enfouis mon visage dans sa chevelure qui sent toujours la vanille.

— Cette petite fille qui t'a incitée à revenir, murmuré-je, qui était-ce ?

— Aucune idée, répond-elle en soulevant le bas de son T-shirt, dévoilant le tatouage sur son ventre. Elle m'a dit qu'elle s'appelait Maxine. Pendant un instant, j'ai cru que c'était...

Elle ne finit pas sa phrase. De mon index, je trace les lettres M, A, X, à l'encre noire à côté de son nombril. Maxine, incarnée par Jessica Alba dans la série *Dark Angel*, dont j'étais amoureux quand j'étais adolescent. « Si un jour j'ai une fille, je lui donnerai ce prénom », avais-je coutume de dire. J'avais pourtant peu d'espoir d'avoir des enfants : qui aurait voulu de moi ?

Sara voulait de moi. Je l'ai cru, puis j'ai cru que je m'étais trompé. Maintenant, je ne sais plus...

— Vic, tu as pensé que c'était notre fille ?

Elle se contente de fermer les yeux et de hocher la tête. Je la serre dans mes bras. Je me sens mal. Elle aussi.

Nous restons enlacés pendant de longues minutes. Soudain, on sonne à la porte. J'entends la voix aiguë de Maë dans le couloir. Elle informe Denis qu'elle passera la nuit chez lui, qu'il aura le droit de dormir sur le canapé et même d'aller lui acheter un pain au chocolat demain matin pour le petit déjeuner, quelle aubaine !

Comme je tarde à ouvrir, Denis s'en charge avec sa clé. Quand il me voit, il s'arrête net.

— Ça va ? demande-t-il, inquiet, en nous dévisageant. Vous voulez qu'on reparte faire un tour ?

— Ce n'est pas la peine, répond Victoria. On ne s'est pas disputés, si c'est ce que tu penses. Mais Matt a pleuré à cause de moi... Je te laisse lui raconter ? me dit-elle en ébouriffant mes cheveux avec tendresse, comme elle avait l'habitude de le faire.

Je ne peux pas croire qu'elle n'éprouve plus rien pour moi... Je la regarde disparaître dans ma chambre dont elle verrouille la porte.

Denis va chercher mon ordinateur sur le bar.

— Maë, qu'est-ce que tu dirais de voir des dessins animés dans la chambre de Marine ?

Bien sûr, ma sœur trépigne de joie. Une fois la porte fermée, j'explique à Denis ce qui est arrivé à Victoria.

— Quelle horreur... murmure-t-il, choqué. Maintenant, tu comprends pourquoi elle est différente.

— Papa était différent avant son agression ?

— Oui, mais ça ne change rien à ce que j'éprouve pour lui. Je veux dire...

Denis s'arrête, gêné.

— Moi aussi, j'aime toujours Victoria. Le contraire n'est pas vrai...

— Au moins, elle t'a aimé un jour, répond-il avec un sourire triste.

On sonne à la porte au moment où nous finissons de mettre la table – pour six, on ne sait jamais. Marine se tient sur le seuil. Jay est derrière elle, les yeux baissés. Ils sont venus ensemble ?

Je serre Marine dans mes bras et j'invite Jay à entrer d'un signe de tête.

— Matt, est-ce que ma sœur est là ? demande-t-il en enlevant sa veste.

— Oui, mais elle ne veut pas te voir. Et je n'ai aucune envie que tu t'approches de mes propres sœurs avant de savoir ce que tu lui as fait.

— Elle ne t'a rien raconté ?

— Non, mais elle vient de me parler de son accident.

Marine me prend la main et la serre, ce qui me réconforte. Elle est au courant.

— Je vais tout te dire, dit Jay avant d'aller s'asseoir sur le canapé.

Marine s'installe à côté de lui. Denis et moi prenons place en tailleur sur le tapis. Le silence qui s'éternise devient de plus en plus pesant.

— Jay, qu'est-ce que tu as fait à Victoria pour qu'elle ne t'adresse pas la parole depuis neuf ans ?

— Je…

Il regarde Marine puis soupire.

— J'ai tué son chat.

— Mais… Pourquoi ? m'écrié-je, sidéré.

Il secoue la tête.

— Je n'en ai pas la moindre idée, Matt. J'allais avoir quinze ans. C'était la fin de l'année scolaire, le 7 juillet, le jour du onzième anniversaire de Victoria. Le surlendemain, je devais partir pour Sophia Antipolis faire un stage à la Mouratoglou Tennis Academy, comme chaque été. J'avais aussi été admis en filière tennis-études pour la rentrée suivante en seconde et…

— Quel rapport avec le chat ? coupé-je, agacé.

— Ce soir-là, on m'a invité à une fête. Pour la première fois de ma vie, j'ai accepté. Pourtant, ma sœur voulait que je reste avec elle. Si seulement je l'avais écoutée… La fête était nulle, je ne connaissais personne et la plupart des gens étaient plus âgés que moi. J'ai joué au jeu de la bouteille, j'ai perdu, j'ai bu… et soudain, trou noir.

— Tu as fait un black-out ? demande Denis.

— Je pense que le cocktail qu'on m'a donné contenait de la drogue, peut-être du GHB. Quand je me suis réveillé, j'étais dans mon lit tout habillé. Je n'avais jamais eu aussi mal au crâne de toute ma vie. J'entendais Victoria pleurer à travers la cloison. Je me suis précipité dans sa chambre et je l'ai trouvée assise sur le tapis, le chat dans ses bras. Il y avait du sang partout. Quand elle m'a vu, elle m'a hurlé de ne pas l'approcher. Elle était hystérique. Mon père est arrivé et m'a obligé à sortir de la pièce. Il m'a demandé d'aller faire un tour. Quand je suis revenu, il avait enterré le chat et il était allé travailler. Victoria s'était enfermée dans sa chambre. Elle a refusé de me laisser entrer. Le lendemain, je suis parti pour l'Académie sans avoir pu lui parler. Je l'ai appelée tous les jours, mais elle ne m'a jamais répondu. Au bout d'un mois, j'ai renoncé. Je me suis jeté à corps perdu dans le tennis. La suite, vous la connaissez…

— Mais… Tu n'as aucun souvenir de ce qui est arrivé ? m'étonné-je.

— Pas le moindre. J'étais assis par terre dans le sous-sol de celui qui organisait la fête et l'instant d'après, j'étais chez moi. C'était la même sensation que lors de mon opération du genou : on m'a placé un masque sur le visage et soudain, j'étais en salle de réveil et quelqu'un me disait que tout s'était bien passé.

— Jay, si on t'a drogué, tu n'es pas responsable de tes actes !

— Va expliquer ça au chat de ma sœur à qui j'ai fait Dieu sait quoi…

Jay se met à pleurer. Je ne sais pas quoi dire.

— Tu ne lui as rien fait, Julien.

Nous nous retournons d'un même mouvement. Victoria est à la porte de ma chambre, le visage fermé, un carnet noir à la main. Le chiffre 1 est inscrit au vernis à ongles rouge sur la couverture.

— Mais je… Ce n'est pas moi qui l'ai tué ? bredouille Jay. Mais alors, qu'est-ce que je t'ai fait ?

— Tu m'as dit la vérité et je n'étais pas prête à l'accepter.

Jay fronce les sourcils :
— De quoi tu parles, Tori ? Quelle vérité ?
— Lis, ordonne-t-elle en lui lançant le carnet.

Puis, elle tourne les talons et disparaît à nouveau dans ma chambre.

CHAPITRE 6
Victoria
JEUDI 24 DÉCEMBRE, 20 HEURES

Dix minutes plus tard…

Il y a neuf ans, si Julien avait passé la soirée avec moi comme je le lui avais demandé, j'ignorerais peut-être encore la vérité. Je continuerais à le révérer et à tout faire pour mériter son estime et son affection, alors même que c'était perdu d'avance.

J'ai eu le cœur brisé, mais je ne regrette pas ce qui est arrivé. Le mensonge est toujours pire que la vérité.

Cette nuit-là…

— S'il te plaît, Julien… reste ! le supplié-je alors qu'il enduit de gel ses cheveux bruns.

— Demain soir, si tu veux. On commandera des sushis et on regardera un film.

— Mais mon anniversaire, c'est aujourd'hui !

— Ma fête aussi. Pour une fois que j'ai l'occasion de sortir avec des gens de mon âge…

— Ce ne sont même pas tes amis ! De toute façon, tu ne les reverras plus jamais.

— Tori, pas la peine de me harceler. J'irai à cette soirée.

Les larmes aux yeux, je quitte la salle de bains en claquant la porte et je me précipite dans ma chambre. Roulé en boule sur mon lit, Kit-Cat ouvre un œil et le referme aussitôt. Je m'allonge à côté de lui et je le grattouille derrière les oreilles.

— C'est nul… Si au moins Lexie était là ! grommelé-je.

Ma meilleure amie est déjà partie en vacances chez son père qui, après son divorce, s'est installé dans le Sud-Ouest. Je ne la reverrai pas avant longtemps, car je vais moi-même devoir suivre papa. Il a obtenu un nouveau poste, plus prestigieux et mieux payé mais qui implique de beaucoup se déplacer. Manque de chance, je suis trop jeune et pas assez douée pour être admise à l'Académie comme Julien.

Mon chat se met à ronronner. Je ferme les yeux pour ne plus voir les cartons que j'aurais déjà dû remplir en prévision du déménagement. Soudain, on frappe à la porte.

Julien entre et vient s'asseoir sur mon lit :

— Si tu veux que je reste avec toi, je vais rester… soupire-t-il.

— Si c'est une corvée, je préfère que tu partes.

— Ça ne me dérange pas.

Menteur.

— Va t'amuser, Julien. De toute façon, je suis fatiguée.

Il m'embrasse sur la joue et se lève :

— Tu peux dormir dans mon lit. Et je te promets que demain, on passera la journée ensemble.

Il ferme la porte de ma chambre. J'enfile mon pyjama et je traverse le couloir pour aller dans celle de mon frère, rangée de manière impeccable. Le lit est fait et la propreté est irréprochable. Je regarde avec envie tous les trophées alignés sur les étagères et toutes les médailles accrochées au mur. Je n'ai moi-même remporté que quelques tournois mineurs. J'espère qu'un jour, Julien sera fier de moi.

Je l'ai toujours beaucoup admiré. Mon père est très peu présent et ma mère est morte peu après ma naissance : c'est mon seul modèle depuis mon plus jeune âge. Il s'occupe de moi dès qu'il ne s'entraîne pas. Quand il n'est pas là, la famille de Lexie devient ma famille de substitution.

Je m'allonge dans le lit de Julien et j'enfouis la tête dans son oreiller. Plus vite je dormirai, plus vite il sera revenu. Je ne tarde pas à trouver le sommeil.

Un bruit sourd me réveille en sursaut. Quelle heure est-il ? Je regarde le réveil posé sur la table de nuit. Trois heures du matin. La porte s'ouvre à la volée et Julien allume la lumière. Éblouie, je ferme les yeux.

— Salut… dis-je en bâillant. C'était bien, ta fête ?

— Un ramassis d'abrutis sans avenir qui n'ont qu'un but : se saouler. Pathétique.

Le ton de sa voix m'étonne. Il est froid et condescendant.

Je suis à présent tout à fait réveillée.

— Il s'est passé quelque chose ?

— Avec qui ? Les filles étaient toutes plus stupides les unes que les autres.

Julien est différent. Son visage est dur, ses mâchoires crispées. Il me fait peur…

— Tori, retourne dans ta chambre. J'aimerais dormir.

— Mais… Tu m'avais dit que je pouvais…

— On n'a plus l'âge, tu ne crois pas ? coupe-t-il en claquant des doigts. Trouve-toi un petit copain et arrête de me coller.

Abasourdie, je le regarde ouvrir son placard et prendre une énorme valise sur l'étagère du haut. Il commence à la remplir. Je descends du lit et je me dirige vers la porte. J'ai envie de pleurer.

— Tu vas me manquer… murmuré-je. Je ne veux pas rester toute seule avec papa !

— À qui la faute ?

— Quoi ?

— J'ai dit, « à qui la faute ? », répète-t-il d'un ton sec. Sans toi, maman serait toujours là.

— Je… je ne comprends pas… Elle était malade, ça n'a rien à voir avec moi !

Je sais que sa grossesse a été compliquée. C'est la raison pour laquelle je ne suis pas très grande, alors que tout le monde l'est dans la famille. Je suis née prématurée et fragile.

— Tori, si elle n'avait pas été enceinte de toi, elle aurait pu se faire soigner.

Personne ne m'a jamais parlé de ça… Même pas papa qui, pourtant, ne mâche pas ses mots…

— Tu sous-entends que je suis responsable de sa mort ? demandé-je d'une toute petite voix.

— Je ne sous-entends pas, j'affirme. C'est à cause de toi que maman n'est plus là.

Le souffle coupé, je dévisage mon frère que j'ai l'impression de ne plus connaître.

— Ce… ce n'est pas ma faute, bredouillé-je. Tu ne peux pas m'en vouloir !

— Ah non ? Elle est morte en te donnant la vie ! Elle a insisté pour que l'on te sauve à tout prix, sans se soucier des conséquences pour elle-même. Et pour moi…

J'éclate en sanglots. Exaspéré, il croise les bras.

— Julien, ne me rejette pas ! J'ai besoin de toi…

— Et moi, j'ai besoin de ma mère. À cause de toi, elle n'était pas là à mes anniversaires, elle n'a pas assisté à ma première compétition, elle…

— J'étais là, moi !

— C'est bien ça, le problème.

— Mais qu'est-ce que tu aimerais que je fasse ?

— Qu'on remonte le temps et que tu disparaisses.

La colère s'empare de moi. Je saisis le trophée qu'il a gagné à son premier tournoi et je le lance de toutes mes forces dans sa direction. Il l'esquive en baissant la tête. La coupe heurte le mur et le socle se détache.

— Je vais disparaître de ta vie, si c'est ce que tu souhaites, dis-je en essuyant mes larmes.

— Si seulement c'était vrai... Tu vois, tu détruis tout ce que tu touches ! réplique-t-il en ramassant son trophée brisé.

Je sors en claquant la porte. Je vais me réfugier dans ma chambre, bouleversée par la conversation que nous venons d'avoir. On aurait dit une autre personne... Comme s'il était possédé !

Alors, c'est ce qu'il pensait de moi depuis toutes ces années ? Moi qui croyais qu'on était proches...

J'ai l'impression d'étouffer... J'ouvre la fenêtre. Furieuse contre Julien, mais surtout contre moi-même, je me laisse tomber sur mon lit à côté de Kit-Cat endormi. Je reste de longues minutes immobile à ressasser les propos de mon frère. Puis, je me mets à hurler pour évacuer ma colère et ma frustration. Kit-Cat se réveille en sursaut et bondit par la fenêtre.

Soudain, j'entends des crissements de pneus et un bruit sourd. Je me précipite et je regarde au-dehors. J'aperçois les feux arrière d'une voiture qui disparaissent au coin de la rue. Et au milieu de la chaussée, une forme noire immobile. *Kit-Cat !*

Affolée, je dévale l'escalier et je cours vers mon chat. Je prie pour ne pas arriver trop tard... Mais déjà, une flaque sombre s'élargit sous lui.

— Non ! m'écrié-je en le prenant dans mes bras. Kit-Cat, ne meurs pas !

L'odeur métallique du sang me submerge. Il ne bouge plus...

Tête basse, je retourne dans ma chambre, le corps de mon chat serré contre ma poitrine, comme si je pouvais empêcher la vie de le quitter par le trou béant de son flanc. Je m'assois sur le parquet et le berce, d'avant en arrière, d'avant en arrière... Je perds toute notion du temps.

Quand on frappe à la porte, je remarque que le jour s'est levé.

— Tori, tu es réveillée ? fait Julien d'une voix endormie. Il m'arrive un truc étrange... J'ai l'impression d'avoir oublié ce qui s'est passé cette nuit. Et j'ai un mal de crâne épouvantable !

Il semble redevenu normal.

Je ne veux pas lui parler. Je ne veux plus jamais lui parler.

— Va-t'en ! lancé-je, la gorge serrée.

La porte s'ouvre. Julien sursaute quand il m'aperçoit sur le sol, souillée du sang de mon chat que je tiens toujours dans mes bras.

— Qu'est-ce qui s'est passé ? s'écrie-t-il, paniqué.

— Ne t'approche pas de moi ! Plus jamais, tu m'entends ?

— Mais... que...

— Éloigne-toi ! hurlé-je de toutes mes forces.

Effaré, Julien recule d'un pas.

— Ne m'adresse plus jamais la parole, lâché-je d'une voix que je ne reconnais pas.

— Tori, ne...

— Julien, sors d'ici ! coupe papa qui le tire en arrière. Va faire un tour. Je t'appelle plus tard. Dépêche-toi !

La suite se déroule comme dans un rêve. J'explique à mon père ce qui est arrivé à Kit-Cat. Il m'envoie me doucher et me changer pendant qu'il l'enterre. Je me cloître dans ma chambre. Je refuse de parler à Julien, ni de vive voix ni par téléphone. Dans ses messages, il prétend qu'on l'a drogué et qu'il a perdu la mémoire. Je les efface juste après les avoir lus, puis sans les lire. Je finis par bloquer son numéro et son adresse email.

Je ne quitte mon lit que le lendemain matin, après son départ pour l'Académie de tennis. J'avais prévu de l'accompagner à la gare de Lyon mais, bien sûr, il n'en est plus question. Désormais, je ne partagerai plus rien avec lui.

———

Trois coups frappés à la porte de la chambre de Matt me ramènent dans le présent.

— Vic, j'entre ! dit-il d'un ton résolu.

Il tient à la main le carnet où j'ai noté avec exactitude les propos que mon frère et moi avons échangés. Aussitôt, il s'élance vers moi et me prend dans ses bras. Je me raidis à son contact.

— Tu n'y es pour rien, me murmure-t-il à l'oreille. Si ta mère est morte, ce n'est pas ta faute, Vic. C'est elle qui a choisi ta vie plutôt que la sienne. Et je suis sûr que si c'était à refaire, malgré les risques, son choix serait le même.

Je me détends dans les bras de Matt. Je rêve d'entendre ces mots depuis si longtemps... Je n'y crois pas, mais ils me réconfortent plus que je ne l'aurais imaginé.

— Mon frère me hait, dis-je avec amertume.

— Jay ne te hait pas. On l'a drogué, Vic. Il a raconté n'importe quoi. Il ne s'en souvient même plus !

— Il a dit ce qu'il pensait au plus profond de lui-même. La drogue lui a permis de l'exprimer.

— Je refuse de le croire. Je le fréquente depuis deux ans et je t'assure que c'est quelqu'un de bien.

— Mais je n'ai jamais dit le contraire ! J'ai tué notre mère, c'est normal qu'il réagisse de cette façon.

Les traits de Matt se contractent. Il relâche son étreinte. La chaleur de ses bras me manque aussitôt.

— Je ne veux plus jamais entendre ça ! s'écrie-t-il, furieux. Tu n'as tué personne ! Tu es la fille la plus douce et la plus généreuse que je connaisse. Tu es courageuse et déterminée. Tu es celle qui m'a persuadé que j'avais du talent alors que moi, je n'y croyais pas.

Matt se lève et baisse la bande élastique de son boxer. Mal à l'aise, j'ai un mouvement de recul. Il secoue la tête et me sourit. Je remarque qu'il porte un tatouage à l'aine, du côté gauche : la phrase « *You Are Art* ». C'est la copie de l'inscription manuscrite que j'avais tracée au stylo à bille sur le caoutchouc de sa Converse. Lexie l'avait écrite sur sa propre chaussure et je l'avais imitée.

— Tu es celle qui m'a dit « *You are art* » alors que tous les autres me disaient « *You are a loser*[1] », continue-t-il en se rhabillant.

— Où veux-tu en venir, Matt ? demandé-je, émue.

Il se rassoit et prend mon visage entre ses mains.

— Victoria, ce monde serait moins beau si tu n'en faisais pas partie. Alors, merci d'exister.

Il se penche un peu plus. Ses lèvres effleurent les miennes. *Il va m'embrasser...* pensé-je en retenant mon souffle. Cette fois, j'en ai très envie.

Soudain, la sonnette retentit, mettant fin à ce moment d'intimité. Nous nous éloignons à regret. J'entends une voix de femme que je ne reconnais pas, puis celle de Denis, puis deux autres voix. Une dispute semble avoir éclaté entre Julien et Marine.

— Je vais voir ce qui se passe, dit Matt en se précipitant hors de la chambre.

Quand le calme est revenu, je le rejoins dans la pièce principale. Grâce aux paroles de Matt, je me sens enfin prête à affronter mon frère.

Assis sur le canapé, la tête dans les mains, il est secoué de sanglots. Matt et Denis, à côté de lui, lui parlent à mi-voix. Bras croisés, Marine est en pleine conversation avec une femme plus âgée qui lui ressemble : même élégance, même douceur du visage, mêmes cheveux blonds aux reflets roux. Mais l'inconnue a les cheveux bouclés et des taches de rousseur. C'est Eileen... Ses yeux sont aussi bleus que ceux de Matt. Elle se tourne vers moi et me sourit :

— Sara ? dit-elle en s'approchant de moi.

— C'est Victoria, madame, dis-je en baissant la tête, gênée par l'intensité de son regard.

— Tu peux m'appeler Eileen et me tutoyer. Je ne sais pas si tu t'en souviens, mais on s'est rencontrées une fois...

— À l'hôpital, quand tu étais enceinte de Maë.

— Je suis heureuse que Matthéo t'ait enfin retrouvée. Tu l'as tant aidé après son accident ! Il était devenu l'ombre de lui-même. Et j'ai cru comprendre que c'est grâce à toi que les filles et lui ont renoué le contact avec leur père.

— Je n'y suis pour rien, Eileen.

— À présent, c'est à nous de te venir en aide et de faire en sorte que tu renoues le contact avec ton frère.

Je jette un coup d'œil dans la direction de Julien. Il s'est levé et s'avance vers moi.

— Je ne suis pas sûre de le vouloir, dis-je d'un ton sec.

— Les propos qu'il a tenus cette nuit-là sont inexcusables, mais il n'était pas lui-même.

— Qu'est-ce que tu en sais ? lâche Marine qui s'interpose entre Julien et moi, comme pour me protéger.

Il s'arrête, stupéfait et blessé.

— Tori, je te demande pardon ! Je n'ai aucun souvenir de toutes les horreurs que je t'ai dites. Mais une chose est sûre, je n'en pense pas un mot !

Je voudrais tant le croire... Je ne réponds pas.

— Ça fait neuf ans que l'on ne se parle plus et c'est une torture. Laisse-moi une chance de me racheter, je t'en supplie ! Je t'aime, Victoria...

— Toujours les mêmes discours, soupire Marine en levant les yeux au ciel.

— Ça n'a rien de comparable, Marine, réplique Matt. Killian est une ordure. Il ne vit que pour nuire aux autres !

— Qu'est-ce que je peux faire pour que tu me croies ? insiste Julien.

Il semble sincère, mais je ne peux m'empêcher de penser que la drogue l'avait désinhibé.

— Je ne sais pas, Julien. J'aurais peut-être pu te croire si tu n'avais pas essayé de me faire enfermer chez les fous il y a deux ans pour te débarrasser de moi.

Tous se tournent vers lui. Incompréhension, stupeur, mépris se peignent sur leurs visages. Il l'a bien mérité.

— Je ne... Non, ça ne s'est pas du tout passé comme ça ! Jamais je...

— Les jeunes, vous devriez aller en parler *en privé*, dit Eileen avec douceur mais fermeté.

Julien et moi, nous nous affrontons du regard. Elle a raison. Il est temps de crever l'abcès. Je le prends par le bras et je l'entraîne vers la chambre de Matt.

---

1. « Tu es un loser. »

CHAPITRE 7
Matt
VENDREDI 25 DÉCEMBRE, MINUIT

Deux heures plus tard…

— Joyeux Noël, lancé-je après avoir consulté ma montre, ou plutôt celle de papa que je n'enlève que pour les travaux salissants.

Denis et maman, qui ont partagé la bouteille de champagne qu'elle a apportée, sont avachis sur le canapé et parlent de leurs déboires amoureux respectifs – dus surtout à mon père. *Ils ont beaucoup trop bu*, pensé-je en allant vérifier que Maë dort toujours dans la chambre de Marine.

Ma sœur aînée et moi venons d'avoir une des discussions les plus difficiles de toute notre vie. Je lui ai raconté tout – ou presque – ce que Killian m'a infligé et elle a fait de même. J'ai l'impression que nous nous sommes rapprochés. En tout cas, nous nous sommes promis de ne plus avoir de secrets l'un pour l'autre.

Quant à Jay et à Victoria, ils sont toujours dans ma chambre. J'espère qu'ils arriveront à se réconcilier. Je les aime tous les deux. Je ne veux pas les perdre !

C'est ce que j'écris à papa avec qui je tchatte sur la messagerie privée d'Instagram, comme je le fais très souvent depuis son départ. C'est bien plus facile que de lui téléphoner ou de lui parler face à face. Je lui résume ce qui se passe à Paris en temps réel. Ainsi, il peut suivre la conversation des membres du groupe WhatsApp « famille » avec tous les sous-entendus.

— Matty, tu peux allumer ton enceinte Bluetooth ? demande Denis. Je vais mettre ma playlist *Best Of*.

— C'est la mienne... dis-je avec un sourire en reconnaissant *Come Back Home* de We Are The In Crowd, une des chansons que j'écoute souvent quand je dessine.

— Pitié, pas celle-là, grommelle ma mère. Dès que je l'entends, je pense à Marc et j'ai envie qu'il revienne...

— Une fois, Jay m'a dit qu'elle lui rappelait quelqu'un qu'il aimait, dis-je en montant le son. Maintenant, je sais de qui il parlait...

De sa sœur, qui compte toujours autant pour lui bien qu'elle soit devenue une étrangère. Il a sans doute compris que rien ne sera jamais plus comme avant.

« Je pense qu'il est temps que tu rentres à la maison. »

La porte de ma chambre s'ouvre soudain. Victoria en sort, suivie de Jay qui tient à la main les radios de son épaule. Leurs yeux sont rouges et gonflés. Ils semblent épuisés, mais la tension entre eux a disparu.

— Raclette ? Champagne ? leur propose Denis qui s'est allongé sur le canapé, la tête sur les genoux de ma mère.

— Non merci ! répondent-ils en chœur.

— Tout va bien ? demandé-je.

— Non... répètent-ils.

— Mais on y travaille, ajoute Jay.

Victoria acquiesce et m'adresse un sourire timide, plein d'espoir. Il lui manquait autant qu'elle lui manquait... Comme Marine et moi. Ou comme papa et moi...

— Julien pense que je devrais me refaire opérer de l'épaule, dit Victoria.

— Ça me semble être une très bonne idée, dit maman. Vous

allez contacter le chirurgien qui a sauvé le genou de Jay et la cheville de Matthéo ?

— Oui, si on peut avoir un créneau dans pas trop longtemps, répond Jay avant d'aller couper la musique qui tourne en boucle.

Il a dit « on ». Il y a du progrès…

— Je vais rentrer, ajoute-t-il en se frottant les yeux. Eileen, je te ramène ?

— Merci, mais Maë et moi, on va dormir chez Denis.

— Victoria, tu restes ici ou tu retournes à la maison ? demande Jay prudemment.

— Je préfère dormir chez Matt. Lexie n'est pas là ce soir.

Ce n'est pas ce qu'il a voulu dire par « à la maison »… Peiné, Jay va chercher sa veste sur le portemanteau.

— Moi, j'avais prévu d'aller chez Jay, dis-je en faisant un clin d'œil à mon meilleur ami. Tu m'accompagnes, Vic ?

Tous, suspendus aux lèvres de Victoria, retiennent leur souffle.

— Victoria, voudrais-tu rentrer à la maison ? insiste Jay. *Notre* maison des Lilas. Pas celle de Lexie. Celle où tu as toujours ta chambre, où je ne suis pas entré depuis le jour de notre dispute.

Surprise, Victoria me consulte du regard.

— On dormira dans la mienne, au rez-de-chaussée, proposé-je.

— L'ancien bureau de papa… murmure-t-elle.

— La chambre *et* le bureau de Matt, dit Jay. On y va ?

Elle hésite, puis finit par accepter.

Pendant le trajet, personne ne parle. Victoria et moi sommes assis tous les deux à l'arrière, sa main glacée dans la mienne. Elle ne la lâche pas pendant que Jay lui fait visiter la maison de son enfance, où elle n'est jamais revenue en neuf ans et qui a subi beaucoup de transformations.

Victoria est tendue, droite comme un i, et ne dit pas un mot. Elle paraît soulagée quand Jay nous souhaite une bonne nuit au seuil de ma chambre. Elle me précède à l'intérieur.

— Merci, Matt, chuchote Jay en posant la main sur mon épaule.

Mais tu vas devoir m'expliquer pourquoi tu m'as caché que ta Sara était ma sœur...

Cette nuit-là, je tiens Victoria serrée contre moi et je lui murmure des paroles réconfortantes au creux de l'oreille. « Tout va bien se passer », répété-je comme un mantra. De l'autre côté de la cloison, j'entends Jay converser en anglais. Je me demande qui il peut bien appeler en pleine nuit...

Bouleversés par les événements des deux jours précédents, nous finissons par nous endormir.

———

La sonnerie de mon téléphone me réveille en sursaut. C'est papa... Il est 9 heures du matin en France, minuit à Los Angeles. Victoria s'étire en bâillant. Je décroche et active le haut-parleur.

— A... allô... marmonné-je en refermant les paupières, assommé par la fatigue.

— Joyeux Noël, Matthéo ! lance mon père d'une voix enjouée.

— Joyeux Noël à toi aussi... grogné-je. Parmi mes bonnes résolutions pour la nouvelle année, il y aura « éteindre mon portable quand je dors »...

— Et moi, « faire un régime » et « me remettre au sport ».

— « Ne pas tenter de me suicider », ce serait déjà pas mal...

Comment ai-je pu sortir une bêtise pareille ? pensé-je, horrifié. Je m'assois dans mon lit, soudain tout à fait réveillé. Mais papa ne s'offusque pas.

— Celle-là, ça ira... Quant aux deux autres, je les ai prises après avoir vu ma photo en costume de père Noël... Victoria est levée ?

— Oui, nous sommes chez Jay.

— Je sais, il m'a appelé.

— Toi ? Pourquoi ?

— Pour me demander si je pouvais héberger Victoria après son opération, le temps de sa convalescence.

— Quoi ? s'écrie Victoria. Quelle opération ? Quand ?

— Celle de ton épaule. Dans quelques jours. Il y a deux chambres dans le *pool house* où j'ai élu domicile. Ça ne pose donc aucun problème, si c'est ce que tu souhaites. Sinon, tu iras dans un centre de rééducation.

— Sans façon ! Être au milieu de sportifs de haut niveau, très peu pour moi... Et puis, je tiens à ma liberté.

— C'est ce que ton frère pensait. Il a compris la leçon.

— J'y ai passé quelques semaines et Jay aussi, dis-je avec douceur. Nous n'en sommes pas morts... Ce n'est pas une prison, Vic.

— Un hôpital psychiatrique non plus, ajoute papa d'une voix ferme. J'ai fait de nombreux séjours « chez les fous », comme tu dis, pourtant je ne suis pas fou. Je suis malade et j'essaie de guérir.

— Désolée... murmure Victoria, gênée.

— Ton frère a commis une erreur quand il ne t'a pas demandé ton avis. L'hôpital psychiatrique ne convient pas à tout le monde et tu n'avais pas choisi d'y aller. Mais il était désemparé et il a suivi les conseils du corps médical. Tu comptes le lui reprocher toute sa vie ?

— Non...

— Pardonne-lui. Il a été très affecté par son accident et surtout, par *ton* accident.

— Je vais essayer, Marc.

— « N'essaie pas ! Fais-le, ou ne le fais pas ! Il n'y a pas d'essai. »

— Je rêve ou tu viens de citer *Star Wars*, papa ? dis-je en riant.

— Un dinosaure, je ne suis pas, répond-il en imitant la voix de Maître Yoda. Bonne journée, les jeunes.

Sur ce, il raccroche.

Nous trouvons Jay endormi à la table du salon, devant son ordinateur portable. À l'écran s'affiche une page de recherches sur le site d'une compagnie aérienne.

— Jay, réveille-toi, dis-je en le secouant.

— Mmh... Encore cinq minutes, grogne-t-il.
— Quand est-ce que je suis censée partir ? demande Victoria.
Surpris, Jay lève la tête et la dévisage.
— Marc vient de m'appeler, précise-t-elle. Il m'a parlé de mon opération.
— J'ai contacté le docteur Thompson. Il a eu une annulation mardi prochain. Il a étudié tes radios et il pense qu'il peut t'aider. Il te laisse jusqu'à midi pour décider.
Les yeux de Victoria s'emplissent de larmes.
— Alors, ça veut dire que je pourrai...
— Non, coupe Jay. Ton épaule est trop abîmée pour envisager une seconde le sport de haut niveau. Mais tu pourrais retrouver l'usage normal de ton bras et ne plus souffrir.
— Combien coûte cette opération ? demande-t-elle en s'essuyant les yeux.
— Ce n'est pas ton problème. Mais la rééducation sera longue et difficile. Et c'est mieux si tu la commences là-bas. Il a parlé de quatre mois minimum sur place et le double en France.
— Un an, donc... murmure Victoria. Pour ne jamais rejouer au tennis...
Est-ce que je peux la suivre à Los Angeles ? Bien sûr que non. Ma carrière et surtout ma famille sont à Paris. Maman et mes sœurs ont besoin de moi. Je ne peux pas les abandonner.
— Je te rendrai visite aussi souvent que possible, Vic, dis-je en affectant une gaieté que je n'éprouve pas vraiment.
— Et moi, je resterai avec toi aussi longtemps que nécessaire, dit Jay.
Victoria, que j'ai mise au courant des projets de son frère, le regarde avec des yeux ronds.
— Et ton rêve de redevenir joueur professionnel ?
— Moi, revenir sur le circuit ? Quelle idée ridicule ! dit-il avec un rire forcé.
— C'est si ridicule que tu as la brochure de l'Académie Mouratoglou dans tes toilettes, Julien !

— C'est... pour... mes élèves ! bafouille-t-il.
— Tu as travaillé dur pour te remettre à niveau. Tu crois que je vais te laisser bousiller ton avenir pour moi ?
— Tori, tu as besoin de moi !
— Julien, ça fait neuf ans que je me débrouille sans toi. Je ne suis pas à quelques mois près ! Toi, si.
— Je ne veux pas te perdre encore...
— Tu ne me perdras pas. Toi, tu vas t'entraîner à l'Académie. Moi, je vais me faire opérer à Los Angeles. Ensuite, on se retrouvera.

Jay secoue la tête :
— Et mes chiens ? Personne ne pourra s'en occuper si longtemps !
— Si, ma mère, répliqué-je. Ou Margaux, si tu la paies assez.

Les heures suivantes défilent à toute allure. Il faut organiser le voyage de Victoria, qui insiste pour partir seule. Je lui réserve un billet d'avion direct pour Los Angeles demain matin et je demande un formulaire d'immigration en urgence. Il arrive deux heures plus tard. Par chance, le passeport de Victoria est encore valide. Lundi, elle subira une journée d'examens dans la clinique privée où exerce le docteur Thompson et dès mardi, elle sera opérée.

Pendant que Jay et moi nous occupons de la partie administrative, Victoria retourne à mon appartement pour chercher ses affaires. Puis, Marine et elle se rendent dans divers magasins pour acheter ce qui lui sera nécessaire pendant son hospitalisation.

Ce n'est qu'en fin d'après-midi que Victoria revient chez Jay. Marine se contente de déposer les sacs et repart tout de suite. Jay prétend qu'il doit aller au club pour s'entraîner, mais sans doute veut-il que nous profitions de notre dernière soirée ensemble.

— J'ai fini de préparer ma valise, annonce Victoria.
— Et moi, j'ai nourri les chiens, dis-je en me laissant tomber ur le canapé, épuisé et inquiet.

Victoria s'assoit contre moi et pose la tête sur mon épaule.
— Merci pour tout, Teo.

Pourquoi elle m'appelle comme ça ?

Au fond de moi, je le sais déjà. Parce qu'elle va rompre avec moi.

— Tu vas me manquer, continue-t-elle en faisant tourner autour de son pouce un étrange anneau noir bordé de bleu.

— On pourra se téléphoner tous les jours, dis-je d'une voix mal assurée. Et je viendrai te voir souvent.

Elle me prend la main et entrelace ses doigts aux miens :

— Il y a trois ans, j'aurais sauté de joie que tu me proposes une relation à distance. Et avec le recul, je suis sûre que ça aurait pu marcher. On se serait retrouvés en juillet et, qui sait, Teo et Sara seraient peut-être mariés à l'heure qu'il est.

Nous y voilà.

— Mais... murmuré-je.

— Mais Sara est morte et Teo a changé. Tant que j'ignore ce que je veux faire de ma vie, je refuse de m'engager.

— Tu ne m'inclus pas dans tes plans d'avenir, donc... dis-je d'un ton amer.

— Ce n'est pas ce que j'ai dit. Mais comme tu l'as constaté, j'ai beaucoup de problèmes que je dois régler seule. Il est hors de question que je te demande de m'attendre.

— Tu es décidée à rompre ?

— Je ne vois pas d'autre solution, Matt. Je ne sais pas ce que le futur me réserve et je tiens trop à toi pour risquer de t'entraîner dans ma chute.

— Vic, je veux t'aider...

— Mais tu l'as déjà fait. Les souvenirs des quelques semaines que nous avons passées ensemble quand on était au lycée m'aident à me lever chaque matin. Je n'ai pas envie qu'ils disparaissent.

— Alors, c'est fini, murmuré-je, gagné par l'émotion. Pour la deuxième fois...

— Il y a trois ans, nous n'avons pas pu nous dire au revoir. Aujourd'hui, rien ne nous en empêche. Et nous pouvons faire de cette soirée un moment inoubliable...

Victoria pose ses lèvres sur les miennes. Je réponds à son baiser qui devient plus pressant. Quand nous nous séparons enfin pour reprendre notre souffle, elle me fait signe de me taire.

— « Je veux que vous me dessiniez comme une de vos Françaises. Juste avec ce bijou », dit-elle en levant la main droite, où elle porte l'anneau noir et bleu.

— « Un diamant très rare. Il a été appelé le Cœur de l'Océan », récité-je avec un sourire triste.

Je vais chercher dans ma chambre des crayons et quelques feuilles. Quand je reviens, Victoria a enlevé son attelle. Elle est nue et mon cœur menace de sombrer comme le *Titanic* quand je découvre les profondes cicatrices qui lui zèbrent l'épaule gauche.

Elle s'allonge sur le canapé ; je m'assois par terre contre le mur. Je pleure en silence pendant que je la dessine. Quand j'ai terminé, elle vient s'agenouiller à côté de moi et, de ses baisers, sèche les larmes sur mes joues. Nous échangeons un regard.

— Tu en es sûre ? demandé-je.
— Certaine, répond-elle. Mais je remets mon T-shirt.
— Bien sûr. Si tu changes d'avis…
— Je sais, coupe-t-elle. Mais cette fois, ça n'arrivera pas.

Et elle ne se trompe pas.

Un peu plus tard, nous sommes tous deux allongés sur le dos, la tête de Victoria posée sur ma poitrine.

— Vic, c'est quoi, cette bague que tu portes au pouce ?
— Elle me vient de ma mère, dit-elle en me la tendant.

Je la glisse à mon annulaire. Elle me va parfaitement. Victoria sourit.

— Je l'avais jointe à ma lettre – ma « vraie » lettre – et je t'avais demandé en mariage. Tu m'avais écrit : « Ta bague, je n'en veux pas. »

Ce n'était donc pas un bijou en toc, comme elle l'a prétendu il y a quelque temps…

— Oui, dans ma « fausse » lettre, répliqué-je.

— Je me suis toujours demandé ce que tu aurais répondu si tu avais reçu ma vraie lettre…

— Pose-moi la question et tu sauras.

Victoria s'assied et me regarde avec douceur, mais j'ai l'impression qu'elle ne me voit pas.

— Teo Delonge, veux-tu m'épouser ?

— J'en serais très heureux, Sara Chaix, dis-je en lui rendant sa bague qu'elle remet à son pouce.

CHAPITRE 8
Marine

VENDREDI 25 DÉCEMBRE, 17 HEURES

Cinq heures plus tôt...

Par la fenêtre de la salle à manger donnant sur la rue, je vois Jay qui range son sac de sport dans le coffre de sa Jeep. Il jette un coup d'œil dans ma direction. Je laisse retomber le rideau. *Il ne viendra pas...* pensé-je tandis qu'il s'installe au volant. Dans mon message auquel il n'a pas répondu, je lui demandais s'il pouvait passer chez ma mère – qui, elle, est toujours chez Denis avec mes sœurs.

Pourtant, je dois vraiment lui parler !

Je me précipite dans l'allée. J'arrive devant sa voiture au moment où il démarre. Surpris, il pile et descend la vitre du côté conducteur.

— Marine ? Un problème ?

— Des tas, mais je ne sais pas par où commencer...

— Quand tu sauras, n'hésite pas à me faire signe, soupire-t-il. Maintenant, je vais m'entraîner au club.

Son ton est froid, distant. Il ne me regarde pas en face.

— Je peux venir ?

— T'entraîner avec moi ? répond-il, dubitatif.

— Bonne soirée, Jay, dis-je, vexée, en tournant les talons.

— Attends ! Si tu as besoin de te défouler, je peux te prêter une raquette et quelques balles. On pourra parler pendant le trajet.

Cinq minutes plus tard, vêtue d'une tenue de sport, je m'installe dans la Jeep. Jay est en survêtement. Il est aussi séduisant que lorsqu'il porte une tenue de ville.

— Victoria et Matt voulaient passer la soirée ensemble, commencé-je.

— Elle va rompre avec lui, non ? dit Jay d'un ton neutre.

— Possible. On n'a pas évoqué la question cet après-midi.

— Fuir, c'est toujours ce qu'elle fait, quand elle est incapable d'affronter une situation. Alors, de quoi avez-vous parlé ?

— De toi.

Jay me lance un bref regard, puis il reporte son attention sur la route.

— Qu'est-ce qu'elle a dit ?

— Qu'elle ne voulait pas que toi et moi, on se dispute à cause d'elle.

— Trop tard…

Hier, jusqu'à notre départ chez Matthéo, Jay et moi avons évoqué des sujets très divers, mais jamais notre relation – en envisage-t-il une ? Nous avons passé la journée ensemble, entre le lit et le canapé, à nous découvrir un peu plus. Nous ne nous sommes séparés que quelques minutes, le temps que j'aille chercher des préservatifs dans la chambre de Margaux. Jay est encore plus attentionné que je ne l'imaginais. Il est simple, posé, drôle. Pas étonnant qu'il ait conquis le public au cours de sa très courte carrière.

Il ne m'a lâché la main que lorsque nous sommes arrivés devant l'appartement de Matt et c'est là où tout a dérapé.

— Jay, je suis désolée pour la nuit dernière. J'ai réagi comme si la situation de ta sœur et la mienne étaient identiques alors qu'elles n'ont rien à voir. Tu n'es pas Killian…

— Je n'attendais pas de toi que tu prennes ma défense. Tu sais, je ne suis pas fier de ce que j'ai fait.

Il coupe le moteur devant le club et sort un trousseau de clés de la boîte à gants. Quand il frôle ma jambe, je suis parcourue de frissons.

— Tu as froid ? On va aller sur un court couvert, dit-il en descendant de la voiture.

Il désactive l'alarme et m'invite à le suivre dans le bâtiment. Nous empruntons un couloir qui longe des terrains de tennis. Nous entrons dans celui du fond, où nous attend un caddie rempli de balles.

— Au fait, Marine, je me suis toujours demandé... Comment ton ex savait-il que tu étais ici, le jour où nous avons disputé le match ?

— Aucune idée, dis-je en haussant les épaules. Si ça se trouve, ce fou furieux a mis mon téléphone sur écoute...

Jay me lance un regard inquiet.

— Tu ne crois quand même pas qu'il a pu... continué-je en examinant mon portable avec suspicion. Dans le doute, je vais le mettre en mode avion.

— Si tu veux être sûre à 100 % qu'on ne t'épie pas, mets-le dans un micro-ondes. Il y en a un en salle de repos.

Jay, un hacker ? Il ouvre son sac et en sort deux raquettes. Il m'en tend une.

— Tu n'as jamais vu le film *Snowden* ? ajoute-t-il.

— Je devrais peut-être changer de portable et même de numéro...

— Mon père peut en prendre le contrôle à distance et te dire ce qu'il en est.

— Ton père ? Tu ne m'as jamais parlé de lui, remarqué-je, étonnée.

Jay sort quelques balles du caddie et commence à les frapper. J'ai l'impression qu'elles sont encore plus rapides que la dernière fois où je l'ai vu jouer.

— Papa est un *white hat*, dit-il au bout de quelques minutes. C'est un expert qui réalise des tests pour s'assurer de la sécurité des systèmes informatiques de l'Armée.

— Un « hacker éthique », en quelque sorte ?

— C'est ça. Nous ne sommes pas proches, mais il nous aidera sans problème.

— Vous ne vous entendez pas ?

— Si, mais il est Asperger. Il a un mode de fonctionnement « spécial ». Il ne travaille que la nuit, quand il n'y a presque personne à la base. Il ne sort jamais sans son casque antibruit. Il ne ment jamais, sauf parfois par omission. Ses paroles peuvent être blessantes, mais il ne le fait pas exprès.

— Victoria et toi n'avez pas dû avoir une enfance facile...

Il ne répond pas. Je frissonne encore, mais de froid.

— On joue ? me propose Jay. Ça te réchauffera.

Aussitôt, il contourne le filet. J'attrape une balle dans le caddie et je la sers à la cuillère. Il la renvoie doucement sur mon coup droit. Nous disputons quelques échanges sans parler. Les rares fois où j'ai joué avec Killian, il a pris un malin plaisir à me viser. J'avais des bleus partout.

— Victoria et moi, on était tout l'un pour l'autre, dit soudain Jay. Quand elle ne m'a plus adressé la parole, ça m'a anéanti. C'est le tennis qui m'a sauvé. Si seulement elle m'avait avoué la vraie raison de son silence...

— Tu aurais insisté ?

— Bien sûr. À présent, je me demande s'il n'est pas trop tard... Elle ne me fait plus confiance.

— Pourtant, elle a accepté de se faire opérer.

— Mais elle refuse que je l'accompagne.

— Elle ne veut pas être un fardeau pour toi. À ta place, j'irais tout de même avec elle. Elle aura besoin de toi.

— Toi, tu as accompagné Matt à Los Angeles ?

— Oui. C'est mon petit frère. Et crois-moi, il n'était pas brillant à son réveil... Je ne suis restée qu'une semaine, le temps qu'il se remette un peu.

Jay cesse de jouer et plonge ses yeux gris dans les miens. À quoi pense-t-il ? Je ne peux m'empêcher de rougir.

— Tu es quelqu'un de bien, Marine.

— Si c'était le cas, je me serais rendu compte que Killian harcelait Matt. Mais je n'ai rien vu. Ou peut-être n'ai-je pas voulu le voir ?

— Maintenant, tu le sais. Et tu ne vas pas retourner avec lui. J'espère… Pour toi… Et pour Matt…

Jay s'approche du filet et observe ma réaction.

— Et pour toi ? demandé-je en m'approchant à mon tour.

— Oui, aussi. Mais je vais bientôt partir à l'Académie pour m'entraîner. Et ensuite, si tout va bien, sur le circuit. Beaucoup de déplacements, de nuits à l'hôtel et de décalage horaire en perspective.

— Donc, pas de place pour une relation à distance.

— Je n'ai pas dit ça…

Jay avance encore d'un pas. Je fais de même. Seul le filet nous sépare. Je sens son souffle sur mon visage.

— Et moi, je compte finir ma thèse une bonne fois pour toutes. Beaucoup de nuits blanches en perspective.

— Donc, pas de place pour une relation à distance, répond Jay en posant son front contre le mien.

— Je n'ai pas dit ça, dis-je avant de l'embrasser.

Il me rend mon baiser et me serre dans ses bras, comme s'il avait peur que je disparaisse. Pourtant, c'est lui qui va s'en aller. Quand nous reprenons notre souffle, il enjambe le filet et m'enlace à nouveau, encore plus fort.

Soudain, nos portables émettent un bip au même moment. Je me dégage à regret et lis le SMS qui vient d'arriver.

— C'est mon frère. Victoria a rompu avec lui mais il reste chez toi ce soir.

Jay me montre un message identique sur l'écran de son téléphone.

— C'est dommage, continué-je. Ils allaient bien ensemble, mais le timing n'était pas bon.

— Pour nous non plus, Marine, le timing n'est pas bon. Tu sors d'une relation de neuf ans, je n'en ai jamais eu. Nous travaillons dur pour construire notre avenir.

Il veut ajouter quelque chose, mais il se ravise et commence à ramasser les balles. Allait-il me poser la même question que je brûle de lui poser depuis le début de notre échange ? Je m'éclaircis la gorge.

— Notre avenir... Est-ce que tu me vois dans le tien ?

— Et toi ? demande-t-il sans se retourner.

Ses épaules sont un peu voûtées, comme s'il avait peur de ma réponse. Je l'oblige à me faire face.

— Oui, Jay. Si c'est aussi ce que tu souhaites.

Le sourire qui éclaire son visage est si sincère que mon cœur se met à battre plus vite. La route sera longue et semée d'embûches, mais j'ai envie d'y croire.

— Mais quand tu seras devenu un grand champion, tu ne voudras peut-être plus de moi.

Jay ne répond pas et va fouiller dans ses affaires. Il revient avec un marqueur noir et une balle.

— C'est en la jouant que je me suis blessé, explique-t-il en commençant à y inscrire quelques signes.

— Lors de ta finale à Roland-Garros ?

— Ça fait sept ans qu'elle est dans mon sac. Ce soir, je te la donne, pour te rappeler qu'il y aura toujours une place pour toi dans mon avenir.

Émue, j'examine la balle sur laquelle il a écrit « M & J », au-dessus du symbole de l'infini.

— On rentre ? interroge-t-il pendant que je la glisse dans la poche de ma veste. J'ai encore un voyage aux États-Unis à organiser avant d'aller dormir...

Je lui propose de passer la nuit chez ma mère, pour laisser plus d'intimité à Matt et à Victoria. Il accepte et décide de se lever très tôt demain matin pour préparer sa valise.

Quand nous arrivons vers minuit, Jay demande à son père de vérifier mon portable. Étrange… Il n'a besoin de connaître que mon numéro !

Pendant qu'il réserve un billet d'avion et une chambre d'hôtel sur l'ordinateur de maman, je tourne en rond dans le salon, en attendant le verdict qui tombe une demi-heure plus tard.

— Piraté, m'annonce le père de Jay. Votre ex-petit ami a accès à tout : SMS, conversations téléphoniques, messages vocaux, emails, coordonnées GPS, réseaux sociaux…

— Mais… c'est impossible ! m'écrié-je, sidérée.

— Inutile de s'appeler Edward Snowden ou d'avoir les grandes oreilles de la NASA, lâche-t-il avec dédain. Il lui a suffi de subtiliser votre appareil pendant quelques minutes afin d'installer un *keylogger* qui coûte moins de 300 €. Ce genre de logiciel espion enregistre vos moindres faits et gestes. En particulier, il fait des captures d'écran et récupère tous vos mots de passe.

— L'espionnage conjugal n'est pas légal… murmuré-je, livide.

— En France, non. L'atteinte au secret des correspondances et des télécommunications est passible d'un an de prison. L'atteinte aux données à caractère personnel, de cinq ans. Mais encore faut-il pouvoir fournir des preuves…

Jay prend mes mains tremblantes et m'invite à m'asseoir près de lui sur le canapé. Son père continue ses explications. Sa voix ressemble à celle de Jay mais elle est monocorde, plus grave et moins chaleureuse. J'ai du mal à suivre. Je crois que je vais vomir.

— Je ne peux rien faire, alors ? demandé-je, abasourdie.

— Vous, peut-être pas. Mais moi, si. Je peux vous fournir des preuves, si vous m'en laissez le temps. D'ailleurs, je ne serais pas étonné que ce jeune homme ait aussi installé un *malware*[1] dans votre ordinateur… On vérifiera. En attendant, vous devriez utiliser un vieux téléphone et une carte prépayée.

— Merci, papa, dit Jay avant de raccrocher. Maintenant, on sait pourquoi Killian a débarqué au club... soupire-t-il en m'attirant contre lui.

Abasourdie, je me réfugie dans ses bras, trop choquée pour réagir. Jay respecte mon silence et se contente d'être là.

J'aimerais rester comme ça pour toujours...

---

1. Un *malware* est un logiciel malveillant installé à l'insu de l'utilisateur.

CHAPITRE 9
Victoria
SAMEDI 26 DÉCEMBRE, 8 HEURES

Six heures plus tard…

— Mais où est donc passé Julien ? dis-je, déçue. Lui qui avait promis de m'emmener à l'aéroport…

Depuis ce matin, il est aux abonnés absents. Il n'a pas dormi chez lui la nuit dernière et son portable est éteint.

— Tant pis pour lui, répond Matt. C'est moi qui vais t'y conduire.

— Tu sais que je déteste les adieux. C'est mieux si on se sépare ici, comme prévu. Je commanderai un Uber.

— Il n'en est pas question ! J'ai envie de rester encore un peu avec toi, réplique Matt en m'embrassant sur le front.

Mon cœur se serre. Ai-je pris la bonne décision en rompant avec lui ? Je chasse les doutes qui m'assaillent depuis la nuit dernière.

Il charge ma valise et mon sac à dos dans le coffre de la BMW de son père pendant que je m'installe sur le siège passager. Il lance sa playlist *Best Of* habituelle et nous commençons à rouler en silence.

— Papa m'a demandé de customiser sa voiture, dit-il au bout de quelques minutes. Il regrette de l'avoir prise en bordeaux. Il trouve qu'« c'est une couleur de vieux ».

— Il n'a pas tort… Qu'est-ce qu'il voudrait ?

— Il m'a laissé carte blanche. Il espère que ça me rapportera des *followers* sur Instagram. Je songe à quelque chose dans le style de Takashi Murakami. À mon avis, il la fera repeindre en noir par des professionnels dès son retour en France…

À mon avis, Marc ne la fera pas repeindre…

Pendant le reste du trajet, nous continuons à parler des projets de Matt. L'affiche « mon corps n'est pas une poubelle » qu'il a créée pour Gabriela a fait un buzz sur les réseaux sociaux. Il a promis d'en réaliser quelques autres. Gabriela envisage de les vendre et de reverser la somme à une association de lutte contre la précarité menstruelle.

Une demi-heure plus tard, nous sommes en vue du parking de l'aéroport Charles-de-Gaulle. Je me désabonne des comptes Instagram de Matt Walsh et de Ryōma.

— Au fait, pourquoi as-tu choisi le nom Ryōma ? Les gens s'imaginent que tu es d'origine asiatique…

— C'est le prénom du héros d'un vieux manga, *Prince du tennis*, répond Matt.

— J'ai vu l'anime… Ryōma rêve de suivre les traces de son père, qui est un grand champion de renommée internationale. Sa phrase fétiche, quand il est en difficulté, c'est *« Mada mada dane »*…

« Ce n'est pas encore ça. » Sa hargne de gagner m'a fait penser à celle de mon frère, que rien n'impressionnait, surtout pas le classement de son adversaire.

— Est-ce que tu as choisi ce nom à cause de moi ? demandé-je tandis que Matt sort mes bagages du coffre de la voiture.

— Vic, tout ce que j'ai fait depuis trois ans, c'est à cause de toi… Ou grâce à toi… Est-ce qu'on peut se donner la main une dernière fois ?

Je hoche la tête et entrelace mes doigts aux siens. Je me sens plus forte et plus fragile.

Une fois ma valise enregistrée, nous allons attendre au Starbucks Coffee. Sur nos boissons respectives, nous faisons écrire « Teo » et « Sara ».

Assise sur une banquette à côté de Matt, je scrute les visages des voyageurs. J'ai cru que Julien voulait qu'on se réconcilie... Pourtant, il ne daigne même pas venir me dire au revoir ! Je sais que je ne suis pas sa priorité et qu'il doit s'entraîner dur, mais...

— Vicky ! appelle une voix masculine.

Surprise, je découvre Denis, sa sacoche d'appareil photo en bandoulière, qui porte Maë sur son dos. Je me lève aussitôt, sans chercher à cacher ma joie.

— Mais qu'est-ce que tu fais là ? Et qui s'occupe du *Madeline* ?

— Eileen et Margaux me remplacent, répond-il en me serrant dans ses bras. Et je ne pouvais pas te laisser partir sans un cadeau d'adieu...

Matt aide Denis à descendre Maë de ses épaules. Elle me tend un dessin froissé. Ses mains et son visage sont zébrés de coups de feutre.

— C'est Peppa Pig, m'annonce-t-elle avec fierté. Il te portera chance, parce que c'est mon meilleur ami.

Émue, je m'agenouille pour être à sa hauteur et je la serre contre moi.

— Merci, Maë... Et merci, Denis, ajouté-je en l'embrassant sur la joue.

— Moi, je ne t'ai encore rien donné...

Il me tend sa sacoche.

— Non... murmuré-je en découvrant son reflex et tous ses objectifs. C'est beaucoup trop, je ne peux pas accepter !

— Je n'aurais jamais dû racheter d'appareil photo. Ça me rend triste chaque fois que je m'en sers. Et je sais que toi, tu en feras un meilleur usage.

— En tout cas, je te promets d'essayer…

Quelques minutes plus tard, accompagnée de Gabriela, Lexie nous rejoint et me saute au cou tandis que Gabriela embrasse Matt sur la joue. Je ne peux m'empêcher de ressentir une pointe de jalousie.

— Reviens-nous en pleine forme et si possible au bras d'un bel Américain, me dit Lexie.

Elle décoche un regard mauvais à Matt qui se renfrogne.

— Je n'arrive pas à croire que tu vas rencontrer le beau Jian Lee ! ajoute-t-elle. Tu sais s'il est célibataire ?

— À ma connaissance, oui, confirme Denis. Il…

Matt se racle la gorge pour le faire taire. Il est jaloux.

Les quatre nouveaux venus commandent une boisson et s'assoient à notre table. J'ai du mal à me concentrer sur la conversation. Mon esprit est déjà ailleurs. Lexie flirte avec Gabriela, qui ne semble pas indifférente à son charme.

Hier soir, elles se sont croisées par hasard dans un bar. Lexie avait rendez-vous avec un homme rencontré sur Tinder, mais ledit rendez-vous a tourné court quand il a osé lui dire : « Tu es métisse, tu dois être une panthère au lit. » Le ton est monté. Gabriela, qui finissait de boire un verre avec une amie, a été témoin de l'altercation. Elle a tout de suite pris le parti de Lexie, qui ne supporte plus ces remarques racistes et sexistes qu'elle subit trop souvent. Elles ont ensuite passé la soirée ensemble chez Gabriela et Lexie a dormi sur son canapé.

Quand enfin, il est temps de nous séparer, je dis au revoir à Matt en dernier. Il me serre dans ses bras. Je sens son cœur battre la chamade.

— Tu es sûre que tu ne veux pas qu'on se donne de nouvelles ? me demande-t-il, la voix altérée par l'émotion.

— Matt, s'il te plaît… Ne rends pas les choses encore plus difficiles. Comment peut-on construire notre futur si on se raccroche au passé ?

Alors qu'il s'apprête à répondre, l'annonce du changement

d'une porte d'embarquement l'interrompt. Il baisse la tête et recule de quelques pas.

— Bon voyage ! me lance Denis, aussitôt imité par les autres.

Matt ne croise pas mon regard. *J'ai commis une erreur... Je n'ai pas envie de le perdre !* réalisé-je au moment où je franchis le tourniquet qui mène au contrôle de sécurité.

— Teo ! appelé-je.

Il se retourne et m'adresse un sourire forcé.

— Au revoir, Sara. Je ne m'accrocherai pas, je te le promets.

— Non, ce n'est pas...

Les mains dans les poches de sa veste, il s'éloigne déjà. Denis le réconforte.

— Hem... Mademoiselle ? ronchonne un homme derrière moi.

Je me rends compte que je bloque le passage. Dès que j'ai franchi le contrôle, je le rappelle !

Hélas, je dois sortir la moitié des objets de mon sac, opération rendue difficile par mon bras en écharpe.

Lorsqu'enfin il est établi que je n'ai rien d'illégal dans mes affaires, je découvre que la batterie de mon téléphone est vide. *Depuis combien de temps est-il éteint ?* pensé-je, inquiète. *Julien a peut-être essayé de me joindre...*

Dès que j'ai trouvé ma porte d'embarquement, je cherche une prise pour recharger mon portable. Mais peine perdue, toutes sont occupées. Au moment où l'une d'entre elles se libère, on annonce que les voyageurs prioritaires dont je fais partie doivent monter à bord de l'avion. Échec et mat... Je vais devoir attendre Los Angeles, dans une quinzaine d'heures !

Mon siège est situé du côté du hublot, au niveau de l'aile. Les nerfs à vif, je m'y installe. Et si c'était un signe du destin ? Jusqu'à il y a une heure, j'étais sûre d'avoir pris la bonne décision... Car au fond de moi, je sais qu'il n'y en a pas d'autre. Ce chirurgien réussira peut-être à réparer mon épaule, mais je serai toujours « cassée ». Teo ne pourra jamais m'aimer autant que lorsque nous étions adolescents. Et ça, je ne le supporterais pas.

Dans ce cas, pourquoi ça fait aussi mal ?

Je pense à tous ces films américains où les couples, en dernière année de lycée et prêts à entrer dans des universités différentes, sont confrontés à ce dilemme : se séparer alors qu'ils sont convaincus d'être des âmes sœurs ou rester ensemble, mais se priver d'une grande partie du *College Dream* et s'infliger une relation à distance épuisante. Il y a trois ans, sans hésiter j'aurais choisi la seconde option. À présent, je privilégierais la première. On ne vit qu'une fois. Autant le faire à fond, sans retenue.

Je pose le front contre le hublot et j'essaie de m'intéresser à ce qui se passe sur le tarmac.

— Ça y est, je suis dans l'avion ! exulte quelqu'un dont la voix ressemble à celle de Julien – enfin, je crois : j'ai très peu fréquenté mon frère à l'âge adulte.

— Monsieur, éteignez votre téléphone ! ordonne une hôtesse de l'air.

— À tout à l'heure, Marine, chuchote-t-il avant de s'asseoir à côté de moi. Désolé, madame...

Je me tourne vers lui. *Julien ?*

— Qu'est-ce que tu fais là ? m'écrié-je, déconcertée.

— Je t'accompagne, que tu le veuilles ou non, répond-il en guettant ma réaction.

— Tu réalises qu'avec ta taille, tu vas vivre un calvaire pendant quinze heures ? dis-je en réprimant un sourire.

Ses longues jambes ne tiennent pas dans l'espace entre son siège et le rang précédent.

— Je prends le risque... Pardon de ne pas avoir pu t'emmener à l'aéroport. Je ne me suis pas réveillé.

Je remarque ses yeux cernés et ses cheveux décoiffés.

— Tu as passé la nuit avec Marine ? Vous êtes ensemble ? Vous... Pardon, ça ne me regarde pas.

L'avion commence à rouler vers la piste de décollage.

— Je ne sais pas trop où on en est, mais je vais tout faire pour que ça marche entre nous. Pour nous deux aussi, Tori, ajoute-t-il avec un sourire timide. Maintenant, tu n'es plus seule.

À ces mots, j'éclate en sanglots. La peur, la colère, le regret, la frustration me submergent au moment où nous quittons la ville où mes rêves et ceux de Julien se sont brisés. Une ville où vivent un frère et une sœur dont nous n'avons aucune envie de nous séparer. Mais moi, je n'ai pas voulu l'avouer.

Julien hésite puis me serre contre lui. Je me raidis mais je m'abandonne bientôt dans ses bras.

Quand l'appareil sort enfin des nuages, j'ai épuisé toutes mes larmes. Le ciel est aussi bleu que le regard de Matt.

— Au revoir, Teo, murmuré-je en plissant les paupières, éblouie par la lumière crue.

―――

J'ai la même sensation trois jours plus tard quand l'on m'installe sous le scialytique du bloc opératoire où m'attend le professeur Thompson.

— Tout va bien se passer, me rassure-t-il en anglais.

Son visage est masqué, mais ses yeux sourient. De toute façon, je n'ai rien à perdre.

L'anesthésiste manipule ma perfusion. Mon esprit s'engourdit. J'espère entrevoir, ne serait-ce qu'un court instant, l'endroit où je suis allée après ma chute, mais ma conscience s'abîme dans le néant.

Quand je reviens à moi, j'ai froid, j'ai mal et j'ai la nausée.

— C'est terminé, m'annonce une infirmière. Vous êtes en salle de réveil.

Je m'assoupis aussitôt. Puis j'émerge à nouveau, me rendors, plusieurs fois d'affilée.

Lorsqu'on me remonte dans ma chambre – au bout de combien de temps, aucune idée –, Julien m'y attend. Il semble soulagé. La nuit est longue et difficile, entrecoupée de cauchemars fiévreux, mais sa présence me réconforte.

Le lendemain matin, mon état s'est amélioré. Je ne cesse de consulter mon téléphone, dans l'attente d'un message de Matt, mais les seuls SMS que je reçois proviennent de Lexie, de Marine et de papa. J'ai demandé à Matt de ne pas me contacter. Je suis sûre qu'il a déjà réactivé son profil sur les sites de rencontres…

Quand Julien descend prendre son petit déjeuner à la cafétéria, j'hésite à appeler Matt pour lui donner moi-même de mes nouvelles. Au moment où je compose son numéro, une infirmière frappe.

— Vous avez de la visite, m'annonce-t-elle. Un homme dont le nom est Delonge et un autre… Je ne sais plus. Un Asiatique. Je peux les faire entrer ?

Matt et Denis ? pensé-je, confuse, en me redressant sur mon lit. J'acquiesce, le cœur battant. La porte se referme et s'ouvre à nouveau… Mais c'est Marc qui apparaît, une boîte en carton à la main, suivi d'un jeune homme qui ressemble à un acteur de K-drama.

Pourquoi Matthéo serait-il venu ?

Je salue son père et je lui offre un sourire qui tient plutôt de la grimace.

— Qui êtes-vous ? demandé-je en anglais à l'inconnu qui s'avance vers moi.

— Jian, répond-il en posant un bouquet de fleurs sur la table de nuit. Un ami de Marc.

Si on était dans un anime, c'est le moment où je saignerais du nez, pensé-je, fascinée par son sourire qui semble illuminer la pièce.

— Mais oui, je vous reconnais… Vous êtes Jian Lee, le célèbre pâtissier ! m'écrié-je. J'ai vu la série sur Netflix.

— Célèbre, c'est un bien grand mot… Disons que les affaires marchent plutôt bien. Je suis le cousin de Denis. Il m'a beaucoup parlé de toi.

Pas en mal, j'espère...

— En France, tout le monde veut goûter tes fameux « *cupcakes 4th of July* »... À quand une succursale à Paris ?

Il s'assoit sur mon lit :

— Je projette d'en ouvrir une à Hong Kong dans quelques mois. Et une ici, à Los Angeles, qui s'appellera « À la française ». Un nouveau concept que, j'en suis sûr, Marc va m'aider à développer.

— Quoi ? s'écrie celui-ci. Je n'ai pas vraiment les compétences requises...

— Tu es Français et tu es pâtissier, non ? Tu me sembles très qualifié, au contraire.

— *Apprenti* pâtissier.

Jian sourit et prend la boîte en carton des mains de Marc. Elle contient la série des six célèbres *cupcakes* aux couleurs du drapeau américain, chacun orné de façon différente.

— Voyons voir... Ils m'ont l'air aussi beaux que les miens. Sont-ils aussi bons ?

Il sort trois cuillères de sa sacoche et m'en donne une, puis une autre à Marc. Je n'ai pas mangé de gâteau depuis des semaines, mais je ne veux pas les vexer. Je goûte donc le bleu décoré d'étoiles argentées et de billes rouges.

— Délicieux, dis-je avec sincérité.

J'en reprends une bouchée. Gêné, Marc baisse les yeux mais il semble touché par mon compliment. Jian goûte chaque gâteau et confirme mon impression.

— Marc, tu es engagé. Il me faut un photographe pour documenter sur Instagram le processus de création de ma nouvelle pâtisserie. Vicky, tu es partante ?

— Moi ? dis-je avec un rire nerveux. Tu n'es pas bien renseigné. Je ne suis ni photographe ni même apprentie photographe.

— Ce n'est pas ce que m'a dit Denis... Et puis ne t'en fais pas, je n'ai pas besoin d'images artistiques.

— Mais je…

Il me tend son téléphone. Son compte Instagram regorge de clichés – mal cadrés et mal exposés – de son immense propriété de Santa Monica et de sa piscine à débordement.

— Difficile d'en prendre de pires… commente Marc. Au fait, je vis dans son *pool house*. C'est donc lui qui t'héberge.

Je vais loger chez Jian Lee ?

— C'est d'accord pour les photos, Jian, cédé-je, mais à tes risques et périls. Merci à vous deux. Je n'aurais pas supporté de rester pendant quatre mois dans un centre de rééducation pour sportifs de haut niveau…

— Ça ne me dérange pas, répond Marc. Bien au contraire, continue-t-il en français. Jian est très gentil, mais il est toujours sur mon dos. À croire qu'il a peur que je me jette dans sa piscine…

Je fronce les sourcils :

— Tu lui as donné des raisons d'avoir peur ?

— Aucune. Mais Denis lui a raconté… tu sais.

Jian interroge Marc dans une langue inconnue, qui n'est ni du japonais – langue de prédilection des animes – ni du coréen – langue de prédilection des K-dramas. C'est sans doute du mandarin. Je crois que la mère de Jian est Coréenne, mais que son père est Chinois. Marc lui parle dans la même langue et ils se mettent à rire. Ils semblent très bien s'entendre. Jian a l'air d'être facile à vivre.

— Je rêve ou vous vous moquez de moi ? bougonné-je.

— Pas du tout, dit Marc. Jian me demandait si tu avais un petit ami. Je lui ai répondu que non, mais que mon fils aurait sans doute préféré que je lui mente.

Alors Matthéo a dit à son père que nous avons rompu…

Julien entre dans ma chambre à ce moment-là. Surpris, il nous regarde tour à tour.

— Tiens, mon sauveur, dit Marc avec un clin d'œil.

Matthéo m'avait raconté que son meilleur ami avait sauvé son père. Je n'avais pas réalisé qu'il parlait de Julien… Jian gratifie mon frère d'un *hug* à l'américaine. Puis, il lui pose une kyrielle de questions sur ses projets sportifs.

Bercée par le son de leurs voix, je m'assoupis peu à peu, rêvant de tennis, de Matthéo et de Jian Lee.

CHAPITRE 10
Matt
MARDI 29 DÉCEMBRE, 7 HEURES

Paris, la veille…

Victoria se fait opérer dans quelques heures, pensé-je en ralentissant ma course à l'approche du *Madeline. Pourvu que tout se passe bien…*

Depuis son départ, Jay m'a donné de ses nouvelles tous les jours. Hier, elle a effectué toute une batterie de tests à l'hôpital. Ses analyses étaient correctes, malgré des carences dues à sa mauvaise alimentation. Si l'intervention se déroule sans problème, Jay rentrera en France en fin de semaine, quand Victoria sera sortie de la clinique. Il ne pourra plus me tenir au courant, mais j'ai bon espoir que papa reprendra le flambeau. D'ailleurs, je lui ai demandé d'aller rendre visite à Victoria dès demain. Il a accepté, mais qui sait s'il tiendra sa promesse ?

Samedi, à mon retour de l'aéroport, je me suis enfermé dans ma chambre et j'ai travaillé non-stop sur un projet que j'ai terminé hier après-midi. Je me suis alors endormi d'épuisement, après ce que j'appelle un marathon de deux jours – qui se sont écoulés à la vitesse de l'éclair. C'est mon alarme qui m'a réveillé ce matin à 6 heures, pour ma séance de footing.

— Ça va, Matty ?

Je sursaute. Perdu dans mes pensées, je n'avais pas vu Denis, qui se tient les bras croisés à l'entrée du *Madeline*.

— Beaucoup mieux, dis-je en m'arrêtant devant lui. Désolé de ne pas avoir donné de nouvelles. J'étais en « mode hyperconcentré ».

— Laisse-moi deviner, sourit-il. Tu viens de finir un projet urgent ?

— Oui, une bande dessinée qui paraîtra dans une revue le mois prochain. L'éditeur avait fixé la *deadline* à ce matin afin de nous donner une semaine pour les corrections, mais je n'avais pas eu le temps de la commencer.

Ou plutôt, pas « pris » le temps. Mais je ne suis jamais aussi créatif et efficace que lorsque je suis le dos au mur. J'aime cette sensation d'urgence et même, j'en ai besoin. Papa me reprochait sans cesse mon incapacité à planifier la moindre tâche – surtout celles qui ne m'intéressaient pas. Il ne se gênait pas pour me traiter de fainéant. Mais malgré toute la bonne volonté du monde, je n'y arrivais pas.

En revanche, je me donne à fond pour ce qui me tient à cœur. Dans les moments de doute, je pense à *Bienvenue à Gattaca*, un vieux film d'anticipation sorti peu avant les années 2000. Dans ce film, la société est séparée entre les « non-valides », nés de façon naturelle, et les « valides », génétiquement améliorés. Le héros, Vincent, imparfait à cause d'un problème cardiaque, affronte son frère Anton, parfait et imbu de sa personne, dans un défi de nage en haute mer. Vincent parvient à le battre et sauve même Anton de la noyade. Leur échange a marqué à jamais l'adolescent complexé et peu sûr de lui que j'étais.

— Comment arrives-tu à faire ça, Vincent ? Comment es-tu arrivé à faire tout ça ?

— Tu veux savoir comment j'ai fait ? Je vais te dire comment j'ai fait, Anton. J'ai jamais économisé mes forces pour le retour.

Denis m'invite à prendre le petit déjeuner avec lui au *Madeline* une fois que j'aurai fini ma séance de sport et que je me serai douché. Il a l'air soucieux. J'accepte sans me faire prier et je lui envoie sur WhatsApp les planches de la bande dessinée humoristique que je viens de terminer. Je sais qu'elles lui remonteront le moral. Celle-ci, intitulée « Tout le monde devrait avoir le droit de passer de bonnes vacances », raconte la lune de miel d'un couple hétérosexuel dans un univers où l'homosexualité serait la norme.

Dès leur arrivée à l'hôtel, le séjour commence très mal. Sourcils froncés, le réceptionniste pianote sur son ordinateur : « Désolé, il doit y avoir une erreur. On vous a mis dans une chambre avec un seul lit. Ce serait bizarre... » Puis, le bagagiste leur demande s'ils sont en voyage d'affaires. « En fait, on est en lune de miel », sourit la femme. L'employé éclate d'un rire tonitruant, comme s'il s'agissait de la plaisanterie du siècle. Devant la mine déconfite des deux tourtereaux, il se reprend. « Oh, vous êtes sérieuse... » Au bord de la piscine, ce n'est pas mieux. Quand le mari applique de la crème sur le dos de sa femme, en l'embrassant dans le cou au passage, quelqu'un s'écrie : « C'est répugnant... Trouvez-vous une chambre ! » Un homme les interpelle pendant qu'ils se baignent : « Vous êtes ensemble, tous les deux ? J'ai un très bon radar à hétéros. Mais ça ne me gêne pas du tout. J'ai un ami qui est hétéro, dans mon club de tennis, et c'est quelqu'un de très amusant. » Quand ils montent dans l'ascenseur, deux femmes leur adressent un sourire condescendant : « Alors c'est vous, ce couple hétérosexuel dont tout le monde parle, à l'hôtel ? » dit l'une d'elles. « Mais ne vous inquiétez pas, moi je vous trouve trop mignons. » Un peu plus tard, quand ils réservent une excursion, on leur refuse le tarif couple car « ce n'est pas comme si vous étiez un "vrai" couple... » Le soir, au restaurant, c'est encore pire. Tout le monde les regarde de travers et ils entendent des remarques désobligeantes comme : « Quelle horreur, on laisse entrer n'importe qui, ici... » ou « Je suis peut-être vieille France, mais je ne trouve pas ça normal ». Quand le mari se penche pour embrasser sa femme, le serveur les arrête sans ménagement : « S'il vous plaît, on ne veut pas de ça dans notre établissement. Ce n'est pas le genre de la maison. » Et ainsi de suite.

J'aimerais tant montrer mon travail à Victoria pour connaître son avis... Je ne peux pas non plus l'envoyer à Jay, qui a autre chose à faire, ni à maman qui est de garde, ni à Margaux et Marine qui dorment toujours, encore moins à papa qui n'apprécierait pas ce genre d'humour. Heureusement que Denis est là...

Dépité, je termine mes pompes sur le tapis du salon et je fais quelques tractions. Puis, je vais prendre une douche rapide, la première depuis samedi. Il était temps...

Mon père m'appelle au moment où je me sèche les cheveux. Inquiet, je décroche aussitôt.

— Papa, quelque chose ne va pas ?

— Pas grand-chose, selon moi, répond-il, hilare. Bravo, Matthéo. Jian et moi, on adore. Je lui ai tout traduit.

On adore quoi ? Est-ce qu'il a bu ? D'abord, qu'est-ce que ce Jian fiche avec lui à 23 heures ?

— Euh... Merci ?

— Moi, je changerais la couleur de la piscine pour un bleu plus vif et celle des cheveux de la fille pour une teinte plus foncée. Et je mettrais une moustache au serveur. Mais ce n'est que mon avis... Ah, et tu as oublié un « r » à horrible dans une des vignettes.

Déconcerté, j'ouvre WhatsApp pour me rendre compte que j'ai envoyé par erreur ma bande dessinée à papa, avec la mention « j'attends ton débriefing asap » suivie de trois smileys qui soufflent des baisers en forme de cœur. Jamais je n'aurais osé...

— Je vais rectifier tout ça. Merci d'avoir pris le temps de lire ma BD et de m'avoir rappelé.

— Ça me fait plaisir.

À moi aussi... pensé-je, ému, en descendant chez Denis.

— Tu en fais, une tête... Quelqu'un est mort ? plaisanté-je quand je l'aperçois à ma table habituelle, occupé à caresser Cheshire Cat qui a grimpé sur ses genoux.

— Lucien...

— Quoi, Lucien ? Il est *mort* ?

Denis acquiesce. Le souffle coupé, je m'installe à côté de lui et je le presse de me donner des explications.

— J'ai déclaré sa disparition il y a quelques jours. La police est venue hier. Son corps a été retrouvé dans la Seine, criblé de coups de couteau.

— Mais... pourquoi ? Lucien n'avait aucun ennemi !

— Il semblerait qu'on l'ait tué pour de l'argent. Le buraliste du bout de la rue l'a vu sortir une liasse de billets pour payer son paquet de cigarettes.

— C'est la meilleure ! Lucien n'avait pas un sou, il...

Je m'arrête, frappé par la vérité. Il possédait un tableau de Ryōma, qui aurait pu lui rapporter gros s'il l'avait vendu. Je suis pris de nausées.

— Matty ?

Il l'a vendu. Denis me serre dans ses bras et essuie les larmes qui coulent sur mes joues.

— Tu n'y es pour rien, Matty. Tu voulais l'aider...

— Mais c'est ma faute ! m'écrié-je en me mettant à trembler.

Tout comme l'accident de Victoria. Ce soir-là, si elle n'avait pas pensé que je l'avais trahie, elle n'aurait pas ressenti le besoin d'aller à cette fête stupide et elle n'aurait pas traversé une verrière. Si je l'avais appelée pour lui demander des explications à propos de sa lettre, nous aurions compris que quelque chose clochait. Nous nous serions remis ensemble. Elle aurait passé la nuit à l'hôtel avec moi. Rien ne serait arrivé.

Tout est ma faute. Au fond de moi, je l'ai toujours su. Et elle aussi, elle le sait. C'est pour ça qu'elle ne veut plus de moi. Elle a essayé de me pardonner, mais elle n'a pas pu. Comment pourrais-je la blâmer ?

« J'ai cessé de t'aimer le jour où je suis morte. » Son message était très clair, mais j'ai refusé de comprendre. Depuis son départ pour Los Angeles, elle occupe toutes mes pensées. Cent fois, j'ai failli l'appeler ou lui envoyer un SMS. Pas pour la supplier de me revenir, mais pour entendre le son de sa voix et lui dire que son opération allait bien se passer. Heureusement, j'ai respecté ma promesse et je ne l'ai pas fait.

J'ai toujours prétendu que Killian était un être malfaisant car il détruit tout ce qu'il touche, mais qu'en est-il de moi ? J'ai causé la mort de Lucien, l'accident de Victoria et la tentative de suicide de papa. Quand cela va-t-il cesser ?

Je me dégage à regret des bras réconfortants de Denis. Puis, je vais chercher dans la réserve du *Madeline* le matériel dont je vais avoir besoin. Les heures suivantes passent en un éclair. En fin d'après-midi, à l'endroit où se tenait Lucien figure désormais mon hommage : une fresque réalisée au pochoir, reprenant le célèbre « KEEP YOUR COINS, I WANT CHANGE » de Banksy. Dans son œuvre sur fond rouge, créée à Melbourne, un sans-abri est assis en tailleur devant un gobelet. Il porte un bonnet et des mitaines. Il demande non pas des pièces – *change*, en anglais –, mais du changement – *change* aussi, mais dans le sens de changement social. Le personnage que ma bombe de peinture fait apparaître a les traits de Lucien. J'ai représenté à côté de lui son fidèle chat albinos.

Mon travail achevé, je m'assois par terre, la tête et le cœur vides, jusqu'au moment où Marine vient me chercher.

— On rentre à la maison, Matt, dit-elle avec douceur en me tendant la main pour m'aider à me relever.

— Je ne voulais pas, Marine, reniflé-je alors qu'elle me prend le bras et m'entraîne vers notre appartement.

— Moi non plus, je ne voulais pas qu'on te harcèle, Matt. Pourtant, c'est arrivé et je n'ai rien pu faire. Ce que je peux faire, c'est prendre soin de toi à l'avenir. Et toi, tu peux continuer à prendre soin de tous ceux qui comptent pour toi et qui ont besoin de toi. Maë, nos parents, Denis, Jay… et moi.

Je dévisage ma sœur aînée, si forte et si fragile. *Je serai là pour toi, Marine. Je te le promets*, pensé-je en me retournant vers le portrait de Lucien dont les yeux semblent me suivre.

CHAPITRE 11

Jay

VENDREDI 12 MARS, 20 HEURES

Marseille, deux mois et demi plus tard…

Assis au bord de la fontaine du cours Julien entre Matthéo et Marine, je rumine en silence ma défaite en quart de finale de l'Open 13 Provence.

— Jay, je sais que tu es déçu, dit Matt en passant un bras autour de mes épaules, mais c'est un exploit que tu sois arrivé si loin…

— Pourquoi fallait-il que je perde contre Killian ? grommelé-je en revenant à la réalité.

La fontaine vide a été reconvertie en skatepark par quelques adolescents qui exécutent des figures devant nous.

C'est Matt qui a insisté pour m'emmener dans ce quartier aux ruelles colorées et à l'ambiance *underground*. Ryōma y a d'ailleurs réalisé quelques fresques depuis le début de la semaine, pour le plus grand bonheur des amateurs de *street art* qui se demandent si l'artiste n'aurait pas quitté Paris pour le sud de la France.

Sauf que Ryōma repart demain par le premier train, après que son meilleur ami a été battu – ou plutôt humilié – par Killian Vasseur, 6-1/6-0.

— Jay, dit Marine en me prenant la main, c'est la première

compétition importante à laquelle tu participes. Un tournoi ATP World Tour !

Je ne sais pas trop pourquoi les organisateurs m'ont permis de prendre part aux qualifications. Peut-être parce que je reviens après une grave blessure qui m'a fait tomber dans les profondeurs du classement – mais ça fait sept ans – ou parce qu'une pétition a circulé sur les réseaux sociaux dès que j'ai confirmé la rumeur de mon retour sur le circuit professionnel. Le public m'a toujours apprécié.

Cet après-midi, j'étais très fatigué. Killian a été admis dans le tableau principal grâce à son classement ATP mais moi, j'ai dû disputer deux matchs de qualification.

— Hier, tu as éliminé la tête de série numéro deux, me rappelle Matt. Tu peux en être fier !

Killian aussi est tête de série, ce qui lui a valu d'affronter des joueurs plus « modestes » lors des deux tours précédents.

— Oui, sans doute. Et ma surface de prédilection est la terre battue, pas les courts en dur. Mais ce ne sont que des excuses. J'aurais peut-être pu gagner si…

Je ne finis pas ma phrase. J'aurais peut-être pu gagner si Killian ne m'avait pas glissé une petite remarque assassine dans les vestiaires, juste avant d'entrer sur le court central du Palais des Sports.

D'ordinaire, rien ne peut me déconcentrer. Mais depuis quelques jours, je suis inquiet. Marine ne va pas bien. Sa thèse l'épuise. Elle est plus distante, moins attentionnée. Elle m'a rendu visite trois fois à l'Académie depuis le début de l'année ; pourtant, je ne peux m'empêcher de douter de ses sentiments.

J'ai été surpris qu'elle m'accompagne au Tournoi de Marseille. Matt, lui, me l'a proposé tout de suite. Je ne l'avais pas revu depuis mon départ pour l'Académie. Aussi, j'ai sauté de joie quand il m'a appelé pour me l'annoncer, dix secondes après avoir reçu mon SMS :

> Qualifs Open 13, me voilà !

Ça m'a étonné qu'il ne veuille pas partager ma chambre d'hôtel, mais il m'a expliqué qu'il irait « graffer » la nuit et que s'il se faisait attraper, cela me porterait préjudice. La veille des qualifications, il a frappé à ma porte à 20 heures au moment où je m'endormais. Marine était avec lui. Autant dire que je ne me suis pas beaucoup reposé cette nuit-là, mais que le lendemain j'étais détendu…

Marine n'a apporté ni son ordinateur ni ses livres, pour profiter au mieux des quelques jours de vacances qu'elle s'est octroyés. Mais comme souvent quand on arrête d'un seul coup un travail acharné, toute la pression accumulée retombe. Malade, elle a passé toute la semaine au fond de notre lit, sauf pour venir me voir jouer et, ce soir, pour me remonter le moral.

— Qu'est-ce que vous voulez faire, les amoureux ? interroge Matt. Si vous avez faim, on m'a recommandé un restaurant indien tout près d'ici.

Il enroule une mèche de cheveux autour de son index, comme toutes les fois qu'il s'ennuie – c'est-à-dire dès qu'il ne dessine pas ou qu'il ne peint pas. Quelques jours après sa rupture avec Victoria, il s'est décoloré les cheveux. Mais il n'a pas renouvelé l'opération ; ses racines noires en témoignent.

— Je préfère rentrer, dit Marine en se levant. Je ne me sens pas très bien. Tu sais s'il y a une pharmacie encore ouverte, à cette heure-ci ? demande-t-elle à son frère.

Bien sûr, Matt sait. C'est son premier séjour dans le sud de la France mais, après cinq jours – ou plutôt cinq nuits –, on pourrait croire qu'il a grandi ici. Il connaît comme sa poche le « Cours Ju » et le quartier du Panier, lieux de prédilection des *street artists*. On dirait qu'il a un peu pris l'accent marseillais…

Marine m'embrasse et se dirige vers la station de métro. J'aurais préféré qu'elle appelle un taxi. Mais elle a des idées bien arrêtées et je me dois de respecter ses choix si je veux avoir une chance avec elle. Pas étonnant qu'elle ait encore du mal à m'accorder sa confiance, avec un ex-petit ami dont le seul but semblait être de la contrôler…

Matt et moi, nous nous levons à notre tour et nous quittons la grande place piétonne pour entrer dans le dédale des ruelles. Il ne peut s'empêcher de me montrer les plus belles fresques et de me raconter quelques anecdotes sur leur auteur. *Il connaît son sujet à fond*, pensé-je, amusé. Nous descendons ensuite un escalier gigantesque.

Quand Matt s'intéresse à une question, il en devient spécialiste. Il ingurgite toutes les informations disponibles avant de les classer dans son cerveau. Un peu comme moi et mes tableaux Excel, où je compile avec une rigueur scientifique toutes les données possibles sur mes adversaires potentiels. Des faits, mais aussi des impressions. En bas de la fiche de Killian Vasseur, je n'ai pas pu m'empêcher d'écrire en gros et en rouge ce que je pensais de lui. Oreilles sensibles s'abstenir.

Après un quart d'heure de marche, nous atteignons le boulevard du Prado et le restaurant indien dont Matt a entendu parler. Le *Namaste* se révèle à la hauteur de ses attentes. Pendant que nous dégustons le menu à partager qu'il a choisi, il essaie de me soutirer des informations à propos de Victoria. Nous communiquons très peu depuis son opération. Nous nous appelons une fois par semaine, parfois moins. Mais je sais que les nouvelles sont bonnes. J'espère qu'elle me pardonnera un jour…

— Et avec Marine ? Il y a un problème ? me demande Matt soudain.

Alors lui aussi, il l'a remarqué, pensé-je en mettant un gros morceau de naan au fromage dans ma bouche pour avoir le temps de réfléchir à ma réponse.

— Elle t'a dit quelque chose ? dis-je enfin, inquiet.

— Non, mais on parle peu de nos vies amoureuses respectives – si tant est que j'en aie encore une.

— Tu crois qu'elle revoit Killian ?

— Pourquoi elle le reverrait ?

J'hésite un instant, puis je décide de lui confier mes doutes. Matt est mon meilleur ami. C'est comme s'il faisait partie de ma famille.

— Killian m'a parlé avant le match...

— Pour te déconcentrer. Et ça a marché.

— Il m'a dit : « Tic, tac. Tu entends ? Ce sont les secondes qui défilent avant que Marine ne me revienne. Et cette fois-ci, pour de bon. Profite bien du temps qui te reste avec elle, *lucky loser*. Ce n'est qu'une question de jours, voire d'heures. »

Au tennis, un *lucky loser* est un joueur issu des qualifications, qui a perdu son dernier match avant le tableau final. Il n'est donc pas qualifié, mais cela lui confère un statut de remplaçant. Si un autre joueur est forfait pour le premier tour, il prendra sa place. Pour Killian, je ne suis que son remplaçant, s'il venait à faire défaut...

— Tu vois bien, il n'a aucune preuve. Tu n'es ni un loser ni un lucky loser : tu as remporté tous tes matchs de qualification.

— Mais il avait l'air si sûr de lui...

— Toi, tu ne l'es pas assez. Entre toi et lui, c'est toi que je choisirais, sans hésiter.

— Ne le prends pas mal, mais je préférerais que ce soit Marine qui me choisisse...

— Faisons un pacte, dit Matt avec le plus grand sérieux. Si dans dix ans on est toujours célibataires, marions-nous.

Nous échangeons une poignée de main avant d'éclater de rire, sous le regard interloqué d'un couple à la table voisine.

— Matthéo, ne t'avise pas de m'embrasser pour les contrarier...

— Ce n'était pas mon intention. Mais je pense que tu devrais avoir une petite conversation avec Marine. Quelque chose cloche...

— Vous repartez demain matin... Je dois lui parler ce soir, si elle est toujours réveillée.

Pour gagner du temps, nous décidons de rejoindre le Vieux-Port en métro.

— Jay, je suis sûr que tu t'inquiètes pour rien, murmure Matt dans l'ascenseur en m'adressant un regard d'encouragement. Mais si un jour vous vous sépariez, est-ce que ça changerait quelque chose entre nous ?

Maintenant, je m'inquiète encore plus…

— Matt, tu es mon meilleur ami et je te connais depuis bien plus longtemps que Marine. Ce qui s'est passé avec ma sœur n'a rien changé, non ?

Il secoue la tête, l'air un peu plus serein. Moi, je n'en mène pas large.

Nous sortons de l'ascenseur en silence et nous nous dirigeons vers nos chambres contiguës. Des éclats de voix nous parviennent à travers une porte. Un couple se dispute. La femme pleure. Matt et moi échangeons un regard horrifié. *C'est Marine...*

Indécis, je m'arrête devant la chambre où la querelle a éclaté. Je saisis quelques mots, mais pas le sens général. Soudain, la porte s'ouvre. Marine se fige, les joues mouillées de larmes et souillées de mascara.

— Jay… gémit-elle.

— Ma chérie, qu'est-ce que…

Je suis interrompu par un rire reconnaissable entre tous. Le même rire qui a salué ma défaite, un peu plus tôt dans l'après-midi. Celui de Killian Vasseur. Il s'approche, l'air satisfait.

— Je t'avais prévenu, loser, ricane-t-il. Le compte à rebours est terminé.

J'ai l'impression de recevoir un coup de poing au creux de l'estomac. Abasourdi, je regarde tour à tour Marine, qui semble sur le point de s'évanouir, et Killian, qui savoure sa victoire.

— Tu le lui dis, ou c'est moi qui le fais ? lâche-t-il en entourant de son bras la taille de ma petite amie.

Elle se dégage aussitôt.

— Non, Killian ! Pas comme ça !

— Me dire quoi ? dis-je d'une voix rauque. Pas la peine de mettre les formes, tu sais. Une fois, on m'a annoncé que ma mère était morte ; une autre fois, que ma sœur était dans un état critique. Alors si tu dois m'apprendre que tu retournes avec lui, fais-le.

— Ce n'est pas... bredouille Marine.

— Comme si tu avais le choix, coupe Killian qui commence à perdre patience. De toute façon, c'est trop tard. Quand il saura, il ne voudra plus de toi.

— Tu... Vous avez couché ensemble ? demandé-je d'une voix blanche.

— Non ! s'écrie Marine. Enfin... Oui, mais...

— Tu n'es pas sérieuse ! s'écrie Matt qui, jusqu'à présent, était resté silencieux.

Il serre les poings, prêt à bondir sur Killian. Que le demi-finaliste et favori de l'Open 13 soit passé à tabac par mon meilleur ami n'est pas une option. Je le tire par le bras et recule.

— Laisse tomber, Matt. Ça n'en vaut pas la peine. Je ne serai jamais assez bien pour elle.

— Non, Jay ! s'écrie Marine en se précipitant vers moi.

Killian la retient par l'épaule. Elle ne se dégage pas.

— J'ai gagné, dit-il avec un clin d'œil.

— Oui, tu as gagné ton quart de finale cet après-midi, dis-je avec dignité. Mais tu n'as pas gagné Marine. Ce n'est pas un trophée.

— Peut-être, mais je ne te la rendrai jamais.

Marine baisse la tête. Comment peut-elle accepter qu'il la traite comme un objet ? Pourquoi est-ce qu'elle ne réagit pas ? Elle n'a donc aucun respect pour elle-même ?

— Tu sais quoi ? lâché-je avec mépris. Je te la laisse. Tu peux la garder.

Sur ce, je tourne les talons et je me dirige vers ma chambre. Je ne ferme pas la porte pour voir si Marine va me suivre, mais elle n'en fait rien. J'attrape mon sac de voyage dans le placard et j'y fourre mes affaires, sous le regard consterné de Matt.

— Jay, je ne comprends pas. Je suis désolé…
— Pourquoi ? Toi, tu ne m'as pas trompé avec lui, que je sache.
— Je peux aider ?
— Oui. Me dire où je peux louer une voiture à cette heure-ci.
— Tu ne vas pas repartir à minuit…
— Ai-je encore une raison de rester ?
— Je t'accompagne. On se relaiera toutes les deux heures.
— Il n'y a que deux heures de route jusqu'à l'Académie, Matt…
— Alors tu conduiras et je ferai le clown pour te remonter le moral.

J'accepte aussitôt. Je n'ai aucune envie de me retrouver seul avec moi-même…

Une fois mes affaires rassemblées, je passe dans la pièce voisine, qui est dans un désordre indescriptible. Pour gagner du temps, c'est moi qui boucle la valise de Matt pendant qu'il appelle la réception pour savoir où trouver un loueur de voitures.

Quand nous sortons de sa chambre, j'aperçois devant la porte la balle de tennis que j'ai donnée à Marine il y a deux mois. Je me baisse pour la ramasser. Je remarque qu'elle est posée sur un bloc de papier fourni par l'hôtel, où elle a écrit : « Je suis désolée. »

Je froisse le petit mot et je range la balle dans mon sac de sport.

— Allons-y, Matt, dis-je en l'entraînant vers l'ascenseur, les dents serrées pour ne pas hurler.

CHAPITRE 12
Matt
JEUDI 22 AVRIL, 23 H 30

Paris, un mois et demi plus tard…

Sur un échafaudage à dix mètres au-dessus du sol, je peaufine les derniers détails de la fresque que j'ai commencée ce matin. Il s'agit de Spider-Man sortant du mur de briques qu'il vient de pulvériser, avec Paris en toile de fond. Le propriétaire du bâtiment m'a demandé un super-héros mais il m'a laissé carte blanche quant à son identité : j'ai donc opté pour celui dont je me sens le plus proche. Il me ressemble dans sa version Peter Parker, bien sûr. Comme d'habitude, je travaille en musique, mes écouteurs dans les oreilles. Ma playlist *Best Of* tourne en boucle depuis ce matin.

Soudain, mon téléphone se met à sonner. Le nom « Papa » s'affiche à l'écran. Je décroche aussitôt.

— Hey, ça va ?

— Pas sûr… Je crois que je viens de faire une bêtise.

Je laisse tomber ma bombe de peinture.

— Que… qu'est-ce que…

— Rien de grave, coupe-t-il. Tu te souviens de la série documentaire sur Netflix dans laquelle Jian a joué ? Les producteurs voudraient que j'apparaisse dans la saison 2, mais ils me demandent de me teindre les cheveux pour paraître plus jeune…

Je soupire de soulagement. *Ne me fais plus jamais peur comme ça, papa…*

— Et alors ? Tu vas le faire ?

— Le mal est fait… Mes cheveux sont plus noirs que les tiens. Je n'ose pas sortir de la salle de bains…

— Tu m'envoies une photo ?

— C'est plus drôle si je te laisse la surprise pour après-demain…

Samedi matin, premier jour des vacances scolaires de printemps, maman, Margaux, Maë et moi, nous nous envolerons pour Los Angeles. J'attends ce voyage avec impatience pour d'éventuelles opportunités professionnelles, mais aussi pour revoir papa – et Victoria, que je ne parviens toujours pas à oublier.

En quatre mois, mon père et moi nous sommes beaucoup rapprochés. Nous communiquons le plus souvent par écrit sur la messagerie privée d'Instagram. Mais depuis quelques semaines, nous nous appelons tous les jours, surtout pour discuter de mes projets en cours. Est-ce qu'on arrivera à parler autant quand on sera l'un en face de l'autre ? Rien n'est moins sûr…

— Matthéo, j'ai un ami qui envisage de se faire tatouer les bras. Un tatouage assez étendu… Tu penses que tu pourrais le dessiner ?

— Bien sûr. Quel genre de motif ? Et qui est cet ami ? demandé-je en fronçant les sourcils.

Mon père travaille beaucoup et il passe le peu de temps libre qui lui reste en compagnie de Jian et de Victoria.

— Je t'expliquerai tout sur place. Le tatoueur est l'un des plus renommés de Los Angeles. Son salon est à Venice. La première séance est dans une semaine… Le délai est un peu court, non ?

— Ne sous-estime pas mes super-pouvoirs, papa. Je… Attends, j'ai un SMS de Denis. Il me raconte sans doute l'issue de son rendez-vous avec un garçon qu'il a rencontré sur Tinder. Il…

— La vie sexuelle de Denis ne m'intéresse pas, coupe mon père d'un ton sec.

Qu'est-ce qui lui prend ? Pourtant, je sais par Denis qu'ils ont renoué le contact il y a deux mois…

Tout a commencé quand, à l'initiative de Jian, Victoria a posté sur le compte Instagram de @madeline418_ les photos des créations de papa. Il ne voulait pas apparaître sur les images ; elle ne voulait pas de natures mortes. Ils ont trouvé un compromis : on ne voit que les mains de mon père, qui porte l'anneau noir et bleu de la mère de Victoria. La qualité des clichés et le mystère qui les entoure ont aiguisé la curiosité du public. Il est difficile de savoir si on a affaire à une femme – papa a pour pseudonyme « Madeline » et les mains fines – ou à un homme – ses mains sont plutôt grandes et la bague plutôt masculine. Ajoutez à cela Jian qui a partagé plusieurs publications avec la mention « *my friend & associate* » – mon ami·e et associé·e. Résultat : des milliers de *followers*, dont Denis. Mon père s'est abonné en retour au compte officiel du « vrai » *Madeline*. Il a commencé à commenter les *posts* de Denis et surtout à réagir à ses *stories* sur la messagerie privée. Depuis, Denis et lui échangent des banalités polies plusieurs fois par semaine. Je crois que papa souhaiterait qu'ils soient de nouveau amis. Quand j'ai demandé à Denis s'il l'envisageait, il a fait la grimace.

— Tu imagines si je dérape et que je lui avoue que je l'aime toujours ? Et qu'il me frappe ? Non merci !

— Je suis sûr qu'il se contenterait de te dire que lui ne t'aime pas.

— Matty, je le sais depuis le jour où on s'est rencontrés et il sait que je sais. Ça ne l'a pas empêché de me refaire le portrait.

— Il avait subi un grave traumatisme. Tu veux que j'éclaircisse la question ?

— Surtout pas.

Je n'ai pas insisté. J'ai forcé la main à Victoria pour qu'on sorte à nouveau ensemble et le résultat a été catastrophique. Avec un peu de chance, papa comprendra tout seul que Denis préfère garder ses distances.

J'ouvre le SMS que je viens de recevoir et fronce les sourcils. Ce sont des coordonnées GPS... À côté du restaurant où Denis a mangé ce soir, à deux rues d'ici. Je parie qu'il a trop bu et qu'il voudrait que je le raccompagne...

— Je te rappelle plus tard, papa. Et ne t'inquiète pas pour tes cheveux. Je suis sûr que ce n'est pas si terrible...

Je raccroche au moment où mon portable se met à sonner. C'est Denis... Je réponds aussitôt.

— Matty, aide-moi... halète-t-il. Appelle la police, ils vont me tu...

Un hurlement me glace le sang.

— Denis ? *Denis, non !*

Mais la communication est coupée. Que se passe-t-il ? Il se fait agresser ? Je descends de l'échafaudage le plus vite possible, au risque de me rompre le cou. Dès que j'atteins le trottoir, je me mets à courir vers l'adresse que j'ai reçue comme si j'avais le diable à mes trousses. *Pourvu qu'il ne soit pas trop tard...* pensé-je, rongé par l'inquiétude.

Quand j'arrive à l'endroit indiqué, j'entends quelqu'un tousser dans une ruelle. Je m'y précipite et je découvre Denis recroquevillé sur le sol, le visage en sang. Un homme à la tête rasée, penché sur lui, l'a saisi par le col de sa chemise. Il l'empêche de respirer !

— Tiens, v'là l'autre tapette, se moque son acolyte, à quelques pas derrière lui, en me montrant du doigt.

— Lui non plus n'a pas l'air très costaud, ricane celui qui étrangle Denis.

— Lâche-le, enfoiré ! m'écrié-je en me précipitant vers lui.

Mon poing s'écrase sur sa mâchoire qui craque. Il se met à hurler. Aussitôt, son complice se jette sur moi et me donne un coup de poing dans l'estomac. J'encaisse et je le pousse d'un coup de pied. Il tombe sur le sol pendant que le premier me frappe au visage, mais je recule au dernier moment, atténuant le choc.

Galvanisé par la vision de Denis étendu sur le bitume, je distribue des coups de pied et des coups de poing. Quand j'en reçois, je les sens à peine. Je ne suis plus ce loser de Teo, trop faible pour répliquer, que l'on pouvait cogner à discrétion. Depuis, j'ai fait des heures de sport et j'ai pris des cours de self-défense. Je suis plus fort, plus endurant, mieux entraîné. Je n'ai pas peur, pas même de deux adversaires plus imposants que moi.

Quand un de mes uppercuts déséquilibre l'homme au crâne rasé, mon genou trouve son entrejambe. Sonné, il s'effondre sur le sol en gémissant. Plus qu'un... L'autre sort quelque chose de sa poche.

— Matty, il a un couteau ! lâche Denis d'une voix rauque. Va-t'en, vite !

Il essaie de se lever mais il chancelle et tombe à genoux. Du sang ruisselle sur son visage.

— Tu n'iras nulle part, ricane mon adversaire. Tu vas voir ce qu'on fait aux pédales, par ici. Les démonstrations d'affection en public, on n'en veut pas !

— Quoi ? m'écrié-je, sidéré.

— Ton pote a fait un bisou à son mec, répond-il d'un air écœuré.

Ils ont massacré Denis pour... un baiser ?

— Ce n'est pas un délit, jusqu'à preuve du contraire, lâche Denis.

— Ça devrait, comme dans plus de soixante-dix pays dans le monde, dit-il avec mépris. Si j'étais ton père, je t'aurais déjà mis une bonne raclée. Et si ça n'avait pas suffi, je t'aurais envoyé te faire soigner.

— Par chance, je ne suis pas votre fils, réplique Denis en crachant du sang par terre.

— Mon fils, il est bien élevé, lui. Il ne me ferait jamais honte sous prétexte de suivre une mode ridicule, répugnante et contre nature !

La rage m'aveugle. Je me jette sur l'agresseur de Denis. Il

tombe à la renverse, non sans m'entailler l'avant-bras avec sa lame. Une douleur aiguë irradie dans tout mon corps. Je serre les dents et j'assène un coup de poing dans le nez de mon adversaire. Le cartilage craque. Du sang m'éclabousse. Je saisis le couteau et je le lance un peu plus loin, puis je neutralise le type d'un autre coup de poing. C'est fini...

Le souffle court, je me précipite vers Denis. Toute l'adrénaline retombe d'un coup. Les mains tremblantes, j'éponge son visage avec le bas de mon T-shirt. Son nez est cassé – encore plus cassé – et a commencé à enfler. Il a un gros hématome à l'œil et une pommette abîmée.

— J'appelle la police, dis-je en sortant mon téléphone de ma poche.

— Pas la peine, grimace Denis. Regarde : ils ont déjà filé.

Quand je me retourne, les deux types et le couteau ont disparu.

— Bande de...

— J'irai porter plainte demain, coupe-t-il. En attendant, ne restons pas là.

— Je t'emmène aux urgences.

— Non. Je veux rentrer chez moi. S'il te plaît.

Je l'aide à se relever et je passe un bras sous son aisselle pour le soutenir. Nous optons pour le métro : aucun taxi ni aucun Uber n'accepterait de nous prendre dans notre état.

— On peut faire une pause ? grogne Denis à mi-chemin de la station. J'ai la tête qui tourne.

Nous nous asseyons au bord du trottoir. J'ai peur qu'il perde connaissance.

— Ça va ? demandé-je, inquiet.

— Je me sens aussi mal que la première fois, soupire-t-il. J'espère que c'est la dernière...

— Papa ne t'a pas frappé pour les mêmes raisons.

— Je sais. Il en avait d'autres.

Lesquelles ?

Denis examine la longue estafilade sur mon bras.

— Ta mère va me tuer. Et ton père, n'en parlons pas… S'il te plaît, ne leur dis rien !

— Et comment comptes-tu cacher tes blessures ?

— Je trouverai une excuse. Je prétendrai que j'ai raté une marche et que je suis tombé dans l'escalier, ou que…

Je serre les poings.

— Ou que j'étais distrait et que je me suis pris une porte, coupé-je, ou que j'ai fait une chute en vélo ou en rollers ou en montant à une échelle, ou que j'ai glissé sur une peau de banane ou une plaque de verglas, ou que j'ai reçu un mauvais coup en sport au lycée, ou que j'ai escaladé un arbre et qu'une branche s'est cassée, ou qu'au tennis, je n'ai pas pu éviter une balle…

Denis me regarde bouche bée. J'éclate en sanglots :

— Oui, on pourrait excuser l'inacceptable. Mais j'en ai assez de me taire, Denis. Sinon, ça ne s'arrêtera jamais. Au contraire, on va en parler. Et tout de suite !

— Calme-toi, Matty !

Mais j'ai déjà dépassé le point de non-retour. Aveuglé par mes larmes et ma rage, je sors mon téléphone et je démarre une vidéo en direct sur Instagram. Je ne prends même pas la peine d'essuyer mon visage souillé par le sang de Denis et de son agresseur. Je m'éclaircis la gorge et je commence ma tirade improvisée.

— Je n'en peux plus de la connerie humaine. Mon meilleur ami vient de se faire passer à tabac pour un *bisou*. Il a osé embrasser un homme dans la rue, dans le supposé « pays des droits de l'Homme ». Avant de déguerpir comme un malpropre, un de ses agresseurs nous a parlé de son fils qui, selon ses mots, est bien élevé, ne lui fait pas honte, n'est pas malade… Je plains ce jeune homme. S'il est homosexuel, son père le maltraitera ou le mettra à la porte. Ou peut-être qu'il n'osera jamais le lui dire et qu'il sera malheureux toute sa vie parce que certains ont décidé de ce qui était « normal » ou pas… Mais est-ce que c'est normal de se faire humilier, frapper, chasser ou même assassiner ? De faire un *coming out* la peur au ventre, de se confesser comme si on était un criminel alors que le crime qu'on a commis, c'est d'aimer des hommes, ou des femmes, ou les deux, ou aucun des deux ? De se taire, de s'épuiser à faire semblant, de passer à côté de sa vie alors qu'on n'en a qu'une ? Et pour qui, pour quoi ? Parce que des abrutis se sentent menacés par ceux qui sont différents ?

Livide, je reprends mon souffle avant de conclure.

— Pour d'autres raisons, je suis différent. J'ai mis longtemps à trouver ma place dans la société. Mais je ne regrette pas un instant de m'être battu pour vivre la vie que j'ai choisie. Alors vive la différence, vive Banksy et vive l'amour !

Je coupe l'enregistrement et je ferme l'application Instagram.

— Wow… fait Denis. Ça va mieux ?

Je secoue la tête.

— Moi, un peu, dit-il en m'ébouriffant les cheveux. J'ai toujours aussi mal au nez, mais je te remercie d'avoir pris ma défense et de m'avoir remonté le moral.

— C'est le rôle d'un meilleur ami, non ? Maintenant, allons chez ta meilleure amie infirmière pour qu'elle soigne nos blessures… dis-je en envoyant un message à maman pour la prévenir de notre arrivée.

Partie Deux

« *Good people end up in Hell because they can't forgive themselves.* »

« À la fin, les gens bien vivent l'enfer parce qu'ils ne peuvent pas se pardonner. »

— ROBIN WILLIAMS

CHAPITRE 1
Denis
DIMANCHE 25 AVRIL, 17 HEURES

Los Angeles, trois jours plus tard…

Je parie que Jian est en retard, pensé-je en récupérant ma valise sur le tapis roulant de l'aéroport de Los Angeles.

Mon cousin n'est jamais à l'heure. Comme Matthéo, il a toujours un projet à terminer ou un ami à aider. Il a le cœur sur la main. Il l'a montré il y a quatre mois en accueillant Marc chez lui et dans sa pâtisserie. Il l'a encore prouvé avant-hier quand il a insisté pour que je vienne passer quelques jours chez lui, après mon agression. J'ai pris le premier vol direct que j'ai trouvé, le lendemain du départ de Matty et des filles. J'ai fermé le *Madeline* pour une durée indéterminée.

Si Matthéo, Eileen ou Jay étaient à Paris, je n'aurais pas accepté l'invitation de Jian, mais j'avoue que la perspective de rester seul me terrifiait. Celle de me retrouver dans la même pièce que Marc aussi. Mais avec un peu de chance, je parviendrai la plupart du temps à l'éviter.

La dernière fois où je l'ai vu, c'était le 10 décembre, la veille de son départ pour les États-Unis… Je ne garde pas un très bon souvenir de notre entrevue. Non que Marc ait été désagréable, au contraire.

Ce jour-là…

Quand on frappe à la porte du *Madeline* à 8 heures du matin, je suis sûr qu'il s'agit de Matthéo qui, comme d'habitude, a oublié la clé.

— Le petit déjeuner n'est pas encore prêt, Matty, dis-je en ouvrant la porte. Tu vas devoir attendre cinq…

Les mots s'étranglent dans ma gorge. Ce n'est pas Matthéo mais Marc, qui tient à la main une boîte de chez Pierre Hermé[1].

— Salut, Denis, dit-il en me la tendant. J'ai choisi un assortiment de pâtisseries japonaises.

Stupéfait, je le dévisage en silence.

— Tu me laisses entrer ou tu préfères qu'on parle sur le seuil ?

— Euh… Viens, dis-je en m'effaçant.

Je lui indique la table de Matthéo tout au fond. Puis, je prends la boîte de gâteaux, je bredouille des remerciements et je vais la ranger dans le réfrigérateur.

Eileen, Marc et moi, on s'était promis d'aller goûter les meilleures pâtisseries de la capitale pour notre premier repas à Paris. S'en souvient-il ? En tout cas, pas question de les manger avec lui. Je les offrirai à Matthéo.

Quand je reviens dans la pièce principale, Marc examine la décoration avec curiosité. S'il est là, c'est pour un seul motif : ce que je lui ai fait il y a vingt-trois ans.

— Ne tournons pas autour du pot, Marc.

Le ton de ma voix est agressif. Pourtant, c'est la dernière chose que je souhaite.

— Tu as raison. Denis, je suis venu te demander pardon de t'avoir cassé le nez…

— Quoi ?

— … et d'avoir attendu vingt-trois ans pour m'excuser.

Il doit vouloir que j'en fasse autant.

— Et moi, je te demande pardon de t'avoir… tu sais.

— Qu'est-ce que je suis censé savoir ? demande Marc en haussant un sourcil.

— Ce qui s'est passé dans la grange de M. Hubert.

— Pourquoi tu me demandes pardon ?

Il a oublié ?

Tout mais pas ça… Si je lui dis la vérité, comment va-t-il réagir ? Mais je ne peux pas encore lui mentir ! Je soutiens son regard et prends une grande inspiration.

— Marc, si tu me poses la question, c'est que tu étais trop ivre pour t'en souvenir.

— Toi, tu étais ivre…

— C'est vrai, mais tu l'étais bien davantage.

Marc se met à rire :

— Après deux bières ? Il m'en aurait fallu un peu plus pour avoir un black-out…

— Mais… Si tu n'avais pas trop bu, alors pourquoi tu ne m'as pas repoussé ?

— Tu veux que je te fasse un dessin ?

Je le dévisage sans comprendre.

— Denis, je ne t'ai pas repoussé parce que je n'avais pas envie que tu t'arrêtes… Qu'est-ce que tu pensais ? Que tu m'avais forcé ?

— Oui. Depuis vingt-trois ans… murmuré-je, abasourdi.

Je m'assois sur la banquette. Marc s'installe près de moi.

— Denis, je suis désolé. J'ignorais que tu me croyais ivre…

Je sens la colère monter en moi. Depuis des années, je porte le poids d'une faute que je n'ai pas commise… Tout ça parce qu'il m'a interdit de lui parler à l'hôpital !

— Pourquoi tu m'as frappé, Marc ? Tu ne pouvais pas me dire « Je ne t'aime pas, je ne t'ai jamais aimé » ? Je ne t'aurais pas harcelé !

— Non… répond Marc en baissant les yeux.

— Je sais que tu souffrais, mais je ne suis pas responsable de ton agression !

— Bien sûr que non, mais j'avais besoin d'un coupable.

Un sentiment de malaise m'envahit.

— J'espère que tu n'es pas en train de me dire que ces types t'ont démoli parce que tu étais l'ami d'un bisexuel… ou d'un Asiatique…

— Pas du tout, Denis.

— Tu as déclaré à la police que tu ne les connaissais pas… C'est vrai, au moins ?

Je pose la main sur son épaule et je l'oblige à me regarder. Soudain, je comprends la vérité.

— C'est ton père qui t'a fait ça…

Marc me répond par un sourire triste.

— Parce que je t'ai embrassé… murmuré-je. La police l'a appelé.

— Parce qu'on s'est embrassés, confirme-t-il. M. Hubert l'a appelé.

Non… Ce n'est pas possible… Je me lève d'un bond et je me précipite dans la cuisine pour m'éloigner de Marc. Pris de vertiges, je me dirige vers l'évier et je passe de l'eau sur mon visage brûlant.

C'est un scénario pire que le précédent ! Mon meilleur ami a failli mourir à cause de moi. Il est resté un mois dans le coma parce que le fermier l'a trouvé avec ma main dans son caleçon.

— Denis… dit Marc avec douceur. Tu n'y es pour rien. Même si je t'avais arrêté ce soir-là, ça serait arrivé tôt ou tard.

— Ton père me haïssait.

— Il me haïssait encore davantage.

Je me traîne jusqu'au mur opposé et je me laisse glisser sur le sol, vidé de toute énergie. Des larmes coulent sur mes joues.

— Pardon… Pardon… répété-je en boucle.

Marc s'agenouille devant moi.

— Denis, il n'y a que mon père, ma psy, Gabriela et toi qui soyez au courant. J'aimerais que tu n'en parles à personne.

Je bredouille un « bien sûr » et je garde les yeux baissés, incapable de regarder Marc en face.

Il pose la main sur mon épaule. Je tressaille.

— Je dois partir, dit-il en se levant. Denis, je te remercie de m'avoir donné l'opportunité de changer de vie malgré ce que je t'ai fait subir.

Après l'avoir bousillée, c'est bien la moindre des choses, non ?

J'essaie de répondre à Marc, mais les mots ne veulent pas sortir.

— Et merci d'avoir aidé mon fils quand je lui ai tourné le dos. Tu es très important pour lui.

Marc a disparu aussi vite qu'il était venu. Toute la journée et toute la nuit, j'ai hésité à aller le saluer à l'aéroport comme Matthéo me l'avait proposé. Mais pour finir, j'ai décliné l'invitation.

Depuis, nous avons échangé quelques messages sur les réseaux sociaux, car j'ai eu la fausse bonne idée de suivre son compte.

Perdu dans mes réflexions, j'arrive dans la zone où les voyageurs retrouvent leur famille. J'ai hâte de retrouver la mienne. Je n'ai pas vu Jian depuis une éternité ! J'examine les visages à la recherche de celui de mon cousin qui, comme d'habitude, va me saluer en m'écrasant contre lui.

— Denis ! appelle quelqu'un.

Ce n'est pas Jian. Lui, il aurait prononcé « Dénisse », à l'américaine. C'est Matty ! Je me hâte vers lui. Il agite la main, à une trentaine de mètres de moi.

Sauf que ce n'est pas Matthéo. C'est son père. Je m'arrête net.

Voilà que j'ai une hallucination, pensé-je en m'attendant à la voir disparaître. Car c'est le Marc de dix-sept ans que j'ai connu et pas le Marc de quarante ans, avec ses cheveux gris et ses kilos en plus. Impossible…

Mais le mirage persiste. Et même, il s'approche de moi, sourire aux lèvres. Il me donne un *hug* rapide. Surpris, je me raidis dans ses bras.

Marc porte un jean bleu marine et un T-shirt noir à manches longues malgré la température. Il a changé de lunettes et de coupe de cheveux. Il a perdu beaucoup de poids et il semble en bien meilleure santé que la dernière fois où je l'ai rencontré.

— Je suis content de te voir, Denis.

— Euh... Moi aussi ?

Marc prend ma valise et se dirige vers le parking.

— Jian n'a pas pu se libérer ? demandé-je en lui emboîtant le pas. Tu n'aurais pas dû te déranger, j'aurais commandé un Uber...

— Non, il était disponible. C'est moi qui lui ai proposé d'aller à l'aéroport.

— Pourquoi ?

Marc se retourne et cherche mon regard, derrière les lunettes noires qui dissimulent mon hématome à l'œil. Je ne voulais pas le vexer... Il fait des efforts et moi, je suis désagréable !

— Hem... Tu as l'air en pleine forme, dis-je avec un sourire timide.

— Je le suis. Le soleil californien, c'est bien mieux pour la santé que la grisaille niortaise ou parisienne. Et la cuisine de ta tante, c'est bien meilleur que les plats industriels ou les fast-foods.

— Ça n'a pas été trop dur de te retrouver seul ?

— Je ne l'ai jamais été. Jian et Victoria ne me lâchent pas d'une semelle et ils me soutiennent dès que je n'ai pas le moral. Mais ça arrive de moins en moins souvent. Ils vont bien ensemble, tous les deux...

— Ils sont *ensemble* ?

— Pas encore, mais ce n'est qu'une question de temps, si tu veux mon avis.

Matthéo ne va pas être ravi...

— Et Victoria, comment va-t-elle ?

— Beaucoup mieux. Sa rééducation est loin d'être terminée, mais elle a retrouvé l'usage de son bras pour les choses courantes. Elle a parlé à ma psy plusieurs fois. Depuis, elle a plus d'appétit et ses cauchemars sont moins fréquents.

Je suis surpris que Marc soit si naturel avec moi. Comme avant. Comme si vingt-trois ans ne s'étaient pas écoulés. J'ai l'impression de revoir le jeune homme séduisant et charismatique dont je suis tombé amoureux. Ce que je voulais à tout prix éviter...

Je n'aurais pas dû venir. C'était une erreur.

Marc s'arrête près d'une Maserati GranCabrio rouge et charge ma valise dans le coffre. Devant mon air stupéfait, il sourit.

— Non, je ne l'ai pas volée et je n'ai pas gagné au loto. C'est celle de Jian. Tu veux conduire ?

— Je n'ai pas le permis. Matthéo et Jay ont essayé de m'apprendre, mais je ne suis pas doué.

— Je peux t'apprendre, répond Marc en montant dans la voiture.

Non merci… Pour ne pas le vexer à nouveau, je ne dis rien et je m'installe avec difficulté du côté passager. J'ai mal partout et les quinze heures de vol n'ont rien arrangé…

Marc m'observe avec inquiétude.

— Je suis désolé pour ce qui t'est arrivé, dit-il enfin. Ces types sont des fumiers de la pire espèce.

— Tu m'en veux que Matty ait été blessé à cause de moi ? demandé-je avec appréhension.

— Au contraire. Je suis fier qu'il t'ait aidé.

— Il m'a sauvé, même. Et sa vidéo m'a beaucoup touché…

— Quelle vidéo ?

— Sur Instagram… Tu ne l'as pas vue ?

— Non. J'ai été plutôt occupé ces derniers jours, avec le tournage de la série. De quoi parle Matthéo ?

— De rien. Laisse tomber.

J'espère qu'il ne va pas la regarder maintenant. Matty était dans un sale état…

— Denis… Dis-moi ce qui s'est passé.

Je hausse les épaules. Il enlève mes lunettes de soleil avec précaution et plonge ses yeux verts dans les miens. J'y vois du regret, de la tristesse et peut-être de l'espoir. Puis il fixe mon nez enflé et douloureux.

— J'ai cru que j'allais mourir, Marc ! Si tu savais comme j'ai eu peur… murmuré-je avant d'éclater en sanglots.

Aussitôt, il me serre contre lui :

— Je sais, Denis. Je sais…

L'espace d'un instant, nous sommes aussi proches que lorsque nous étions adolescents et que nous avions prévu de conquérir le monde. Puis, mes sentiments pour lui sont venus tout gâcher.

La réalité me rattrape. La console centrale qui nous sépare me fait mal aux côtes, le souvenir des deux agressions que j'ai subies me fait mal au cœur.

Marc semble sentir ma gêne. Il me lâche et me rend mes lunettes, puis il met le contact. Le fond de teint que j'ai appliqué pour cacher mes blessures a taché son T-shirt… La Maserati démarre avec un bruit qui me fait sursauter. Marc ouvre la capote et les vitres. J'incline le siège et je porte mon attention sur le paysage urbain.

Nous roulons dans un silence étrange. J'ai tant de choses à dire à Marc, mais en même temps je n'ai plus rien à lui dire. Il semble être dans le même état d'esprit. À quoi penses-tu, Marc ?

— Tu choisis la musique ? dit-il soudain en me tendant son iPhone. Le code est 3110.

La date de naissance de son fils. La date de cette nuit désastreuse qui a changé l'existence de trois amis.

Je déverrouille le portable. Le fond d'écran est une fresque de Matthéo, gaie et colorée. J'ouvre l'application YouTube Music qui ne contient que la playlist de Matty et je trouve un titre de circonstance.

— *The Best Of Me*, de The Starting Line, sourit Marc.

« On doit réfléchir à nos malentendus… Tu m'as manqué et je t'ai manqué aussi. »

Tu me manques depuis vingt-trois ans, Marc. Chaque jour, je regrette que mes sentiments inopportuns aient gâché notre amitié. Mais je doute que moi, je t'aie manqué…

« On baisse la musique et on chuchote : "Dis à quoi tu penses en ce moment." »

Mauvaise idée... Car ce que je pense, c'est que tu m'attires toujours autant, comme lorsque nous étions au lycée. Que tu m'aies cassé le nez n'a rien changé...

« Nous avons vieilli mais nous sommes encore jeunes... Je suis si content que la vérité nous ait réunis, toi et moi. »

Dans notre cas, la vérité nous a éloignés un peu plus. Dommage...

Nous nous arrêtons à un feu rouge.

— « Dis à quoi tu penses en ce moment », fait Marc avec un clin d'œil.

— Toi d'abord, répliqué-je.

— OK... Je suis face à un dilemme.

— Continue, dis-je en me redressant sur mon siège.

— J'ai chaud, mais mettre la climatisation à fond dans une décapotable, ce n'est pas très écologique.

Moi qui m'attendais à une révélation... Marc, qui l'a compris, éclate de rire. J'adorais entendre son rire.

— Pourquoi tu ne remontes pas tes manches ? grommelé-je.

— Parce qu'alors tu verrais mes cicatrices et je ne les ai montrées qu'à Gabriela. Même Eileen ne les a jamais vues.

— Des cicatrices... de ton agression ? dis-je d'une voix blanche.

— En effet. À toi, maintenant. À quoi penses-tu ?

Que tout est ma faute... Des passants prennent la voiture en photo avec leur téléphone. Deux adolescentes nous font des signes de la main en souriant.

— Elles croient peut-être qu'on est ensemble... dis-je en leur envoyant un baiser.

— Ça te gêne ? De toute façon, ici les gens s'en fichent.

— Je devrais m'installer ici, alors... soupiré-je en massant ma pommette douloureuse.

Nous arrivons chez Jian quelques minutes plus tard. Tout le monde est dans la piscine sauf Victoria. Elle est allongée sur un transat et lit une revue de photo. Choquée de me voir dans cet état, elle me serre dans ses bras pendant de longues minutes, ce qui me réconforte.

— Tu m'as manqué, Denis, m'avoue-t-elle.

Contre toute attente, Jian n'ose pas me toucher, de peur de me faire mal.

— Papa, Denis, vous venez vous baigner avec nous ? lance Margaux, un ballon à la main.

Je jette un coup d'œil à Marc qui acquiesce et se dirige vers le *pool house*. Jian m'accompagne dans la maison et me montre ma chambre – l'une des nombreuses chambres d'amis.

Quand je reviens quelques minutes plus tard, Marc est déjà dans l'eau. Il porte un T-shirt anti-UV à manches longues. Impressionnés par mon corps couvert d'ecchymoses, tous s'arrêtent de jouer quand je m'approche de la piscine.

— Tu as fait badaboum dans l'escalier ? m'interroge Maë en touchant mon tibia violacé avec le pied de sa poupée Barbie vêtue d'un costume de torero – nul doute qu'Eileen la lui a offerte.

— Oui, ma chérie. Je suis très maladroit, dis-je en croisant le regard de Matthéo.

L'eau fraîche me fait du bien. Je m'assois sur les marches de la piscine, bientôt rejoint par Eileen. Je surveille Marc du coin de l'œil car je ne suis pas sûr qu'il apprécie ma proximité avec son ex-femme. Mais il participe avec Matthéo et Jian à une compétition dont le but est de couler les deux autres. Margaux en est l'arbitre. Marc gagne à tous les coups, si bien qu'au bout de dix minutes, Matthéo et Jian décident de s'allier pour le vaincre.

Craaaaaac.

Nous cherchons des yeux l'origine du bruit. Matthéo vient de déchirer le T-shirt de Marc. Son expression est horrifiée. Des dizaines de cicatrices zèbrent le dos de son père. Celui-ci soupire et enlève son vêtement, ce qui révèle d'autres marques sur son torse et ses bras. Margaux se met à pleurer. Maë saute dans l'eau avec ses petits brassards et s'approche de Marc.

— Tu as fait badaboum dans l'escalier, toi aussi ? demande-t-elle, perplexe.

— Non... C'est un secret de grands, mais si tu me promets de ne rien dire à personne, je peux te le dévoiler.

Les yeux de la petite fille brillent d'excitation.

— Tu te souviens des livres qu'on a lus, hier soir ? continue Marc.

— Spider-Man et Batman ? Bien sûr. Ils sont trop cools.

Maë réfléchit un instant.

— Toi aussi, tu es un super-héros ? s'écrie-t-elle. Tu t'es battu contre un super-méchant pour sauver le monde ? Tu as perdu, tu es mort et après tu es ressuscité et à la fin tu as quand même gagné ?

— À peu près...

— Super ! Je dois tout de suite le raconter à papy Lee et à mamie Lee ! exulte-t-elle en sortant de l'eau comme une furie.

Avec un peu de chance, la mère de Jian – qui ne parle pas très bien français – ne comprendra rien au « secret » et ne pourra pas traduire à son mari...

Le silence est revenu. Tout le monde a les yeux rivés sur Marc qui a nagé vers la partie profonde de la piscine où il a de l'eau jusqu'au cou. Jian, qui ne connaît pas un mot de français, m'interroge du regard. J'articule « *after*[2] ». Il acquiesce et va s'asseoir sur un transat à côté de Victoria.

— Marc, je pense que tu devrais leur dire comment s'appelait ce super-méchant, dis-je en lui adressant un geste d'encouragement.

— Venom ? Le Joker ?

— Marc... implore Eileen.

— Tout le monde a droit à un Joker, non ? dit-il avec un rire forcé.

— Marc, s'il te plaît, insiste Eileen. Tu me fais peur...

Elle descend dans l'eau, s'approche de lui et place les mains sur ses épaules.

— Paul Delonge, répond-il en la fixant droit dans les yeux.

Votre grand-père, ajoute-t-il à l'intention de Matthéo et de Margaux.

---

1. Pierre Hermé, né en 1961, est un chef pâtissier-chocolatier français.
2. Après.

CHAPITRE 2
Matt
LUNDI 26 AVRIL, 6 HEURES

Los Angeles, onze heures plus tard…

Quand le réveil de mon portable se déclenche, j'ai à peine la force de tendre le bras pour l'arrêter. Je le fais tomber par terre où il continue son vacarme. Je finis par me lever en grommelant. *Je ne me suis toujours pas remis du décalage horaire, mais il est temps de reprendre mon rythme habituel…* pensé-je en observant la chambre dans laquelle je me trouve.

Il s'agit de celle de Victoria qui, pendant la durée de mon séjour, a déménagé dans une chambre d'amis de la maison de Jian. Ainsi, je peux rester dans le *pool house* avec papa.

Jian a beau être le cousin de Denis, je ne l'apprécie pas. Victoria et lui sont beaucoup trop proches à mon goût.

Je passe dans la pièce principale, éclairée par la lumière de l'aube qui entre par l'immense baie vitrée. Je me dirige en bâillant vers la salle de bains quand j'aperçois soudain mon père, assis très droit sur le tapis, immobile, les yeux fermés. *Il fait de la méditation ?* pensé-je, amusé, en m'efforçant de ne pas faire de bruit. Mais je trébuche sur ma valise vide que je n'ai pas eu le temps – pas pris la peine – de ranger. Je m'étale de tout mon long.

— Salut, papa, dis-je en frottant mon tibia douloureux. Désolé de t'avoir interrompu…

— J'avais fini, dit-il en regardant l'heure sur la pendule murale. Je vais courir. Tu viens avec nous ?

— Nous, qui ? demandé-je même si j'ai une petite idée de sa réponse. Jian et toi ?

— Et Victoria.

— Vic sera là ? dis-je, incrédule.

— Mais oui. On a passé un *deal* : je nage avec elle si elle court et qu'elle joue au tennis avec moi.

Je me souviens qu'un jour, Sara m'avait dit qu'elle détestait l'eau et qu'elle savait à peine nager. Papa m'explique que c'est très important pour la rééducation de son épaule. De plus, il voulait l'obliger à se confronter à ses peurs et à retourner sur un court. Elle est ambidextre, donc tant qu'elle ne fait pas de services, elle peut jouer de la main droite aussi bien qu'un joueur moyen.

— Mais toi, tu n'y gagnes rien… remarqué-je, amusé.

— Peut-être pas, mais j'ai perdu treize kilos en quatre mois. Alors, tu viens ?

J'acquiesce. La perspective de voir Victoria compense le désagrément de voir Jian.

À mon arrivée avant-hier, Jian et Victoria n'étaient pas là. Un des amis de Jian se mariait et, après la défection du photographe officiel, Victoria a accepté de le remplacer au pied levé. Jian et elle sont rentrés au petit matin et ils sont allés dormir. Ils n'ont émergé qu'en fin d'après-midi, une heure avant que Denis atterrisse. J'étais à la piscine avec maman et les filles. Victoria m'a salué du bout des lèvres et n'a même pas daigné m'embrasser sur la joue. Puis elle est allée lire sur un transat sans me prêter la moindre attention. Jian, quant à lui, m'a serré dans ses bras comme s'il venait de me retrouver alors qu'il me croyait mort. Après la révélation de papa, ils sont partis sur le *boardwalk* avec Maë dont ils se sont occupés pendant toute la soirée. Denis est resté à la demande de papa, qui nous a raconté les horreurs que son père lui avait fait subir. Maman ne cessait de pleurer. Elle se sent coupable de ne s'être rendu compte de rien, mais papa a tout fait pour cacher son calvaire. Lui et moi ne sommes pas si différents, après tout.

Perdu dans mes réflexions, je me change et je rejoins mon père devant la piscine, où attendent déjà Jian et Victoria. Ils sont en grande conversation. Ou plutôt, Jian parle et Victoria rit, aussi fort que lorsque nous étions au lycée. À Paris, quand nous sous sommes retrouvés, elle souriait à peine.

J'essaie de capter son attention mais elle ne me regarde pas. Nous commençons à courir deux par deux, Jian et elle en tête, papa et moi derrière eux. Le corps de Victoria est moins musclé qu'il y a trois ans, mais elle n'est pas aussi maigre qu'elle l'était à Paris il y a quatre mois. Elle est encore plus jolie. Ses cheveux ont poussé et frôlent à présent ses épaules. Son bras gauche a retrouvé sa mobilité et ne la fait plus souffrir mais pour l'instant, elle ne peut pas le lever très haut.

Au bout de quelques minutes, nous atteignons la plage de Santa Monica et nous nous dirigeons vers Venice Beach en empruntant la promenade. Une fois arrivés à destination, nous rebroussons chemin aussitôt. À mesure que nous approchons du parc d'attractions de la jetée de Santa Monica, je me prends à espérer qu'un jour, j'embrasserai Victoria sur la grande roue, comme dans tous les shōjo mangas qu'affectionne Marine. Pour le moment, rien n'est moins sûr. Jian et elle courent beaucoup trop près l'un de l'autre à mon goût.

— Petit déjeuner dans un quart d'heure ? lance Jian dès que nous avons franchi la grille de sa propriété.

Je pense d'abord refuser – Victoria ne déjeune pas –, mais mon estomac affamé se rappelle à moi.

Je laisse papa se doucher le premier pendant que je consulte mon compte Instagram. Je constate avec stupeur que ma vidéo de jeudi dernier a été partagée des dizaines de milliers de fois et que le nombre de vues ne cesse d'augmenter.

— Si je m'attendais à ça… murmuré-je, décontenancé.

— À quoi ? demande mon père en sortant de la salle de bains.

Il porte un T-shirt à manches longues, bleu marine cette fois. Il n'a fait aucun commentaire à propos de mon « coup de gueule » en live. J'en ai déduit qu'il n'approuve pas et je n'ai aucune envie d'en parler avec lui. C'est un sujet qui me tient un peu trop à cœur.

— Rien d'important. Tu sais, maintenant qu'on est tous au courant pour tes cicatrices, tu peux mettre des manches courtes...

Il m'ébouriffe les cheveux comme si c'était un geste habituel, ce qui n'est pas le cas.

— C'est vrai, Matthéo, mais je préfère ne pas les voir. Ça me rappelle trop de mauvais souvenirs.

J'ai eu du mal à encaisser sa révélation de la veille. Je ne comprends pas comment mon grand-père a pu commettre un acte d'une telle barbarie. Pas étonnant que papa souffre d'un syndrome de stress post-traumatique depuis des années...

— Bientôt, tes cicatrices seront recouvertes d'encre... dis-je en guettant sa réaction.

Il acquiesce avec un sourire triste, confirmant que le tatouage que je dois créer lui est bien destiné.

— Avant, je pourrais te dessiner avec tes cicatrices ? demandé-je sans trop y croire.

— Victoria les a prises en photo hier soir, quand tu es parti te coucher. Vous auriez pu vous mettre d'accord pour que je n'aie pas besoin de poser deux fois...

Il ne va pas refuser ? pensé-je, surpris.

Quand nous arrivons dans la salle à manger, au rez-de-chaussée de la maison de Jian, tout le monde est déjà attablé. Il ne reste que deux places libres : la première, sur laquelle je me précipite, entre Victoria et Margaux ; la seconde, entre Jian et Denis. Bien sûr, Victoria est assise à côté de Jian...

Celui-ci m'interroge sur mon travail. Son intérêt semble sincère. Par politesse, je fais de même. Mais la seule chose qui m'importe, hormis ses délicieux pancakes – encore meilleurs que ceux de Jay –, c'est de passer un peu de temps avec Victoria.

D'ailleurs, j'ai été surpris de la voir à table. Elle n'a avalé qu'un yaourt nature en une demi-heure, mais c'est déjà ça.

— Tu as une petite amie ? me demande soudain Jian.

Je jette un coup d'œil à Victoria qui m'observe avec curiosité. Elle a envie de savoir ?

— Je préfère la question « Tu as *quelqu'un* ? », répliqué-je. Si j'avais un petit ami, ça aurait été gênant pour moi...

— C'est vrai. Dorénavant, je ferai plus attention.

— Ma réponse est non. Et toi ?

— Pas pour l'instant, dit-il en lançant un regard appuyé à Victoria. Je travaille beaucoup et je sors peu.

Elle lui rend son sourire avant de baisser les yeux. J'ai envie de leur jeter une pieuvre au visage, comme dans le clip de la chanson *Sing* de Travis.

Papa et Jian partent pour la nouvelle pâtisserie. Une journée de tournage de la série documentaire sur Netflix les attend. Les filles veulent aller à la plage. Denis et maman se dévouent pour les y emmener.

— Et toi, Vic ? Qu'est-ce que tu as prévu ? demandé-je en feignant de consulter mon téléphone.

— Comme tous les matins, je vais à l'hôpital faire ma rééducation. Cet après-midi, j'irai aider à la pâtisserie.

— Je peux t'accompagner à l'hôpital ?

— Euh... Pourquoi ?

— Parce que si je te propose de déjeuner avec moi, tu vas refuser.

— Pose-moi la question, au lieu de supposer.

— Tu... tu veux bien qu'on déjeune ensemble ? dis-je, surpris.

— Non.

Devant ma mine déconfite, elle se met à rire.

— Mais je serais ravie de dîner avec toi, Matt. Je connais un café sympa à Venice, pas loin du skate park. J'y ai mangé le mois dernier avec Jian et Marc. Ils font de très bons burgers et certains soirs, il y a de la musique live.

Elle me donne rendez-vous sur place à 19 heures. Je vais m'enfermer dans le *pool house* où je commence à dessiner des modèles de tatouages pour papa.

Quand je lève la tête de ma tablette, la journée est presque finie. Je n'ai pris aucune pause et je n'ai même rien avalé à midi. Et bien sûr, je suis en retard. Chez moi, le temps peut passer à la vitesse de l'éclair ou s'étirer douloureusement, suivant l'activité du moment.

Je me précipite dans la salle de bains. Je n'arrive pas à discipliner mes cheveux rebelles. Ils sont d'une couleur douteuse : j'ai décoloré les racines mais maintenant, elles sont trop claires.

Puis, je cherche une tenue. Mais je me rends compte que j'ai fait ma valise n'importe comment : je n'ai rien de décent à porter.

Pour moi, préparer mes bagages relève de l'exploit. Comme d'habitude, je n'ai réussi à m'y mettre que dix minutes avant de partir pour l'aéroport. J'ai tendance à procrastiner pour toutes les tâches qui ne stimulent pas ma créativité et cela empire d'année en année. Je laisse à Marine ou à maman le soin de s'occuper de mes impôts et de la plupart des corvées administratives. Sans elles, je serais perdu.

— Matt, par ici ! m'appelle Victoria quand je pénètre à l'intérieur du *Hinano Cafe* avec une demi-heure de retard.

Essoufflé et en nage, je m'effondre sur ma chaise et me confonds en excuses. Elle hausse les épaules.

— Marine m'a dit qu'en moyenne, tu arrivais à tes rendez-vous amoureux avec une heure de retard et ce n'en est pas un. Alors, je peux m'estimer chanceuse.

« Ce n'en est pas un. » Comme ça, c'est clair.

— D'autant plus chanceuse que, pour un non-rendez-vous, je me suis douché et – presque – coiffé, répliqué-je.

— Tu peux me montrer ce sur quoi tu travaillais ?

Nerveux, je sors mon iPad de mon sac à dos et je le pose devant elle. Pendant qu'elle examine mes dessins – tout mon portfolio –, j'observe la salle peu éclairée, les trois tables de billard, les écrans qui diffusent du sport, les drapeaux américains, le juke-box, les tireuses à bière et les planches de surf accrochées sur tous les murs. Ambiance californienne décontractée et conviviale.

Une serveuse arrive pour prendre notre commande, après avoir vérifié nos pièces d'identité. Victoria aura vingt et un ans dans un peu plus de deux mois. J'en déduis que son ID est fausse. Comme je n'ai pas regardé la carte, j'écoute ses conseils et j'opte pour un Hinano Burger et une pression. Elle choisit un Veggie Burger et de l'eau.

Quand nos plats arrivent dix minutes plus tard, elle n'a toujours pas levé les yeux de ma tablette. J'ai déjà fini ma bière et j'en ai commandé une deuxième. J'ai la tête qui tourne, mais je me sens un peu moins anxieux.

— Tu as fait beaucoup de progrès, dit-elle enfin en me rendant l'appareil.

— Merci, dis-je en laissant échapper un soupir de soulagement. Toi aussi.

Elle fronce les sourcils.

— Instagram, précisé-je.

Victoria alimente les comptes de papa et de Jian, mais elle a ouvert un compte personnel qui connaît de plus en plus de succès. Bien sûr, j'ai été l'un de ses premiers abonnés, mais j'ai utilisé un pseudonyme qu'elle n'a pas pu reconnaître.

Dans le vacarme ambiant, nous dînons sans un mot. À la longue table voisine, un groupe bruyant nous empêche d'avoir la moindre conversation. J'ai terminé mon burger, mes pickles, mon paquet de chips et j'ai bu deux autres bières alors que Victoria en est à la moitié de son burger. Au moins, elle mange un peu. Enfin, les gêneurs finissent par quitter le restaurant. Nous allons peut-être avoir la discussion que j'attends depuis quatre mois...

— Comment va Marine ? me demande soudain Victoria. Elle ne répond plus à mes messages depuis quelques semaines. Mon frère m'a dit qu'ils avaient rompu et qu'elle était retournée avec Killian.

— Vrai et faux. Marine vit toujours dans notre appartement,

mais elle ne sort plus de sa chambre quand je suis là. Je pense qu'elle me reproche d'avoir pris le parti de Jay.

— C'est le cas ?
— Elle l'a trompé, Vic. Comment voulais-tu que je réagisse ?

Elle hausse les épaules.

— Je te montre mes dernières photos ? demande-t-elle en me tendant l'ancien reflex de Denis, posé à côté de son assiette. Il faut que je les retouche, bien sûr.

Je passe en revue les différents clichés des cicatrices de mon père.

— Elles sont belles...
— Mais ?
— Pourquoi devrait-il y avoir un « mais » ?
— Parce que c'est toi l'artiste, pas moi.
— *Street artist*, corrigé-je. Et encore, pas très connu. C'est vrai que Ryōma, du fait de son anonymat, est...
— Teo... coupe-t-elle.

Elle m'a appelé Teo... Ce simple mot, prononcé sans doute de façon involontaire, suffit à me rendre espoir. Peut-être ne l'ai-je pas perdue pour toujours... Sara aimait Teo, malgré tous ses défauts.

Je bois une autre gorgée de bière en continuant à faire défiler les images, dans l'ordre chronologique inverse. Soudain, une photo de Jian allongé sur un transat devant sa piscine apparaît à l'écran. Je sursaute à la vue de son corps bodybuildé. La suivante est un *selfie* pris par Victoria dans la nacelle de la grande roue. Jian a posé un bras sur ses épaules et tous deux sourient.

— Est-ce que tu sors avec lui ? demandé-je d'une voix rauque en lui rendant l'appareil, incapable d'en voir davantage.
— Avec qui ? dit-elle, surprise. Jian ? Non... N'essaie pas de changer de sujet !

Elle rougit... Il s'est passé quelque chose entre eux. Ou alors, elle le souhaite... Je suis jaloux.

— Comme je viens de te le dire, tes photos sont belles. Si tu n'es là que pour produire de jolies images et amuser la galerie, tu n'as qu'à continuer. Mais si tu veux que ton travail ait du sens, de la profondeur, il va falloir faire mieux que ça, Vic. Commence par jeter tes clichés de couchers de soleil, d'animaux domestiques et de mariages et implique-toi. Montre ce que tu as dans le ventre ! Sers-toi de ta propre douleur pour révéler celle des autres. Ne te cache pas derrière ton objectif comme tu sais si bien le faire.

Mortifiée, Victoria me regarde comme si je l'avais insultée. Ce qui, en un sens, est le cas. Je n'ai aucune idée de ce qui vient de me passer par la tête. *Continue comme ça, Matt ! C'est le meilleur moyen de la séduire !* pensé-je en finissant ma quatrième pression.

Au moment où j'ouvre la bouche pour m'excuser, Victoria me devance :

— Merci pour ces généralités, réplique-t-elle. Je vois que tu n'as aucun conseil précis pour m'aider à progresser. Remarque bien, toi aussi tu as voulu *progresser* et regarde le résultat : tu es devenu superficiel, imbu de ta personne. Jusqu'à ce soir, j'avais des doutes, mais je me félicite d'avoir rompu avec toi il y a quatre mois.

Je manque d'air. Mes propos blessants me reviennent à la figure, mais je l'ai bien cherché. Je continue, incapable de m'arrêter. Au point où j'en suis…

— Un cadrage plus serré, plus intime, sans montrer le visage ou rien qu'une partie. En noir et blanc, avec un éclairage naturel. Une image plus graphique, plus épurée, qui ferait penser à de l'art abstrait. Pourquoi pas des photos de nu ? Inspire-toi des *Nus* de Weston[1], pour les poses et les décors. Fais-en une série.

— Je te rappelle que le modèle est ton père…

— Hem… Pas faux. Alors, laisse tomber. Trouve aussi d'autres modèles. Dans ton entourage, on est nombreux à avoir des cicatrices qui racontent des histoires fortes. Ton frère, ma mère, Denis, Lexie, moi… et surtout toi. Essaie-toi à l'autoportrait. Propose tes photos à des galeries, à des concours de jeunes talents. Demande à Gabriela de t'écrire de petits textes pour accompagner chaque image. Et dans un an, tu l'auras, ton expo.

Contre toute attente, les traits de Victoria se sont un peu adoucis. Bras croisés, elle fixe son demi-burger froid.

— Et quel en serait le titre ?

— *Beautiful Scars*. Parce que nos cicatrices sont belles. Elles montrent qu'on a vécu et surtout qu'on a vaincu. Un adversaire, une blessure, la mort, la maladie. Que la vie continue et qu'on est toujours là, pour nous et pour tous ceux que nous aimons.

Victoria reste silencieuse pendant de longues minutes. Elle soutient mon regard. Aucun de nous deux n'est prêt à baisser les yeux.

— Rassure-moi, tu ne viens pas de tout improviser ? dit-elle enfin.

— Si, pourquoi ? Tu m'as demandé mon avis. L'art est le seul domaine sur lequel j'en ai un. Ou plutôt, un ressenti…

— Tu dois bien avoir un ressenti sur cette soirée ? lance-t-elle, le visage dur.

En effet. C'est un désastre.

Avant que j'aie le temps de répondre, Victoria se lève, jette un billet de vingt dollars sur la table et disparaît sur la promenade.

Je ne la suis pas. À quoi bon ? J'ai tout gâché !

Je commande une autre bière. J'essaie de m'intéresser au match de baseball sur l'écran le plus proche tout en actualisant mon profil Tinder. C'est la première fois que je me connecte à mon compte depuis que j'ai retrouvé Sara en octobre.

---

1. Edward Weston (1886-1958) est un photographe américain.

CHAPITRE 3
Victoria

MARDI 27 AVRIL, 20 HEURES

Le lendemain…

Assise sur mon lit depuis des heures, je retouche les photos que j'ai prises la nuit dernière en revenant de mon rendez-vous désastreux avec Matt.

— Victoria, à table ! appelle Marc en frappant à la porte de ma chambre. Le dîner est prêt.

— Merci pour l'information, mais je n'ai pas faim, lâché-je sans lever les yeux de mon ordinateur portable.

— Je sais. Tu l'as déjà dit à Jian. Je peux entrer ?

— C'est ouvert, soupiré-je.

Marc ferme la porte derrière lui et s'installe près de moi :

— Ça a un rapport avec Matthéo qui est rentré ivre mort à 4 heures du matin en chantant – très faux – *Dial Tones* de As It Is ? Et qui s'est endormi dans la baignoire après avoir vomi devant les toilettes ?

— Il a été horrible avec moi.

— C'est ce que j'ai cru comprendre… Je lui aurais bien fait remarquer que ce n'est pas une façon de traiter les personnes auxquelles on tient, mais je me suis comporté de la même manière il y a vingt-trois ans.

— C'est peut-être héréditaire, répliqué-je en refermant mon ordinateur.

— Et stupide. Injuste. Minable. J'espère qu'il mettra moins de temps que moi à s'excuser.

— Je m'en moque. C'est son problème.

— Tu veux que je t'apporte une assiette ?

— Non, je viens. Je ne vais pas me terrer ici à cause de lui.

Je me lève et je vais chercher un crop top à manches trois-quarts et à encolure bateau pour remplacer mon débardeur. Marc fixe les cicatrices à la base de mon cou et sur mon épaule gauche.

— Elles sont moins nombreuses, mais elles sont plus visibles, dis-je d'un ton détaché.

— Ce n'est pas une compétition, Victoria. Et tu n'as pas besoin de les cacher.

— Toi non plus, Marc.

— Demain, celles de mes bras disparaîtront à jamais sous une couche d'encre noire…

— Quel tatouage as-tu choisi ? Attends, laisse-moi deviner : celui avec les serpents et les roses ?

— Bien vu.

— Je pourrai t'accompagner au salon de tatouage et reprendre quelques photos ? Les précédentes ne me plaisent pas…

Marc hésite. Je le supplie du regard.

— C'est d'accord, si tu ne dissimules pas tes cicatrices ce soir, dit-il enfin.

— Dans ce cas, toi non plus.

— Tu es dure en affaires, dit Marc en riant. Mais après tout, pourquoi pas ?

Je sauvegarde mon travail sur le Cloud pendant qu'il va emprunter un débardeur à Jian.

Toute la famille est réunie autour de la piscine. Le père de Jian fait cuire des saucisses sur un gigantesque barbecue. Un buffet a été installé sur une table à tréteaux, à côté d'une sono. Je cherche Matt et je le trouve enfin, allongé sur un transat, des lunettes de soleil sur le nez. Il ne porte qu'un short de bain. Mon regard s'attarde sur son corps fin et musclé. Il m'ignore...

— Hey, Vicky ! s'écrie Jian en se précipitant vers moi.

Il remarque ma peau abîmée et se mord la lèvre, ne sachant que dire.

— Tu m'as demandé l'autre jour pourquoi j'étais célibataire. C'est l'une des raisons, dis-je en baissant les yeux.

— Non, c'est l'un des prétextes, répond-il. Tu es magnifique, Vicky.

Il me serre dans ses bras. Je l'étreins à mon tour, parce que Matt nous regarde mais aussi parce que je suis émue. Jian me trouve belle...

— Allons manger, dit-il en me prenant la main.

Je le laisse faire, parce que Matt nous regarde mais aussi parce que je me sens bien. Jian est une personne qui inspire confiance. Il donne envie de se dévoiler. Il n'est pas du genre à juger. Il aime tout le monde et tout le monde l'aime. Et moi, de quelle façon est-ce que je l'aime ?

Il garnit mon assiette avec un assortiment de nems, dim sum, samoussas, spring rolls et raviolis. Je les partagerai avec quelqu'un. Je lui raconte ma dispute avec Matt, qui n'a toujours pas bougé de son transat. Jian est furieux.

— Il ne perd rien pour attendre, dit-il en allant remplir une cruche de glaçons.

— Euh... Qu'est-ce que tu vas faire ?

— Lui offrir un réveil dont il se souviendra longtemps, répond-il en se dirigeant vers Matt.

Je réalise alors qu'il dormait, sans doute assommé par ses excès de la veille.

Jian saisit l'élastique de son short de bain et verse les glaçons. Matt se met à hurler. Puis il se lève, hagard, et il invective Jian en anglais tout en retirant la glace de son maillot.

— Ça t'apprendra à insulter mon amie, réplique Jian, très calme.

Le regard de Matt croise le mien, puis glisse vers mes cicatrices qu'il examine avec tristesse. Il tourne les talons et se dirige vers le *pool house* dont il claque la porte.

— J'y vais, dit Eileen après avoir consulté Marc du regard.

J'ai remarqué qu'ils n'avaient pas besoin de mots pour se comprendre. Leurs interactions sont étranges. Ils ne sont plus ensemble, mais la tendresse qu'ils éprouvent l'un envers l'autre est évidente. Je pensais que Matthéo et moi, on avait le même lien. Mais je me trompais...

J'espérais renouer le contact avec lui hier soir, mais je m'étais fait des idées... Je croyais qu'il s'agissait d'un rendez-vous amoureux. Mais quand j'ai plaisanté à ce propos, j'ai réalisé que ce n'était pas le cas de Matt. Et puis, tout à coup, il s'est mis à critiquer mon travail. C'était de la méchanceté gratuite. Je n'ai jamais prétendu être une artiste. Quel mal y a-t-il à photographier des événements pour gagner sa vie ? À immortaliser des couples qui s'aiment, des défilés militaires, des compétitions sportives ? Je n'ai de comptes à rendre à personne, surtout pas à Matt. J'ai travaillé dur ces quatre derniers mois pour m'en sortir et résoudre mes problèmes. Jusque-là, je les avais niés. Mais pour Matt, ce n'est pas assez. Qu'il aille au diable !

Une demi-heure plus tard, il émerge du *pool house* derrière Eileen. Il s'est changé et porte à présent un short en jean et un T-shirt noir. Je me raidis quand je le vois se diriger vers moi.

— Vic, je peux te parler ?

— Pas ce soir, Matt. Demain, peut-être.

— Je serai parti pour un *road trip*. Je viens de le décider.

Alors, c'est comme ça. Il va fuir.

— Et ta mère ? Et tes sœurs ?

— Avec la piscine et la mer à proximité, elles n'ont pas besoin de moi. Si je reste un jour de plus sous le même toit que Jian, on va finir par s'entretuer.

— Pourquoi ? Qu'est-ce que tu lui reproches ?
— Rien, il n'a aucun défaut. C'est bien ça, le problème.
Qu'est-ce qu'il raconte ?
— Donc, qu'as-tu de si important à m'apprendre ? demandé-je, irritée. Que mon travail ne vaut rien et que je suis tout juste digne de devenir photographe de mariage ?
— Je te demande pardon, Vic. Je ne pensais pas un mot de ce que je t'ai dit.
— Quand mon père assène ses vérités gênantes, il a au moins le courage de l'assumer, lui.
— J'étais ivre et jaloux. Résultat : un cocktail explosif.
— Que veux-tu que je te dise, Matt ? Que je te pardonne ? Je te pardonne. Voilà. Mais ne compte pas sur moi pour te consoler. Une de tes nombreuses conquêtes s'en chargera.
— Quelles conquêtes ? s'étonne Matt. La dernière fille que j'ai embrassée, c'était toi, la veille de ton départ.

Incrédule, je cherche son regard. Il a l'air sincère, mais je n'ai plus confiance en lui.

— Même moi, j'ai eu quelques aventures, dis-je en haussant les épaules.

Trois, pour être précise. Un jeune joueur de baseball qui s'était cassé la clavicule et que j'ai rencontré à l'hôpital – notre relation a duré une semaine et a atteint la troisième base[1] –, un des employés de la pâtisserie de Jian – un rendez-vous, deuxième base – et un maître-nageur à la piscine – quelques baisers à l'infirmerie après un malaise, première base.

— Mais moi, je n'ai eu aucune aventure ! réplique Matt, sur la défensive.

Mes révélations l'ont blessé, mais lui m'a blessée bien davantage. Au moment où il va ajouter quelque chose, Margaux s'approche de lui, son smartphone à la main.

— Le nombre de vues de ta vidéo a explosé ! exulte-t-elle en lui montrant l'écran. Regarde, ça augmente encore !

— Je rêve ou tu l'as postée sur ton compte TikTok sans ma permission ? s'écrie Matt.

— Quelle vidéo ? dis-je de concert avec ses parents.

— Celle que Matthéo a réalisée juste après l'agression de Denis, explique Margaux. Elle vaut le détour...

Je lui demande de me prêter son téléphone et je m'assois sur un transat. Eileen et Marc s'installent à côté de moi pendant que je lance le film. Matt apparaît dans la pénombre, la figure souillée de sang. Sa voix est rauque et tremblante quand il commence à parler, mais elle se raffermit au fur et à mesure qu'il dénonce l'acte barbare que vient de subir Denis. Celui-ci s'approche, suivi par Jian. Pour ne pas être en reste, Matthéo va s'asseoir près de son père, dont le visage a perdu toute couleur. Immobile, Marc fixe l'écran comme s'il avait vu un fantôme.

— J'espère que ma position ne te surprend pas... fait Matthéo.

Marc s'empare du portable et relance la vidéo une deuxième fois, puis une troisième.

— Papa, dis quelque chose ! implore Matthéo.

Marc lève les yeux vers Denis :

— Je suis homosexuel.

Matthéo et Denis échangent un regard interloqué. Seule Eileen ne semble pas étonnée. Tout s'explique. Voilà pourquoi Marc s'est fait frapper par son père...

— Est-ce que tu aimais Denis ? demande Margaux.

Marc secoue la tête :

— *J'aime* Denis. Mais je n'ai plus le droit de le dire après ce que je lui ai fait.

Perplexe, Jian me tape sur l'épaule. Il n'a rien compris...

— *After ?* murmure-t-il.

Denis essuie une larme qui vient de couler sur sa joue.

— *Is he dying*[2] *?* ajoute Jian à mi-voix, inquiet.

Je secoue la tête, sourire aux lèvres. Non, Marc ne va pas mourir. Avec un peu de chance, il va même vivre.

— *Jian, I'm gay*, traduit Marc.

— *Oh. Okay,* répond Jian en haussant les épaules. *Who's hungry ?*[3] dit-il avant de se diriger vers le buffet.

Je ne peux m'empêcher d'éclater de rire. Marc fait de même et, bientôt, les autres aussi. Jian, lui, nous regarde en mangeant un rouleau de printemps.

Quant à Denis, il est parti en direction de la maison.

---

1. Aux États-Unis, le jeu du baseball est utilisé comme métaphore pour décrire les activités sexuelles ou presque sexuelles : la première base désigne un baiser, la deuxième base désigne les caresses et contacts avec les parties intimes, la troisième base désigne les rapports bucco-génitaux et le *home run* désigne un rapport sexuel avec pénétration.
2. « Il va mourir ? »
3. « Qui a faim ? »

CHAPITRE 4
Jay
VENDREDI 30 AVRIL, 5 H 30

Paris, trois jours plus tard...

— Je suis sûr d'avoir oublié quelque chose... Mais quoi ? murmuré-je en vérifiant à nouveau le contenu de mon sac de voyage.

Je pars en Espagne dans quelques heures car demain commence le tournoi de tennis de Madrid, le premier ATP Masters 1000[1] auquel que vais participer – enfin, pour lequel je vais tenter de me qualifier. Si je réussis, j'espère ne pas jouer contre Killian, qui m'a battu à Barcelone au deuxième tour le mois dernier.

— Tu as pensé à tes sous-vêtements ? me dit Matt au téléphone. Moi, je les oublie toujours. Je porte le même boxer depuis une semaine.

— Mais pourquoi tu n'en as pas acheté ? m'écrié-je, horrifié.

— Je plaisante, Jay. J'ai dû aussi me procurer une brosse à dents, des tongs, un short, des préservatifs qui ne m'ont servi à rien, un chargeur d'iPhone, un adaptateur...

— C'est ça ! coupé-je. Mon chargeur !

Nous bavardons encore quelques minutes et faisons des pronostics : Marc et Denis se rapprocheront-ils ou agiront-ils comme si de rien n'était, ce qui semble être le cas pour l'instant ? Ils ne s'ignorent pas, c'est un bon début.

Matthéo m'apprend que la mairie de Niort l'a invité à réaliser mardi prochain une œuvre collective dans le grand parking du centre-ville, avec plusieurs autres *street artists*. Bien que le délai soit très court, il a accepté. Pourtant, je crois qu'il redoute de retourner dans sa région natale. J'aurais voulu l'accompagner, mais je serai sans doute au tournoi de Rome. À moins que je n'arrive pas à me qualifier…

Je me décide enfin à raccrocher, car je pars pour Roissy dans une demi-heure et j'ai besoin de me concentrer.

— Bonne chance, Jay ! lance Matt. Je te promets de venir t'encourager à la prochaine compétition.

— Tu sais, je ne m'attends pas à ce que tu me suives sur le circuit…

Je l'avoue, de temps à autre, cela me ferait plaisir. Je me sens très seul, parfois.

Un an après ma blessure en finale de Roland-Garros, j'ai failli disputer les Masters de Rome auxquels on m'avait invité. Mon genou était comme neuf ; j'avais tout donné pour retrouver mon niveau. Mais le sort s'est acharné contre moi : j'ai eu un accident en allant à l'aéroport. Il pleuvait, la chaussée était glissante et la visibilité nulle. J'ai été heurté par un véhicule qui me dépassait, dont le conducteur avait perdu le contrôle. Ma voiture a fait des tonneaux et elle a fini sur le toit, dans un fossé. J'ai attendu pendant plus d'une heure que les pompiers parviennent enfin à me désincarcérer. Je me suis demandé si tout cela en valait la peine. Ma mère est morte, ai-je pensé. Ma sœur m'ignore, mon père est spécial, je n'ai aucun ami, je suis célibataire… Est-ce que je vais rester seul toute mon existence ?

Je m'en suis tiré avec quelques égratignures, mais on m'a gardé à l'hôpital en observation. En pleurs, j'ai appelé mon ancien professeur de tennis, celui qui m'a fait aimer ce sport quand je n'étais encore qu'un enfant. Je lui ai dit que je renonçais à la compétition. Il m'a alors offert de travailler au club avec lui pendant quelque temps. J'ai entamé une nouvelle vie, j'ai trouvé une nouvelle famille – les Walsh et Denis Eychenne – et le temps a passé. Jusqu'à ce que j'affronte Killian, il y a quelques mois, et que je retrouve mon envie de jouer.

Au moment où je ferme mon sac de voyage, un coup de sonnette retentit, qui me ramène à la réalité. Qui cela peut-il bien être à 6 heures du matin ?

C'est la première fois que je reviens à Paris depuis mon départ pour l'Académie. Eileen et Margaux s'occupent de mes chiens et, pendant leurs vacances aux États-Unis, elles ont sollicité un autre voisin. J'ai dû rentrer car il n'était pas disponible ces trois derniers jours.

Je descends l'escalier, mon sac sur l'épaule, et je vais ouvrir la porte. Dans la pénombre, Marine se tient sur le seuil, les bras croisés.

— Salut, Jay, dit-elle en évitant mon regard.

— Marine… Qu'est-ce que tu fais ici ? dis-je d'un ton sec.

— Je pensais que tu étais parti hier soir. Je venais nourrir Quick et Silver, mais j'ai vu de la lumière à l'étage… Alors, j'ai sonné.

— C'est toi, le voisin qui s'occupe d'eux ? demandé-je, incrédule.

— Oui. Avant-hier j'avais un rendez-vous médical et hier, j'ai soutenu ma thèse… Je ne pouvais pas venir.

— Félicitations. Te voilà débarrassée. Comment se fait-il que ta famille n'ait pas assisté à ta soutenance ?

— Parce que je n'ai invité personne. J'ai eu quelques « problèmes »…

— OK. Si tu veux bien m'excuser, j'ai un avion à prendre.

— Je n'en ai que pour une minute.

— Pour… ?

— T'expliquer ce qui s'est passé.
— Pas besoin. J'ai tourné la page.
— Je sais, mais je préférerais que tu entendes la nouvelle de ma bouche.

Intrigué, je consulte ma montre :
— Entre, dis-je en allumant la lumière du couloir.

Je précède Marine à l'intérieur. Quand je me rends compte qu'elle ne me suit pas, je regarde derrière moi et... Non, ce n'est pas possible ! Je laisse échapper un cri de surprise. Marine a décroisé les bras et remonté son T-shirt.

— Tu... tu es enceinte ? bredouillé-je. De Killian ?

Marine ne répond pas.
— C'est pour ça que tu es retournée avec lui ?
— Qui t'a dit que nous étions ensemble ?
— Personne, mais...

Mais c'est le cas. Non ?
— J'ai découvert que j'étais enceinte le soir de notre dispute. J'avais été malade toute la semaine. Je pensais à une intoxication alimentaire ou à de la fatigue, mais quand Killian m'a demandé si j'avais fait un test de grossesse, j'ai eu un doute.

— Et tu as couru dans ses bras dès que tu as eu le résultat.
— Non ! Je suis allée lui demander si on s'était toujours protégés.

— Et... ?
— À ton avis ?
— Le préservatif n'est pas efficace à 100 %. Est-ce que je...
— C'est ce que j'espère de tout mon cœur, mais les chances sont si infimes...

— Tu l'*espères* ? Je ne comprends pas.
— Je préférerais élever un bébé dont le père est une personne que j'aime et que je respecte, plutôt qu'un lâche que je méprise.

Bouche bée, je dévisage Marine. Encore des paroles en l'air. Je ne dois pas me laisser prendre au piège une nouvelle fois.

— Si tu m'aimais, tu ne m'aurais pas trompé.

— Quand est-ce que je t'ai été infidèle ? Je suis enceinte de *trois* mois, Jay. La date de la conception a été fixée au jour où j'ai quitté Killian.

— Et ce jour-là, vous avez…

— Oui.

— À Marseille, tu as affirmé que vous aviez couché ensemble !

— Parce que c'est le cas. Tu ne m'as pas demandé quand. Tu ne m'as pas laissé en placer une. J'étais bouleversée et malade.

— C'est ma faute, maintenant ? Pourquoi tu ne m'as rien dit ?

— J'avais prévu de le faire après avoir « réglé le problème ». Avec un peu de chance, tu ne m'aurais pas quittée. Mais le temps que je retourne à Paris, douze semaines s'étaient déjà écoulées depuis la conception. Je n'étais plus dans les délais.

— Les délais… pour une IVG ?

— En France, un avortement ne peut être réalisé qu'avant la fin de la douzième semaine de grossesse.

— Pourquoi tu ne m'as rien dit ? répété-je, abasourdi.

Mais Marine ne m'entend pas. Elle continue son monologue :

— J'ai envisagé d'aller à l'étranger, mais je n'en ai pas eu le courage. Mes nausées étaient insupportables. J'ai eu plusieurs malaises. J'ai fait exprès de tomber dans l'escalier, mais je n'ai réussi qu'à me faire une entorse du poignet. Alors, j'ai abandonné.

Une profonde tristesse a succédé à ma colère. Je prends Marine dans mes bras. Elle me repousse aussitôt.

— Non, Jay ! Lâche-moi ! Je dois être courageuse. Si tu me réconfortes, je n'y arriverai pas.

— Tu n'es pas obligée d'affronter ça toute seule, Marine ! Je suis là, je t'aime, je t'ai toujours aimée !

— Mais ça n'a plus d'importance, répond-elle d'une voix éteinte.

— Pourquoi ?

— Tu es stupide ? Je suis *enceinte*, Jay. Tu n'es sans doute pas le père.

— En quoi ça nous empêche d'être ensemble ?

Marine se met à pleurer :

— Tu es cruel de me donner de l'espoir... Je n'en peux plus d'être déçue !

— Moi ? Je te déçois ?

— Ce n'est pas ce que j'ai dit. Je...

Par la porte laissée ouverte, j'aperçois les phares d'une voiture qui s'arrête au bout de l'allée. Je regarde ma montre.

— C'est mon taxi !

Je sors sur le seuil et je fais signe au chauffeur d'attendre quelques minutes.

— Je dois partir. Mais cette conversation n'est pas terminée, Marine. La seule personne qui nous sépare, ce n'est pas le bébé que tu portes, c'est toi. Moi, je désire toujours être à tes côtés si toi aussi, c'est ce que tu souhaites.

— C'est ce que tu penses aujourd'hui, mais quand tu auras réfléchi...

Je fouille dans mon sac de tennis et j'en retire ma balle fétiche :

— Tiens, Marine. C'était un cadeau. Garde-la, quoi que tu décides.

Elle ne réagit pas. Je pose la balle à ses pieds et je l'embrasse sur le front. Puis, je désigne son ventre.

— Fille ou garçon ? demandé-je.

— *A priori*, c'est une petite fille...

— Je peux ?

Troublée, elle hoche la tête et prend ma main, qu'elle glisse sous son T-shirt.

— À bientôt, vous deux.

Je saisis mon sac de voyage et mon sac de tennis, puis je dévale les trois marches et cours vers le taxi. Le chauffeur a ouvert le coffre et m'attend, appuyé contre sa voiture.

Une fois monté à bord, je jette un coup d'œil vers ma maison. Sur le perron, Marine ne sourit pas mais elle a ramassé ma balle.

1. Les ATP World Tour Masters 1000, ou Masters 1000, regroupent neuf tournois de tennis organisés par l'ATP.

CHAPITRE 5
Matt

JEUDI 6 MAI, 15 HEURES

Los Angeles, six jours plus tard…

Ma mère, mes sœurs, Denis et moi, nous rentrons en France demain après-midi. Aussi, les Lee nous ont-ils organisé une « *Farewell Party* » autour de la piscine. Ils ont même invité à notre fête d'adieu une vingtaine de personnes que nous n'avons jamais vues. J'essaie de faire bonne figure et de prendre part aux conversations, mais je n'ai qu'une envie : m'isoler dans ma chambre et poursuivre mes projets en cours.

Je cherche Victoria des yeux. Je la repère à côté du barbecue, en grande discussion avec Jian qui semble beaucoup apprécier sa compagnie. *Malheureusement pour moi, c'est réciproque…* pensé-je alors qu'elle rit aux éclats à ce qu'il vient de dire. Jian croise mon regard. Son expression est indéchiffrable.

Ce soir, c'est ma dernière chance de reconquérir Victoria. Ensuite, qui sait quand je la reverrai ? Jian va remplir leurs verres. J'en profite pour m'approcher d'elle.

— Vic, je commence à désespérer… La situation n'a pas évolué d'un iota en plus de dix jours et…

— Oui, mais nous avons un plan, murmure-t-elle. Tu veux nous aider ?

— Euh...

— L'idée, c'est de les enfermer tous les deux dans le *pool house*. Comme ça, ils seront bien obligés de communiquer.

Elle désigne mon père qui, assis au bord de la piscine, les pieds dans l'eau, encourage Margaux, perchée sur les épaules de Denis. Tous deux tentent de déséquilibrer un autre cavalier et sa monture, deux adolescents bien plus costauds que ma sœur et mon meilleur ami. Cela ne semble pas les impressionner.

Ce n'est pas de nous dont Victoria parlait mais de Denis et papa. Dommage...

Jian revient avec deux cocktails, en donne un à Victoria et pose la main sur mon bras.

— Vicky t'a expliqué mon idée ? dit-il avec un clin d'œil.

— Vous pouvez essayer, mais ça ne marchera jamais. Si mon père ou Denis avaient eu envie de se rapprocher, ils l'auraient déjà fait.

— Sauf si aucun des deux n'ose le faire, répond Jian avec un sourire entendu.

Peu convaincu, je hausse les épaules. Jian plonge dans la piscine et va relever Denis de ses fonctions de cheval, pendant que je vais m'asseoir à côté de papa.

— Tu ne te baignes pas ? lui demandé-je.

— Ce n'est pas conseillé avec un tatouage récent. Il faut attendre au moins deux semaines.

Le tatoueur, avec qui j'ai peaufiné le dessin, a terminé hier après plusieurs soirées de travail intense. Le résultat est stupéfiant. Chaque cicatrice est à présent camouflée et mon père s'autorise enfin à porter des manches courtes. Victoria et moi l'avons accompagné à chaque séance sans échanger un mot. Elle s'est contentée de rester en retrait et de prendre quelques photos.

Papa n'a pas cillé une seule fois. « Mon seuil de résistance à la douleur est plutôt élevé », a-t-il dit.

— Matthéo, je peux te parler une minute ? me demande-t-il sans quitter des yeux Denis qui se sèche à côté des transats. J'ai quelque chose à t'annoncer.

Je sens que Victoria et Jian ont concocté leur plan stupide pour rien...

Je hoche la tête. Je me lève et je lui emboîte le pas en direction du *pool house*. Nous nous asseyons sur le canapé, dos à la baie vitrée.

— Merci de m'avoir exfiltré de la fête... Je n'en pouvais plus ! soupiré-je pendant que papa examine les dessins qui traînent sur la table basse et qui, pour la plupart, représentent Victoria.

— Elle sait ? me demande-t-il.

— Quoi, que je l'aime ? C'est plutôt évident... Mais elle n'est pas intéressée.

— Elle te l'a dit ?

— Non, mais elle me l'a montré tout au long de la semaine. C'est Jian qui lui plaît, à présent. Elle est tout le temps avec lui.

— Elle vit dans sa propriété...

— Je l'ai invitée à nouveau au restaurant pour me faire pardonner, mais elle a refusé. Les seuls moments que nous avons passés ensemble, c'était au salon de tatouage. Et elle ne m'a pas adressé un mot.

— Elle avait sans doute peur que tu critiques encore son travail...

— Pourtant, je lui ai répété que je ne pensais rien de ce que je lui ai dit !

— Le mal est fait, Matthéo. Tu vas devoir trouver le moyen de regagner sa confiance.

— Quel moyen tu as trouvé, toi, pour regagner celle de Denis ?

— Aucun...

— Donc, quelle est cette grande nouvelle que tu voulais m'annoncer ? demandé-je, sourire aux lèvres.

— « Grande nouvelle », c'est vite dit. J'ai décroché un entretien d'embauche dans un restaurant parisien plutôt prestigieux, en fin de semaine prochaine.

Je ne m'attendais pas à ça…

— C'est Jian qui m'a aidé à l'obtenir, continue-t-il. Comme vous, je rentre demain, mais par un vol différent. Le vôtre était complet. Donc cette fête, c'est un peu pour moi aussi…

Surpris, je cherche mes mots.

— Tu as l'air déçu… remarque papa. J'espère que tu ne vois pas d'inconvénient à ce que je trouve du travail à Paris près de vous… Ta mère pense que c'est une bonne idée.

— Ça l'est… Mais je m'attendais à ce que tu m'annonces que Denis et toi, vous…

Mon père se met à rire :

— Il mérite mieux, tu ne crois pas ?

— Mieux que… toi ?

Depuis que je le connais, Denis, malgré ses efforts, n'a jamais réussi à tourner la page.

— Mieux que quelqu'un qui l'a frappé, mieux que quelqu'un qui n'assume pas ses préférences, mieux que quelqu'un qui est malade depuis plus de vingt ans.

— Denis t'a pardonné depuis longtemps, papa. Et il ne prétend pas que tu fasses un *coming out* devant le monde entier, en tout cas pas pour l'instant. Et tu vas beaucoup mieux.

— Oui, mais je ne serai sans doute jamais guéri. Les moments difficiles sont de plus en plus rares, mais j'en ai encore, parfois. Je suis loin de pouvoir me passer d'antidépresseurs et j'ai encore des cauchemars une ou deux fois par semaine.

— Ce n'est pas ce qui va faire fuir Denis.

— Peut-être, mais je ne peux pas lui infliger ça.

— Et si tu me laissais décider ? dit quelqu'un derrière nous.

C'est la voix de Denis… Il a tout entendu ? Nous nous retournons et l'apercevons sur le seuil, à côté de Victoria.

— Je ne mérite pas de seconde chance… dit papa en baissant la tête.

— Et moi ? Je n'en mérite pas une ? s'écrie Denis, furieux. Tes arguments ne sont pas recevables. Trouve autre chose ! Sinon, je vais croire que lorsque tu as affirmé que tu m'aimais, ce n'étaient que des paroles en l'air.

— Mais non ! Je...

Mon père s'arrête et soupire.

— Vic et moi, on va vous laisser tranquilles, dis-je en me dirigeant vers la porte. Tâchez de ne pas vous entretuer.

— Merci, Matthéo, répond papa. Tu as parlé à Victoria de mardi prochain ?

Je secoue la tête.

— Qu'est-ce qui se passe, mardi ? demande-t-elle.

— Rien d'important. Je vais réaliser une fresque sur le mur d'un parking, à Niort. Je ferai l'aller-retour dans la journée. Personne ne viendra me voir.

— Moi, oui... fait Denis. C'est l'occasion de rendre visite à ma mère.

— Je t'accompagnerai aussi, ajoute papa. Pourquoi crois-tu que je rentre demain alors que mon entretien est jeudi prochain ?

Ému, je les remercie et je ferme la porte du *pool house* – pas à clé – en espérant qu'ils arrivent enfin à se parler. Victoria m'attend à l'extérieur.

— Vic, pardonne-moi pour cette soirée désastreuse au *Hinano Cafe*...

— Tu m'as blessée, Matt. Ton avis compte beaucoup pour moi.

— Je suis désolé, répété-je.

Je ne peux m'empêcher d'être flatté qu'elle accorde un tant soit peu d'importance à ce que je pense.

— Mais tu avais raison, Matt. J'ai peur de trop révéler de moi-même dans mes images. C'est plus rassurant de rester à la surface des choses. Tu veux voir les photos que j'ai prises au salon de tatouage ?

— Euh... Oui, dis-je, surpris.

Quoi qu'il advienne, je ne ferai aucun commentaire désobligeant...

Elle m'entraîne dans la maison de Jian, dans la chambre d'amis qu'elle occupe depuis mon arrivée à Los Angeles. Elle est – presque – aussi mal rangée que la mienne. Du bout du pied, Victoria pousse un soutien-gorge sous le lit et désigne son ordinateur portable, en veille sur le bureau. Elle ouvre un dossier intitulé *Beautiful Scars*. « Belles cicatrices. » Quatre sous-dossiers s'y trouvent : Marc, Denis, Eileen et Victoria.

— Je vais chercher à boire. Tu veux quelque chose ? me demande-t-elle.

— Je préférerais éviter... grimacé-je en pensant à l'une des pires gueules de bois de ma vie, survenue pas plus tard que la semaine dernière.

Je clique sur le dossier intitulé « Marc » et je découvre des clichés en noir et blanc, bien meilleurs que les précédents. Superbes. Puissants. L'émotion qui s'en dégage est saisissante. J'étais là et pourtant, j'ai l'impression de ne pas avoir assisté à la même scène.

Comme Victoria n'est toujours pas revenue, j'ouvre le dossier « Denis » qui comporte une série de portraits en gros plan, puis le dossier « Eileen » que je referme aussitôt – ce sont pour la plupart des photos de nu. J'hésite ensuite devant le dossier « Victoria », mais la curiosité l'emporte.

— Tu vois, j'ai suivi tes indications, dit Victoria, deux verres à la main, en poussant la porte avec son pied.

Je sursaute, pris en faute.

— Comme tu me l'as conseillé, je me suis inspirée des *Nus* de Weston pour ces autoportraits, ajoute-t-elle en me tendant une flûte de champagne.

— À quoi trinque-t-on ? demandé-je en entrechoquant mon verre avec le sien.

— À Jay, qui est parvenu en quart de finale du tournoi de Madrid. Dommage qu'il se soit fait éliminer aujourd'hui.

— À son succès futur. Et au nôtre aussi, je l'espère. Tes photos sont...
— Ne dis rien, coupe-t-elle.
— Mais je...
— Teo, non, dit-elle d'une voix ferme. Parlons d'autre chose.

Mon cœur se serre. Je voudrais la complimenter, lui dire que je crois en elle, qu'elle a du talent, que la semaine dernière j'ai réagi comme un idiot parce que j'étais jaloux, mais elle ne m'en laisse pas l'occasion. Frustré, je m'assois sur le lit à côté d'elle et j'avale une gorgée de champagne.

— Et si on parlait de nous, Vic ? On ignore toujours ce qui s'est passé il y a trois ans avec ces satanées lettres...
— Ça restera un mystère. Quelle importance ?

Pour moi, c'est essentiel...

— Tu m'avais dit aussi que tu ne pouvais pas être avec moi parce que tu ne savais pas ce que tu voulais faire de ta vie...
— J'envisageais de devenir photographe de mariage, mais je n'en suis plus si sûre... Retour à la case départ.

Elle a la rancune tenace... pensé-je, soudain très las.

— J'ai envie de voyager, continue-t-elle. Sans doute ici, aux États-Unis. Ou peut-être en Asie. Jian va passer quelques mois à Hong Kong et...
— Il t'a proposé de l'accompagner ? m'écrié-je un peu trop fort.
— Non, mais...

Songeuse, Victoria me dévisage.

— Matt, serais-tu jaloux... de Jian ?

De Jian, mais aussi de Killian et de tous ceux qui tournaient autour de toi au lycée. Parce qu'ils étaient tout ce que je n'étais pas. Parce que je savais que tu t'en rendrais compte et que tu disparaîtrais de ma vie pour toujours.

Je hausse les épaules, la gorge serrée. Victoria pose sa coupe et prend mon visage entre ses mains, m'obligeant ainsi à la regarder. Nos souffles se mêlent.

— Vic, je t'...

La porte s'ouvre à la volée. Jian apparaît dans l'embrasure.

— Vicky, le feu d'artifice va comm... J'ai interrompu quelque chose ? demande-t-il en se grattant la tête, l'air – faussement – gêné.

Il l'a fait exprès. Écarlate, Victoria se lève.

— N... non, pas du tout, bredouille-t-elle.

— Allons dans le jardin, alors, propose-t-il. En plus, le dessert est servi. Un dessert maison, bien sûr...

L'occasion une fois de plus pour Victoria de louer ses mérites... fulminé-je en leur emboîtant le pas.

Le feu d'artifice privé lancé par un ami de Jian depuis le toit de la propriété est très réussi. Certes, j'aurais espéré que la soirée finisse autrement. Dans les shōjo mangas, les couples se forment en admirant les *hanabi*[1] main dans la main. Difficile dans mon cas lorsque ma petite sœur de trois ans et demi, affublée d'un casque antibruit, se précipite vers moi en hurlant de peur et se jette dans mes bras...

Une fois la dernière fusée lancée, je ramène Maë tremblante à ma mère et je regarde autour de moi. Victoria a disparu – pas Jian, ce qui est plutôt bon signe. *J'ai laissé passer ma chance,* soupiré-je en regagnant le *pool house* pour ma dernière nuit sur le sol californien.

Je remarque les chaussures de Denis sur le paillasson de l'entrée. Suivant la coutume asiatique, il n'en porte jamais à l'intérieur. Pourtant, il n'est ni dans la pièce principale ni dans ma chambre. Serait-il dans celle de papa ?

J'entreprends de faire ma valise, écouteurs sur les oreilles. Mais au bout de cinq minutes, une idée me vient. Je suspends ma tâche en cours, allume mon iPad et commence à dessiner – dans mon lit, bien sûr.

Soudain, Margaux me secoue. Mais quelle heure est-il ?

— Matthéo Jérôme Chin-Hae Delonge Walsh ! hurle-t-elle à pleins poumons. On part dans trois minutes !

Désorienté, je consulte mon réveil qui n'a pas sonné – normal, j'ai oublié de le régler.

— Hein ? Quoi ? Mais… Je n'ai même pas fait ma valise !

— Je viens de la faire. Merci qui ?

J'ai à peine le temps de débrancher mon chargeur d'iPhone de la prise murale – Jay serait fier de moi – avant que Margaux ne me tire hors de la chambre.

— Attends, je dois dire au revoir à papa ! m'écrié-je.

— Il est parti il y a trois heures. Quant à Victoria, tu ne la verras pas non plus. Elle est à l'hôpital.

Déçu, je suis Margaux jusqu'au 4x4 de Jian qui sangle ma valise sur la galerie. Maman est déjà installée à l'avant. Je rejoins Denis à l'arrière pendant que Margaux s'assoit à côté de Maë, dans la rangée du milieu. Celle-ci chante le générique de *Peppa Pig* à tue-tête.

— Ça va ? demande Denis en m'aidant à attacher ma ceinture.

— C'est surtout à toi qu'il faut demander… Vous avez parlé, avec papa ?

— Pas vraiment, non… répond-il en fixant un point par la fenêtre.

— Désolé. Je pensais que…

Je remarque qu'il arbore un sourire idiot.

— Ah… Vous allez vous revoir ? chuchoté-je.

— Aucune idée. Quand je me suis réveillé, il était parti. J'ai trouvé ça sur la table de nuit…

Il me montre à son poignet une gourmette en argent un peu trop large qui porte l'inscription « Marc ». Celle de papa.

— C'est plutôt une bonne nouvelle, non ?

— Il a pu l'oublier. Ou c'est peut-être un cadeau d'adieu.

Possible. Denis consulte son téléphone, guettant sans doute l'arrivée d'un message.

— Le vol dure onze heures, Denis. Ne stresse pas…

— Matty, tu réalises à quel point la situation est bizarre ? Ton meilleur ami est amoureux de ton père et sa meilleure amie est son ex-femme. Tu...

— On s'en fiche, coupé-je en bâillant. Notre famille est bizarre, et alors ? Tout le monde est bizarre. Et pour ton information, je suis de ton côté.

— Merci, Matty...

Je glisse bientôt dans le sommeil, ma tête sur l'épaule de Denis.

———

Quinze heures plus tard, après un voyage fructueux – pendant lequel j'élabore la fresque que je réaliserai mardi à Niort – nous atterrissons enfin à Roissy. Maë non plus n'a pas fermé l'œil : les dessins animés projetés dans l'avion étaient trop intéressants. C'est donc Denis qui porte dans ses bras une petite fille à moitié endormie, en lui chantant des berceuses en coréen. À peine a-t-on touché le sol français qu'il a allumé son portable, mais l'unique message qu'il a reçu provenait de son opérateur téléphonique qui lui souhaitait la bienvenue. Sa déception était aussi profonde que la mienne : Victoria n'a pas répondu non plus à mes trois messages.

Le seul SMS que j'ai reçu est celui de Marine, qui voudrait me parler en privé dès mon retour. J'espère qu'elle va bien. Et que ce qu'elle va m'annoncer n'a rien à voir avec ce Killian de malheur...

Après avoir récupéré nos valises, nous nous dirigeons vers le parking où nous attend la voiture de papa que j'ai relookée, pour le plus grand bonheur de mes fans – je doute que son propriétaire en fasse partie.

Soudain, j'aperçois mon père qui vient vers nous. Denis le remarque à son tour. Gêné, il s'arrête de chanter.

— Pourquoi tu chantes plus ? grogne Maë, les yeux fermés.

Sourire aux lèvres, papa lui fait signe de continuer. Il fixe la gourmette que Denis porte au poignet.

Maman décide de prendre un taxi avec mes sœurs pour rentrer aux Lilas et de nous laisser la voiture – nous sommes six, à présent.

Contre toute attente, mon père est ravi du nouveau look de sa BMW et m'assure qu'il ne la ferait repeindre pour rien au monde. Je lui tends les clés et monte à l'arrière en prétextant que j'ai envie de dormir. Denis et lui n'échangent pas un mot pendant tout le trajet. Espérons que ce soit à cause de ma présence...

Au moment où papa se gare devant le *Madeline*, je m'étire, feignant de me réveiller.

— Au fait, lancé-je, Marine a quelque chose à me dire et elle insiste pour me voir seul. Denis, ça te dérange si papa dort chez toi ?

— Bien sûr que non, mais...

— Je vais aller à l'hôtel, Matthéo, coupe mon père. C'est ce que j'avais prévu de faire, de toute façon. J'ai honte d'abuser de ton hospitalité et de celle de Jay.

— Avant, voudrais-tu dîner chez moi ? lui demande Denis.

Papa ne répond pas. Il hésite.

— Ou boire un café... murmure Denis. Ou un verre d'eau...

— Ou réparer la fuite dans les toilettes, suggéré-je en souriant.

— Pas de problème, dit enfin papa en coupant le contact.

La balle est dans leur camp, à présent, pensé-je en ouvrant la porte de mon appartement.

Maintenant, je vais savoir ce que Marine avait de si important à me dire...

---

1. Feux d'artifice, en japonais.

CHAPITRE 6
Victoria

SAMEDI 8 MAI, 5 HEURES

Los Angeles, une heure plus tard…

Terminé pour cette nuit… Épuisée mais satisfaite, je ferme mon logiciel de retouche d'images. Je cligne des yeux, surprise qu'il soit si tard – ou si tôt, question de point de vue. Alors c'est ça, la « faille spatio-temporelle » dont parle Matt, quand il est absorbé par un travail qui le passionne ?

Je consulte mon portable et je remarque plusieurs SMS de Jian et de Matt. Je commence par ouvrir ceux de Matt :

> hello Vic, je n'ai pas pu te dire au revoir car tu étais déjà partie… alors au revoir
>
> je te souhaite le meilleur
>
> à bientôt j'espère

Son premier message est plutôt neutre. Le deuxième sonne comme un adieu. Le dernier… Veut-il qu'on se revoie ?

Pourquoi Matthéo m'adresse-t-il sans cesse des signaux contradictoires ? pensé-je, irritée, en réfléchissant à la réponse appropriée. Hier soir, on a failli s'embrasser… Était-ce une impulsion ou est-il toujours amoureux de moi ?

J'envoie mon SMS :

> Au revoir, Matt. Je te souhaite aussi le meilleur. À très vite ?

Soudain, mon téléphone se met à sonner. C'est Matt... Je décroche, le cœur battant.

— Allô ? dis-je, sourire aux lèvres.

Je le perds aussitôt en entendant Matthéo sangloter à l'autre bout du fil.

— Matt... Qu'est-ce qui se passe ?

— Sara... Pardon de te déranger mais je... Je n'arrive pas à respirer... J'ai...

— Tu ne me déranges pas, Matt. Où es-tu ?

Il a l'air désespéré. Et il m'a appelée Sara.

— Dans un parc. Je ne sais même pas lequel. J'ai marché au hasard et... J'étouffe, Sara !

— Calme-toi, Teo. Assieds-toi sur un banc.

— Ça... ça y est.

Je l'invite à inspirer et à expirer avec moi. Au bout de quelques minutes, Matt arrive enfin à reprendre son souffle.

— Je suis désolé, Vic. Je n'aurais pas dû te téléphoner...

— Si, tu as bien fait. Raconte-moi ce qui s'est passé.

Il se remet à pleurer :

— Marine est enceinte de quatre mois et demi. De Killian.

— Quoi ? m'écrié-je, sidérée.

— Personne d'autre ne le sait, sauf ton frère. Et maintenant, toi.

— C'est pour ça qu'elle a rompu avec lui...

— Jay lui a dit qu'il l'aimait toujours. Il souhaite être avec elle, mais elle a peur qu'il l'abandonne à la naissance du bébé.

— Je la comprends... Mais Julien n'agirait jamais ainsi.

— Marine ne veut pas courir le risque. Et je crains qu'elle fasse une bêtise... Killian a recommencé à la bombarder de messages pour qu'ils se remettent ensemble. Il lui a aussi proposé de l'argent.

— Maintenant qu'elle a appris ce qu'il t'a fait, je doute qu'elle accorde une autre chance à ce psychopathe...

— Qui sait ? Elle ne va pas bien. Elle ne dort pas, elle ne mange pas... Elle a essayé de provoquer une fausse couche, mais elle n'est pas entrée dans les détails. J'ai peur, Vic...

— Tu veux que je l'appelle ?

— Elle m'a interdit de le dire à qui que soit.

— Tu me l'as dit à moi...

— Oui, mais toi, ce n'est pas pareil.

Parce que je suis importante pour toi ? Ou parce que je suis un élément extérieur, qui n'a pas sa place dans l'histoire ? J'attends une suite qui ne vient pas.

— Tu as parlé à mon frère ? demandé-je enfin.

— Ce ne sont pas mes affaires. Et puis, qu'est-ce que tu veux que je lui dise ? « Je t'en supplie, Jay, ne laisse pas tomber ma sœur et élève l'enfant de notre ennemi juré comme si c'était le tien » ?

Non, en effet... Je rassure Matt du mieux que je peux. J'aimerais être à ses côtés. Je devrais être à ses côtés. C'est ce que je vais faire.

Après avoir raccroché, j'appelle Julien. Il vient de se qualifier pour le tournoi de Rome, auquel Killian ne participe pas. Celui-ci dispute en ce moment même la demi-finale du tournoi de Madrid après avoir éliminé Julien au deuxième tour. Il se réserve pour Roland-Garros à la fin du mois.

Mon frère et moi parlons pendant plus d'une heure. Puis, j'achète un billet d'avion direct pour Paris dans la soirée, sans en avertir Matt car je veux lui faire une surprise. Espérons que ce soit une bonne surprise.

———

J'atterris en France le lendemain, en milieu d'après-midi. Lexie, que j'ai prévenue de mon arrivée, m'attend à l'aéroport. Elle se jette dans mes bras en poussant des cris stridents, comme si nous nous étions perdues de vue il y a des mois et que nous ne devions jamais nous revoir. Puis, nous commençons à bavarder comme si nous ne nous étions jamais quittées.

Je passe la soirée chez elle. Gabriela, qui est officiellement en couple avec Lexie, nous rejoint après ses cours de yoga. J'apprends que Matt n'a jamais couché avec elle : leur relation, au départ professionnelle, est devenue amicale. Je lui avoue que j'étais jalouse.

— Je m'en doutais, sourit Gabriela. Mais je t'assure que tu n'as rien à craindre…

J'expose à Lexie mon nouveau projet, suggéré par Matt : *Beautiful Scars*. Elle accepte sans hésiter de poser pour moi. Sa cicatrice, elle l'a depuis trois ans, quand on a dû lui enlever la thyroïde car elle souffrait de la maladie de Basedow, une hyperthyroïdie auto-immune qui a failli lui coûter la vie. Entre autres troubles, elle a eu des problèmes cardiaques et surtout une dépression, ce que j'ignorais. Aujourd'hui, elle revit, bien qu'elle en garde des séquelles.

Une fois la séance photo terminée, je demande à Gabriela si elle pourrait m'aider à rédiger les textes qui accompagnent chaque série.

— Bien sûr. Mais moi aussi, je peux poser pour toi… répond-elle en me dévoilant le secret qu'elle ne révèle qu'aux personnes à qui elle accorde sa confiance : sa cicatrice au sein gauche.

Ou plutôt, elle n'a plus de sein gauche.

À vingt-deux ans, on lui a diagnostiqué un cancer alors qu'elle venait à peine d'entrer dans la vie active. Elle en a réchappé de justesse. Après sa convalescence, elle a démissionné de son poste d'ingénieure et elle a ouvert un studio de yoga. Ce choix, ainsi que celui de refuser une prothèse, lui a valu nombre de commentaires désobligeants. Elle a pris l'habitude de répondre : « Je fais ce que je veux de mon corps. Je fais ce que je veux de ma vie. »

Cette nuit-là, je me rends compte que je ne suis pas seule. Que chacun porte sa croix, plus ou moins lourde mais bien réelle. Que l'on peut aider ceux qu'on aime à la porter, en restant à leurs côtés, sans les juger. Que j'ai de la chance d'être toujours là. Que j'aime la vie. Que je sais avec qui j'aimerais la passer.

Après quelques heures de sommeil, en milieu d'après-midi, Lexie et Gabriela m'accompagnent à la gare Montparnasse. Deux heures plus tard, j'arrive à Niort, où Matthéo, Marc et Denis se sont rendus en voiture – information que je tiens de Denis, le seul que j'ai prévenu de mon voyage. Ils passeront la nuit chez sa mère : c'est là où je les rejoindrai dans la soirée. Car avant, il y a quelques endroits que je veux revoir. Les gradins du club de tennis où j'ai rencontré Teo. Le frêne devant le lycée, où j'ai inscrit nos initiales au vernis à ongles rouge. Le cinéma, où je suis allée quelques fois avec Margaux et Teo. Les bords de la Sèvre, où nous aimions nous promener. Mon ancien appartement, que j'ai déserté quand ma relation avec Teo est devenue sérieuse. Et enfin son ancienne maison où, pour la première fois depuis mon départ des Lilas, je me suis sentie chez moi.

Je jette un coup d'œil par-dessus la clôture, qui a été repeinte. La cabane en bois et la balançoire ont disparu ; le jardin est mieux entretenu, mais moins accueillant. L'émotion me gagne. Je n'aurais pas dû revenir ici. Je me mets à courir. Quand j'arrive au coin de la rue, je me retourne une dernière fois pour…

— Attention ! s'écrie quelqu'un que je percute de plein fouet.

Déséquilibrée, je bascule en arrière mais des bras me retiennent.

— Vic ?

Je me retrouve nez à nez avec Matt qui me dévisage avec incrédulité.

— Que… qu'est-ce que tu fais là ? continue-t-il en m'aidant à me redresser.

— La même chose que toi, on dirait...

— Mais... Tu es rentrée des États-Unis ? Ta rééducation est terminée ? D'ailleurs, tu ne t'es pas fait mal ? me demande-t-il, inquiet.

— Oui, non et non, dis-je avec un sourire timide. Je suis rentrée parce que...

J'avais besoin de te voir. De t'avouer que j'ai rompu avec toi l'année dernière parce que je n'allais pas bien et que c'était la seule solution. Mais que pas un jour ne passe sans que je regrette ma décision.

Matt regarde par-dessus mon épaule.

— Je vais le tuer... dit-il entre ses dents.

Je me retourne et j'aperçois Killian qui arrive dans notre direction, un sourire condescendant aux lèvres. Je ne me souvenais plus que ses parents vivaient juste en face de chez Matt...

— Tiens, mais ce ne serait pas Théodore ? Désolé de te l'apprendre, mais tes vieux ont vendu la maison il y a quelques mois.

— Je sais, j'y étais, réplique Matt, livide.

— Alors, qu'est-ce que tu viens faire ici ? Me chercher querelle ? Mais non, j'oubliais... Tu as *peur* de moi !

— Plus maintenant.

— Parce que tu crois qu'*elle* va te protéger ? ricane Killian en me désignant d'un geste plein de mépris.

— Tu aurais tort de me sous-estimer, Killian, dis-je en sortant de ma poche le taser que Lexie m'a forcée à accepter.

Elle en a toujours un dans son sac à main depuis qu'un individu l'a suivie dans la rue il y a quelques années. Elle n'hésite pas à le montrer – voire à l'utiliser – si elle se sent en danger : elle doute qu'un passant intervienne. Ainsi, le mois dernier, dans le métro, un homme s'est permis de lui dire « Souris un peu, tu serais plus jolie » avant de faire des remarques déplacées sur sa tenue. Elle l'a ignoré ; il lui a alors adressé des propos salaces puis il lui a touché les fesses. Il ne l'a pas regretté...

— C'est bien ce que je disais, Théodore, exulte Killian. Tu as toujours besoin d'une femme pour te défendre. Au collège, c'était ta mère ou ta sœur et maintenant, c'est Sara. Dans sa lettre, elle t'avait conseillé d'effectuer quelques transformations et tu l'as fait... Félicitations : je vois qu'elle t'a repris.

— « Sa lettre » ? Mais comment tu es au courant, toi ? s'écrie Matt, interloqué.

Killian hésite un instant avant de répondre :

— Demande à Marine. Quelques verres de trop et elle peut se montrer plutôt bavarde...

Les traits de Matt se durcissent un peu plus. Son regard bleu devient froid comme l'acier. Si la conversation dérive sur sa sœur, ils vont se battre... Et ça, je dois l'éviter à tout prix ! Killian est fou, qui sait comment il va réagir ?

— Je n'ai rien demandé à Matt, dis-je en m'interposant entre eux. Cette lettre n'est pas de moi. Et notre relation ne te concerne pas.

— Et toi, Sara, continue Killian comme s'il ne m'avait pas entendue, ne me dis pas que tu lui as accordé une autre chance après ce qu'il t'a écrit dans sa lettre ?

Quoi ?

— Mêle-toi de tes affaires, Killian, rétorque Matthéo en m'écartant avec douceur mais fermeté. Je n'ai besoin de personne pour me défendre. Si tu veux t'en assurer, viens te battre.

— Tiens, j'ai énervé le loser, se moque Killian.

« Après ce qu'il t'a écrit dans sa lettre. » Ce n'est pas possible...

— Matt, commencé-je, il n'est pas au cour...

Le poing de Matthéo vole et heurte la mâchoire de Killian qui hurle de douleur. La surprise passée, il riposte mais Matt esquive le coup et recule de quelques pas.

— Tu n'aurais pas dû faire ça, menace Killian en frottant son visage meurtri.

Ses traits sont déformés par la colère.

— Toi non plus, Killian, dis-je d'une voix forte. Les lettres, c'est toi, n'est-ce pas ?

— Hein ? fait Matt, interloqué.

— Marine lui a peut-être parlé de la lettre que tu as reçue, mais je n'ai parlé qu'à toi de la lettre que moi, j'ai reçue, Matt. Ce qui veut dire que...

Killian éclate d'un rire dément :

— Bravo, Sherlock. Oui, c'est moi. C'est moi qui ai réussi à vous séparer. C'est dommage, vous alliez si bien ensemble.

Mon sang se glace :

— Killian, comment tu as fait ? demandé-je, la gorge sèche. C'était mon écriture et celle de Matt !

— Facile. J'ai utilisé un logiciel pour m'aider à les reproduire.

L'ordure...

— Ça n'explique pas comment la fausse lettre de Sara s'est retrouvée dans ma boîte, à la place de sa vraie lettre, ni comment celle que je n'ai jamais écrite s'est retrouvée sur son paillasson... bredouille Matt, livide.

Killian se rengorge :

— C'était un jeu d'enfant... Tu vois cette fenêtre ? dit-il en désignant la façade de sa maison. C'est celle de ma chambre. Tu n'imagines pas ma surprise quand j'ai aperçu Sara tourner autour de ta boîte aux lettres ce dimanche-là à 7 heures du matin... Après un bon quart d'heure, elle y a déposé une enveloppe. Cinq minutes plus tard, je l'ai récupérée – tu peux te procurer un passe de facteur pour 10 € sur eBay.

— Tu es vraiment tordu... dis-je entre mes dents.

— Tordu peut-être, mais malin. Et aussi chanceux... Figure-toi que quelques jours plus tôt, j'avais subtilisé la dissertation de philo de Théodore pendant qu'il était à l'infirmerie...

— Je m'en souviens ! s'écrie Matt. J'ai eu zéro... Le prof ne m'a jamais cru quand je lui ai assuré qu'elle se trouvait dans mon classeur...

— C'est sûr, elle était dans le mien ! s'esclaffe Killian. J'avais donc des échantillons de vos deux écritures. Quant à cet horrible papier à lettres, Marine en avait laissé un bloc dans ma chambre. J'ai passé des heures à fignoler mes deux chefs-d'œuvre. Le soir, j'ai mis la lettre pour Théodore dans sa boîte. Puis je suis allé chez Sara, j'ai posé la lettre sur son paillasson, j'ai frappé à la porte et je me suis esquivé. Ni vu ni connu.

Deux heures après avoir reçu la « fausse » lettre, j'ai bloqué le numéro de téléphone de Teo et j'ai demandé à papa de modifier mon billet d'avion : dès la fin de mon tournoi à Montréal, je le rejoindrais à Cayenne. Il allait partir le lendemain, après avoir confié nos quelques affaires à une entreprise de déménagement.

— Mais pour connaître tous les détails que tu as mentionnés, il aurait fallu que tu sois dans nos têtes… dit Matt d'une voix blanche.

— Ou dans ta maison. Dans laquelle je venais très souvent, quand j'étais avec Marine, avant son départ pour Paris.

— Et alors ? Tu n'as quand même pas placé des caméras… Si ?

Killian hausse les épaules.

— Pas besoin. Les smartphones sont d'excellents outils de surveillance. J'ai mis un mouchard dans le tien il y a des années, un jour où il traînait dans ta chambre pendant que tu te douchais. Le mouchard reste même si tu changes de mobile… Quant à celui de Sara, je n'ai eu qu'à aller le prendre dans les vestiaires du club de tennis. Elle avait eu la bonne idée de le laisser dans son sac.

— Pourquoi nous ? bredouillé-je, saisie de vertige.

— Mais parce que je vous hais tous les deux. Sara n'aurait jamais dû me rejeter et avertir Marine que je la trompais. Et toi, Matt… C'est viscéral. Ta tête ne me revient pas, désolé.

Aussitôt, Matt se jette sur lui. Ils échangent des coups de poing et des coups de pied. Je n'ai jamais vu Matt aussi en colère. Il me fait peur… Il saisit Killian par le col de sa chemise et le plaque contre la clôture. Killian cherche à reprendre sa respiration. En vain.

— Stop ! m'écrié-je. Tu vas le tuer !

— Il a gâché ma vie et surtout celle de ma sœur ! Il ne mérite pas de s'en sortir comme ça !

— Tu veux finir en prison ? Lâche-le, quelqu'un va avertir la police !

Comme par un fait exprès, j'entends une voiture tourner dans la rue et freiner. Une portière s'ouvre.

— Arrête ! fait une voix grave derrière nous.

C'est Marc... Il se précipite vers Matt et l'oblige à lâcher prise, puis il l'éloigne de Killian qui se met à tousser.

— Vous... vous avez vu ? Vous êtes témoin ! bafouille Killian en portant la main à sa gorge. Ce... ce type a voulu me tuer ! Appelez la police ! Je vais porter plainte ! Il...

— Ce que je vois, coupe Marc en faisant craquer ses articulations, c'est une belle ordure qui a harcelé mon fils et qui a rendu ma fille malheureuse pendant des années. Alors je te conseille de faire profil bas avant que je te refasse le portrait.

Réduit au silence, Killian le regarde avec stupeur, les jambes tremblantes.

— Allez, en voiture, les jeunes, ordonne Marc en poussant Matthéo vers sa BMW toujours au milieu de la rue.

Matthéo et moi montons à l'arrière sans un mot. Denis est assis à l'avant. Marc démarre aussitôt en trombe.

— Comment tu as su que j'étais là ? lui demande Matthéo d'une voix lasse. Tu as mis un mouchard dans mon téléphone, toi aussi ?

— Mieux, dans ton ventre. Il est entré par ton nombril, se moque Marc.

— Quoi ?

— Laisse tomber, c'est dans un vieux film. *Matrix*, des Wachowski, 1999. Ça te dit quelque chose ?

— Bien sûr, c'est une œuvre culte, mais...

— Rassure-toi, jusqu'à preuve du contraire, tu n'es pas encore dans la Matrice. Une chance que Denis ait voulu revoir notre ancienne maison, après vingt-trois ans.

Je prends la main de Matthéo. Il serre la mienne à son tour. Pendant tout le trajet, nous n'échangeons ni un mot ni un regard, trop choqués par ce que nous venons d'apprendre.

Enfin, nous nous arrêtons devant la petite villa de la mère de Denis. Marc et lui me précèdent. Matthéo ferme la marche, la tête baissée, les épaules voûtées.

— Jamais je ne t'aurais écrit des horreurs pareilles, lui dis-je à mi-voix pendant que Denis sonne à la porte.

— Peut-être que sans son « intervention », toi et moi, on serait toujours ensemble.

— Tu vendrais sans doute des pâtés de ragondin et tu ne dessinerais plus.

— Tu n'aurais peut-être pas eu ton accident…

Mon cœur se serre.

— Rien n'est moins sûr, Matt. Qui te dit que je ne serais pas allée à cette fête ? Presque tous les participants du tournoi s'y sont rendus !

La porte s'ouvre sur une femme d'origine asiatique d'une soixantaine d'années, aux cheveux noirs parsemés de mèches blanches. Elle saute au cou de Denis qu'elle embrasse sans retenue. Puis, elle gratifie Matthéo et moi d'un sourire chaleureux. Quant à Marc, elle l'ignore.

— Hem… Bonjour, madame, dit-il. Je ne sais pas si vous vous souvenez de moi. Je suis…

— Marc Delonge, coupe la mère de Denis… Bien sûr que je me souviens de toi. Si tu brises le cœur de mon fils encore une fois, je te tue. C'est clair ?

— Maman ! fait Denis en levant les yeux au ciel.

— Message reçu, madame, répond Marc, penaud. Mais je n'en ai pas l'intention…

— Bien. Le repas est prêt. On passe à table dans dix minutes. N'oubliez pas d'enlever vos chaussures, lance-t-elle à la cantonade avant de s'effacer pour nous laisser entrer.

CHAPITRE 7
Matt
MARDI 11 MAI, 17 HEURES

Niort, le lendemain…

Killian est l'auteur des lettres. C'est lui qui nous a séparés, Sara et moi. Elle m'aimait, pensé-je en donnant le dernier coup de bombe – ou presque – à la fresque que j'ai commencée ce matin. On y voit une main où sont tatouées une rose et une tête de mort. Elle tient une enveloppe, cachetée par un cœur. « Pour S, de T », ai-je écrit sur le papier crème. Au-dessous, sur fond noir, j'ai inscrit le message « LOVE IS THE ANSWER[1] » en lettres dynamiques et colorées.

L'amour est-il la réponse ? Cela dépend de la question…

Je n'ai pas fait de pause pour déjeuner et je suis épuisé. Ma main droite est enflée et douloureuse, à cause des coups de poing que j'ai donnés hier à Killian.

Papa et Victoria sont restés avec moi toute la journée. Denis est arrivé il y a deux heures. Il voulait passer un peu de temps avec sa mère à qui il ne rend visite qu'une ou deux fois par an. Des enfants de l'école primaire voisine sont venus nous voir travailler. Des curieux se sont arrêtés et ont filmé ou pris des photos. Le maire a même fait une apparition en début d'après-midi pour nous complimenter. La plupart des artistes qui, comme moi, ont peint un des murs du parking, ont déjà terminé. Mais je suis perfectionniste et j'ai toujours eu du mal à écrire le mot « fin » sur un projet.

Je jette un coup d'œil par-dessus mon épaule. Je croise le regard de Victoria. Nous n'avons pas échangé plus de trois ou quatre paroles depuis que nous avons appris la vérité à propos des lettres. Elle me sourit. Je lui rends son sourire. Elle ne le voit sans doute pas derrière mon masque et mes lunettes de protection. *Et si je prenais cinq minutes de pause avant de peaufiner les détails ?* pensé-je en la rejoignant. Un homme âgé et bedonnant, qui vient de garer une Alfa Romeo bordeaux vintage, lui demande l'objet de toute cette agitation.

— Ce n'est pas de l'art, c'est du vandalisme, commente-t-il en croisant les bras. Ce genre de…

— À chacun son avis, coupé-je en enlevant mon masque et mes lunettes. Et je vous signale que ce que nous faisons dans ce parking est légal.

— Voilà où va l'argent de nos impôts, rétorque-t-il en levant les yeux au ciel.

Des yeux du même vert que ceux de papa et de Marine, avec des paillettes dorées.

— Je ne suis pas payé pour ce travail, dis-je, troublé.

— Pour cette *dégradation volontaire de la propriété publique*, cautionnée par la municipalité. Pour laquelle je n'ai d'ailleurs pas voté…

— Ce n'est pas mon problème, soupiré-je en enlevant mes gants. Viens, Vic, laissons ce vieux grincheux parler tout seul.

Il avise mes ongles que Maë a vernis en violet dans l'avion pour passer le temps et que je n'ai pas nettoyés, faute de dissolvant et surtout de motivation. Il commence alors à m'insulter et à me traiter de tous les noms. Il me rappelle qu'avant 1982, l'homosexualité était condamnée en France et qu'avant 1991, l'OMS la considérait comme une maladie mentale. Ce type est consternant.

— Le monde est devenu fou ! s'écrie-t-il en levant les bras au ciel, les cheveux hirsutes, comme un prophète de malheur. Demain, on légalisera aussi la zoophilie ! C'est la même chose !

Victoria et moi échangeons un regard sidéré.

— Et le consentement, alors ? réplique-t-elle. Si on demande à une chèvre si elle est d'accord, il y a peu de chances qu'elle réponde…

Mais il n'écoute pas et continue son monologue. Mon père, qui était allé voir les autres œuvres, accourt, attiré par les cris.

— Papa ? Qu'est-ce que tu fais là ? s'écrie-t-il d'une voix blanche en s'interposant entre nous.

Donc, voici mon grand-père… Je serre les poings. Celui qui a failli tuer mon père et qui a ruiné sa vie…

Je ne l'ai jamais rencontré car papa a coupé les ponts à la naissance de Marine. Paul Delonge ne dirigeait plus l'entreprise familiale, mais il restait propriétaire d'un certain nombre de parts. Aussi, papa et lui ne se voyaient-ils que deux fois par an en présence de l'associé de papa. Depuis qu'il a cédé ses parts à son associé, papa n'a pas revu son père… jusqu'à aujourd'hui.

— Tiens ? Marc… lâche le vieil homme. Ne me dis pas que ce petit con fait partie de ta nombreuse progéniture… Remarque, les chiens ne font pas des chats.

— Je ne te permets pas d'insulter mon fils ! rugit papa.

Il commence à trembler et sa respiration devient difficile. *Ça sent la crise de panique…* pensé-je en posant la main sur son épaule.

— Viens, papa. On s'en va. Il est sénile. Il ne mérite pas qu'on perde notre temps.

Mon grand-père s'étrangle de fureur :

— Toi, ce que tu mérites, c'est une bonne correction pour te remettre dans le droit chemin !

— Comme celle que vous avez infligée à mon père ? J'espère qu'il va porter plainte et que vous finirez en prison !

Soudain, j'aperçois Denis qui arrive en courant. Il ne manquait plus que lui... Il s'arrête net en reconnaissant Paul Delonge qui lui lance un regard meurtrier.

— Denis Eychenne, lâche-t-il avec mépris. La cause de la honte qui a failli s'abattre sur notre famille. Si je n'étais pas intervenu, il...

— Ta gueule, coupe papa.

Il attrape Denis par la manche avant qu'il ne batte en retraite.

— Denis n'y est pour rien, continue-t-il. J'étais attiré par les hommes bien avant qu'il ne s'installe à Niort et je le serai toujours, malgré les efforts que tu as déployés pour m'en empêcher.

Paul est devenu tout rouge. Va-t-il avoir une autre crise cardiaque ? Si c'est le cas, je ne le plaindrai pas. Au moins, il se tait, c'est le principal...

Papa ne tremble plus. Il regarde son père droit dans les yeux et montre, à sa main gauche, l'anneau noir et bleu de la mère de Victoria.

— Au fait, papa, je vais me marier...

Qu'est-ce qu'il raconte ? Il se tourne vers Denis. Non... Il ne va pas oser...

— ... avec Denis. L'amour de ma vie, continue-t-il en prenant sa main.

Il a osé. L'expression de Denis est indéchiffrable.

— Lui et moi, on s'aime, poursuit papa. Ce qui compte, ce n'est pas *qui* tu aimes – un homme, une femme – mais le fait que tu aimes. Mais ça, tu ne peux pas comprendre, pas vrai ?

Sans prévenir, il embrasse Denis. Paul est pétrifié. Si l'on était dans un manga, ses yeux sortiraient de leurs orbites et de la fumée s'échapperait de ses oreilles.

Je me racle la gorge :

— Ils vécurent heureux et eurent quatre enfants. Dont moi, artiste et/ou vandale.

Denis se dégage et esquisse un sourire triste.

— Matthéo a raison, dit papa. Je suis heureux. Je vais épouser celui que j'ai choisi et je vais travailler avec lui dans son salon de thé, pour faire un métier que j'ai choisi. J'ai gagné et tu as perdu. Tu m'as brisé, mais je me suis relevé.

Paul secoue la tête et, sans un mot, tourne les talons. Il semble avoir vieilli de dix ans en quelques minutes. Il remonte dans sa voiture et démarre en trombe.

— Bon débarras ! lancé-je tandis qu'il disparaît dans les profondeurs du parking souterrain. Papa, tu as été génial !

— Pourquoi tu lui as dit que tu travaillais au *Madeline* et pas dans un grand restaurant ? demande Denis en baissant les yeux. Tu n'as pas encore passé l'entretien, mais tu vas être engagé, c'est sûr…

— Parce que c'est au *Madeline* que j'aurais voulu travailler. Avec toi, répond papa avec douceur. Et qui sait, si j'étais parti à temps, ça serait peut-être arrivé.

— Arrête de raconter n'importe quoi ! explose Denis. Pourquoi tu joues avec moi ?

— Est-ce que j'ai l'air de m'amuser ?

— Prouve-le ! fait Denis en soutenant son regard.

Papa réfléchit mais ne dit rien.

— C'est bien ce que je pensais, soupire Denis. Marc, je préfèrerais qu'on ne se voie plus.

Victoria fait des signes à papa pour attirer son attention. Elle désigne son propre annulaire gauche.

— Tu en es sûre ? demande-t-il.

Denis commence à s'éloigner.

— Certaine, sourit-elle. Fais-en bon usage.

Je suis amoureux de cette fille. Je le savais déjà, mais ça se confirme. Puissance mille.

Papa enlève l'anneau de la mère de Victoria de son doigt.

— Denis, veux-tu m'épouser ?

Victoria me prend la main et la serre. Denis s'arrête net et se retourne.
— Quoi ?
Mon père s'approche de lui.
— Denis, veux-tu te marier avec moi ? répète-t-il. Je suis sérieux. Ce ne sont pas des paroles en l'air.
Denis me consulte du regard. Je hoche la tête.
— Tu as pensé à la réaction d'Eileen et des filles ? demande-t-il, un peu radouci.
— Pas vraiment, mais je m'en fiche.
— Tu te vois vivre avec moi ?
— Oui ? répond papa, pas très sûr de lui.
— Marc, tu sais très bien que non.
— Mais je t'aime, Denis. Je ne veux pas te perdre.
Denis hésite, fait un pas dans sa direction :
— Si j'accepte, tu ne vas pas changer d'avis ?
— Non, Denis.
— Alors, c'est oui. Mais dans un futur pas si proche. Rien ne presse...
Soulagé, papa glisse l'anneau au doigt de Denis :
— Mais est-ce que tu pourrais m'embaucher dans un futur *très* proche ? demande-t-il. J'ai une pension alimentaire plutôt salée à verser tous les mois...
Denis éclate de rire. Il choisit, parmi les nombreuses bagues qu'il porte, toutes plus kitsch les unes que les autres, la bague décapsuleur en acier que je lui ai rapportée de la Guinness Storehouse à Dublin.
— Je ne peux pas t'embaucher, mais je peux te prendre à l'essai, dit-il en la mettant à l'annulaire de papa.
— Parmi toutes tes bagues, tu as fait exprès de me donner la plus laide ?
— À ton avis ? répond Denis avec un clin d'œil.
Ils s'éloignent et, bientôt, ils sont en grande conversation.
Je termine ma fresque en un temps record et appose ma

signature en bas à droite. Puis, Victoria m'aide à ranger mon matériel et nous sortons du parking. Nos pas nous guident vers le pub où nous allions souvent, en fin d'après-midi, après mes cours au lycée et ses entraînements de tennis.

Notre table « habituelle », près de la fenêtre, est occupée par un couple d'adolescents plutôt démonstratifs. Nous choisissons une autre table tout au fond. Je vais au bar commander un mojito pour Victoria et un virgin mojito pour moi – je ne veux pas risquer un incident comme la dernière fois.

Au moment de payer, mon téléphone se met à sonner. C'est un numéro masqué... Je laisse le répondeur se déclencher. Si c'est un client potentiel, il attendra demain. Mais quand l'inconnu rappelle, je décroche car je m'inquiète pour Marine. Peut-être a-t-elle besoin de moi ?

— Allô ?

— Je souhaiterais parler à Théodore Delonge, dit Killian à l'autre bout du fil.

— Killian, qu'est-ce que tu me veux ? lâché-je, prêt à lui raccrocher au nez.

— Pas grand-chose... Que tu rompes avec Sara. Belle prise, d'ailleurs.

— Ce n'est pas un poisson !

— En tout cas, trop gros pour tes filets. Tu vas lui dire que tu n'es pas intéressé.

— Et pourquoi ça ?

— Parce que tu as peur de moi.

Il est lourd... Je lève les yeux au ciel.

— Si tu veux te battre encore une fois, je suis à ta disposition.

— Je peux faire bien pire que te frapper, Théodore.

— Mon nom, c'est Matthéo. Et je n'aurai jamais plus peur de toi.

— Tu as tort de me sous-estimer, ricane Killian. Tu as cinq minutes pour...

Je coupe la communication et retourne à table avec les deux

cocktails. Je suis contrarié, mais je fais bonne figure. *Killian ne peut rien contre moi*, me répété-je.

— Un problème, Matt ? s'enquiert Victoria qui n'est pas dupe.

— Non, c'était… Euh… Un client. Je le rappellerai plus tard.

Elle fronce les sourcils mais n'insiste pas.

— À quoi trinque-t-on ? demandé-je en entrechoquant mon verre avec le sien.

— Comme tu veux… À Marc et Denis ? À nous ? À la découverte de la vérité à propos des lettres ?

— J'aurais dû m'en douter. Quand on était au collège et au lycée, Killian écrivait de faux mots d'absence ou de retard pour ceux qui le payaient assez cher. Il imitait la signature des parents à la perfection.

— Mais de là à inventer une page entière, avec des détails précis de nos vies, en utilisant nos peurs les plus profondes…

— Ce type est un psychopathe doublé d'un pervers narcissique, murmuré-je en frissonnant.

— Assez parlé de ces lettres stupides, dit Victoria en posant sa main sur la mienne. Toi et moi, on s'aimait.

— Mais tu ne m'aimes plus ?

— Je n'ai pas dit ça.

— Tu me l'as dit avant de partir aux États-Unis, si j'ai bonne mémoire.

— J'avais des problèmes, Matt. Je n'allais pas bien. D'ailleurs, j'ai regretté tout de suite de t'avoir éloigné.

Quoi ?

— Pourquoi tu ne m'as pas appelé, dans ce cas ? Tu savais que je serais venu !

— Non, je ne le savais pas. Et je voulais m'en sortir seule.

— C'est tout à ton honneur, Vic. Mais maintenant que tu t'en es sortie, envisages-tu que toi et moi…

Victoria se penche et m'embrasse. Un baiser doux, léger, plein de doutes et d'espoir. Je l'attendais depuis si longtemps… Victoria fixe la table, les joues rouges.

Je lui prends la main et pose mon front contre le sien.

— Si tu savais à quel point tu m'as manqué, Sara... murmuré-je en fermant les yeux.

— Je sais, Teo. Je...

La sonnerie de mon portable nous interrompt, gâchant ce moment précieux. *Encore ce maudit Killian ?* pensé-je en me dégageant. Mais l'écran indique « Maman ». C'est étrange... D'habitude, elle ne m'appelle jamais. Elle ne m'envoie que des messages WhatsApp...

— Désolé, je dois répondre, dis-je en décrochant. Maman ? Un problème ? demandé-je, inquiet.

— Matt, sanglote-t-elle à l'autre bout du fil, est-ce que Marine est enceinte de Killian ?

— Quoi ? m'écrié-je.

Comment est-elle au courant ? Marine avait prévu d'attendre quelques jours avant de l'annoncer à nos parents... Et elle voulait que je sois avec elle !

— Alors toi non plus, tu ne le savais pas... Killian vient de me téléphoner.

« Je peux faire bien pire que te frapper, Théodore », m'a-t-il dit il y a quelques minutes. Le fumier...

— Peut-être qu'il ment ? hasardé-je, pas très convaincu.

— Quel intérêt aurait-il ?

Me prouver qu'il est capable de tout, même de nuire à ma famille.

Maman est effondrée. Elle maudit Marine qu'elle n'arrive pas à joindre. Ma sœur a laissé Killian la manipuler, abuser d'elle et lui gâcher la vie, alors que tout le monde l'avait prévenue. Et à présent, elle lui dissimule la vérité depuis des semaines.

Victoria prend un stylo dans son sac et écrit « on se voit tout à l'heure » sur mon dessous de verre. Puis, elle m'embrasse sur la joue et me fait un signe de la main avant de s'éloigner. *Killian a gagné le set, mais pas le match*, pensé-je, furieux.

— Je vais prévenir papa et on va rentrer tout de suite, soupiré-je quand maman est un peu calmée. Nos affaires sont déjà dans le coffre de la voiture. Le temps de retourner au parking, on sera à Paris dans quatre ou cinq heures.

Dès que j'ai raccroché, je téléphone à Victoria, mais il semble que j'ai un problème de réseau. Je me précipite à l'extérieur du pub. Ce n'est pas mieux… Au moment où je tente pour la dixième fois, un numéro masqué m'appelle.

— Inutile d'essayer de joindre ta dulcinée, ça ne passera pas, exulte Killian à l'autre bout du fil. Si tu voyais ta tête ! Tu n'aurais pas dû me défier, Théodore.

— Où es-tu ? répliqué-je en regardant autour de moi, le cœur battant.

— Partout. Je suis l'œil de Moscou. Tu ne peux pas t'échapper.

Je ne le vois nulle part. Il se moque de moi.

— Tu mens, Killian. Alors arrête de me…

— Tu portes un jean noir taché et un T-shirt ridicule avec un zèbre.

J'examine ma tenue. Mon pantalon est couvert de peinture. Mon T-shirt l'était aussi, mais je l'ai changé pour celui du zèbre de Banksy, celui qu'il a réalisé en 2008 à Tombouctou. Il représente une femme qui étend les rayures d'un zèbre sur un fil à linge pour qu'elles sèchent, sous le regard de l'animal. Ce n'est pas une œuvre très connue, mais c'est l'une de mes préférées parce qu'on peut choisir le sens qu'on lui donne. C'est peut-être une réaction aux nombreux épisodes de sécheresse qui frappent l'Afrique. Mais pour moi, la femme dépouille le zèbre de son originalité et le réduit à un cheval tout blanc, sans caractère.

Je me suis changé juste avant de quitter le parking souterrain. Peut-être que c'est là qu'il m'a vu ? Je dresse mon majeur.

— Et maintenant, qu'est-ce que je fais ?

— Tu testes ma patience. Mais méfie-toi, Théodore. Je suis capable de bien pire qu'un simple coup de fil à ta chère maman.

— Ne me menace pas, Killian, ou je porte plainte contre toi.

— La police ne fera rien et tu le sais très bien. Par contre, que fera la presse si elle apprend que le meilleur ami de Julien Chaix essaie de porter préjudice à son rival, cinquième joueur mondial, à quelques jours de Roland-Garros ?

Il a pensé à tout...

— Je vais raccrocher, Killian.

— « Écoute-moi bien, petite salope. Si tu raccroches encore une fois, je te saigne comme une truie. »

— *Scream 1*, 1996, soupiré-je.

— Un de mes films préférés, même s'il date un peu. Je me souviens que je l'ai regardé le soir où tu as eu ton accident, au lycée. Tu as fait un beau vol plané...

— Tu... tu étais là ? Et tu n'as rien fait ? m'écrié-je.

On m'a dit qu'une automobiliste avait appelé les secours à 8 h 15, or, le scooter m'a heurté dix minutes plus tôt... Je suis resté inconscient sur le trottoir, tout seul, la cheville brisée.

— Rien fait ? s'esclaffe Killian. J'ai *tout* fait, au contraire.

Quoi ? Les jambes tremblantes, je m'appuie contre le mur pour reprendre mes esprits.

— C'est... c'est toi qui m'as renversé ?

— Peut-être, se moque-t-il. Peut-être ou peut-être pas. Tu ne le sauras jamais avec certitude.

— J'aurais pu mourir, dis-je d'une voix presque inaudible.

— Dommage, tu as survécu.

Est-ce qu'il m'a renversé ? Est-ce qu'il voulait me tuer ? C'est un cauchemar... Saisi de vertiges, je m'assois sur le sol. Mon bourreau se met à rire.

— Bien sûr, tu n'as aucune preuve contre moi. C'est ta parole contre la mienne. Et qui croira-t-on, à ton avis ? Un des dix meilleurs joueurs de tennis du monde ou un loser en quête de célébrité ?

— Tu... tu es malade, Killian...

— Si tu ne dis rien de notre petite conversation et si tu romps avec Victoria, je te promets de te laisser tranquille. Sinon, tu sais de quoi je suis capable.

— Pourquoi ? hurlé-je.

— Mais parce que je hais les zèbres, mon cher Théodore, dit-il avant de raccrocher.

Ma vue se trouble. J'ai l'impression d'étouffer. Je parviens à appeler mon père.

— Papa, je ne me sens pas bien... Viens me chercher... bredouillé-je alors qu'une douleur familière se diffuse dans ma poitrine. Je suis devant le pub... ajouté-je avant de me mettre à pleurer.

Je n'avais plus eu de crise de panique depuis le collège, quand Killian et sa bande me harcelaient...

Quelques minutes plus tard, mon père et Denis arrivent en courant. Papa s'agenouille devant moi et m'entoure de ses bras. Il me réconforte jusqu'à ce que je me calme. Il sait utiliser les mots justes, sans doute parce que lui aussi est souvent passé par là.

Je ne parle que du coup de téléphone de maman.

— Nous devons rentrer à Paris au plus vite, dis-je d'un ton las.

— Où va-t-on chercher Vicky ? me demande Denis.

J'ouvre mon application de messages pour lui écrire, mais je constate avec effroi que c'est déjà fait...

> urgence familiale
>
> je suis en route pour Paris
>
> à la réflexion, je pense que nous deux, ça ne marchera jamais
>
> le sort semble s'acharner contre nous, je suis fatigué de tout ça
>
> alors on arrête là

Il y a un mouchard dans ce satané téléphone... pensé-je, atterré, en luttant contre l'envie de le piétiner. C'est Killian qui a écrit ces messages grâce à son logiciel espion !

— Victoria ne rentre pas avec nous, dis-je d'une voix ferme, mais mes mains tremblent toujours.

C'est plus sûr. Je ne veux pas lui faire courir le moindre risque. Ni à elle ni à aucun autre membre de ma famille.

Si Killian respecte son *deal*, je respecterai ma promesse.

---

1. L'amour est la réponse.

CHAPITRE 8
Marine
MARDI 11 MAI, 17 HEURES

Paris, une heure plus tôt…

Allongée sur le canapé, je regarde la rediffusion de la conférence de presse que Jay a donnée vendredi dernier. Killian l'avait battu en trois manches, 6-4 / 6-0 / 6-3 en quart de finale du tournoi de Madrid.

La plupart des questions des journalistes sont banales ou affligeantes, certaines plus que d'autres. Par chance, Jay ne se laisse pas démonter et répond avec humour.

— Julien, vous avez encore perdu contre Killian Vasseur. Comment vous l'expliquez ?

— J'ai oublié un ingrédient primordial dans la potion d'invincibilité que j'ai préparée hier soir : les écailles de pangolin.

Jay m'a raconté que beaucoup de joueurs appréhendent les conférences de presse, obligatoires sous peine d'amende ou de disqualification, mais sources d'anxiété et de doute. Après une défaite, les questions sont souvent cruelles, comme si le but des journalistes était de les humilier. Les larmes et les réponses cinglantes ne sont pas rares.

— Julien, quels sont les héros que vous admiriez quand vous étiez petit ?
— Dans le monde du tennis, vous voulez dire ?
— Non, en général. Super-héros, personnalités publiques...
— Le livreur Chronopost, au moment des fêtes de fin d'année – jusqu'à ce qu'il défonce notre portail en reculant avec sa camionnette.
— Julien, qu'est-ce que vous recherchez chez une femme ?
Jay se met à rire devant l'indécence de la question.
— Ou chez un homme, peut-être ? insiste le journaliste.
— De l'amiante. Je suis désamianteur... C'est mon second métier : jouer au tennis ne rapporte pas assez.
— Julien, pouvez-vous confirmer la rumeur selon laquelle vous aviez volé la fiancée de Killian Vasseur, mais qu'elle a préféré retourner avec lui ?
De mieux en mieux... Jay avale de travers.
— C'est une vraie question ou c'est une plaisanterie ?
— Non non, c'est très sérieux.
— Pas de commentaire.
— Répondez à la question.
Gêné, Jay se contente de fixer la caméra jusqu'à ce qu'on lui permette de s'en aller, mais je peux voir que le journaliste a réussi son travail de sape.
Écœurée, j'éteins la télévision et j'envoie un SMS à Jay :

> Je suis désolée pour ta conférence de presse...

Aussitôt, l'accusé de réception arrive et trois points dans une bulle s'affichent à l'écran. Je guette la réponse, mais elle ne vient pas. Déçue, je pose mon portable au moment où il se met à sonner. Jay m'appelle ?
Nous ne nous sommes pas parlé de vive voix depuis qu'il est parti pour Madrid, mais nous avons échangé des messages. Il m'a

demandé comment j'allais presque tous les soirs, en précisant que si cela m'ennuyait, il arrêterait sur-le-champ. Mais ce n'est pas le cas, bien au contraire. Je lui réponds que je vais bien, mais nous savons tous les deux que c'est un mensonge. Je l'ai encouragé avant chacun de ses matchs et il m'en a remercié.

Il me manque.

Je décroche, en chassant de mon esprit la vision de la vie que j'aurais pu avoir si le sort en avait décidé autrement et si je n'étais pas tombée enceinte.

— Aucune importance. Les conférences de presse font partie du job, dit Jay aussitôt, comme si nous poursuivions la conversation.

— Tu aurais pu démentir la rumeur…

— Ma vie privée ne regarde que moi. Mais j'ai un scoop pour toi, si tu veux : l'ex-fiancée de Killian Vasseur s'apprête à accepter de dîner avec ce pauvre Julien Chaix pour lui remonter le moral après sa cuisante défaite.

— Tiens donc ? dis-je en riant. Et quand ça ?

— Dans deux heures ? Je te laisse choisir l'endroit.

Je perds mon sourire.

— Tu… tu n'es pas à l'Académie ?

— Non, je suis au club. Je préfère m'entraîner à Paris cette semaine. Les qualifs pour Roland-Garros commencent lundi prochain. Alors ? Tu es partante ?

— Je ne sais pas, Jay. Je ne crois pas que ce soit une bonne idée…

— Je n'insiste pas.

Jay ne semble pas vexé, juste un peu triste. Killian, lui, aurait très mal réagi face à un refus de ma part. Quand je lui disais « non » ou « peut-être », ça voulait dire « oui ». Quand je dis « non » ou « peut-être » à Jay, ça veut dire « non ».

Jay me raconte qu'il s'est produit un mini séisme au cours de son huitième de finale. Une toute petite secousse, mais la caméra a tremblé. *Je sais, Jay. J'ai regardé le live sur Eurosport. Je n'ai jamais raté aucun de tes matchs depuis que tu as repris la compétition.*

— C'est vrai ? s'écrie-t-il, surpris.

Zut, j'ai parlé à voix haute ! Je peux presque voir son sourire à l'autre bout du fil. À quoi est-ce qu'on joue, tous les deux ?... À quoi est-ce que je joue ?

— La semaine prochaine, tu viendras à Roland ? interroge-t-il avec timidité.

Sur le point de répondre « je ne crois pas que ce soit une bonne idée », je me ravise.

— Je ne te promets rien, mais je vais essayer.

— J'espère que Victoria sera là, mais je n'ose pas le lui demander...

Il m'explique qu'elle est rentrée des États-Unis pour rejoindre Matt. Il lui a envoyé de l'argent pour qu'elle achète ses billets d'avion et de train. Depuis quelque temps, ils s'appellent de façon plus régulière. Victoria semble lui avoir pardonné mais, après dix ans de silence, ils ne seront jamais aussi proches qu'avant.

— Victoria me manque... soupire-t-il. Désolé de t'ennuyer avec ma vie. Je vais retourner m'entraîner.

— Tu ne m'ennuies jamais, Jay...

— À bientôt. Je t'... Hem... Bonne soirée, Marine.

Il coupe la communication. Il a failli me dire « je t'aime » ?

— Bonne soirée, Jay. Je t'aime.

Mais nous ne pouvons plus être ensemble.

Une heure plus tard, je pousse la porte du club de tennis. J'ai pris l'habitude de porter les T-shirts de Matt, beaucoup trop grands pour moi, pour dissimuler ma grossesse. J'ai tout le temps des nausées ; j'ai même perdu du poids. Hier, papa n'y a vu que du feu. Mais ce soir, j'ai revêtu une robe rouge plutôt moulante – la seule qui m'aille encore – et qui ne laisse aucun doute.

Jay s'entraîne au service. Il est en nage. Il ne s'aperçoit de ma présence que lorsque je suis à quelques pas derrière lui, ce qui le fait sursauter. Son visage s'illumine.

— Marine ? s'écrie-t-il en lâchant sa raquette.

D'un même mouvement, nous nous précipitons l'un vers l'autre. Jay me prend dans ses bras et me serre contre lui. Longtemps. Quand enfin je me dégage pour ne pas éclater en sanglots, il me regarde avec douceur.

— Tu es magnifique.

Je hausse les épaules, la gorge nouée. Son compliment est sincère. Jay est toujours sincère.

— Comment vas-tu ? me demande-t-il.

La question à ne pas poser... Je fonds en larmes. Lui mentir par écrit, c'est une chose. Mais quand il est devant moi, si proche, c'est impossible. Il me serre à nouveau dans ses bras et me berce en me murmurant à l'oreille que ça va aller, qu'il est là pour moi. Il l'a toujours été.

— Tu veux boire quelque chose ? demande-t-il une fois que je me suis calmée.

Je hoche la tête. Il me prend la main et m'entraîne vers le distributeur de boissons. Il approche deux chaises et me tend la canette de soda que j'ai choisie. Puis, il va chercher un gobelet à la fontaine à eau, s'assoit et le vide d'un trait. Nos genoux se touchent. Je devrais reculer, mais je ne le fais pas.

— Si tu m'avais prévenue que tu venais, je me serais douché, sourit Jay en s'essuyant le visage avec le bas de son T-shirt. Je ne suis pas à mon avantage...

— Tu es toujours à ton avantage, Jay. Et tu n'as que des qualités.

— Pourtant, tu ne veux pas de moi.

— Ce n'est pas...

— Et tu m'envoies sans cesse des signaux contradictoires. C'est déstabilisant, dit-il en se levant pour aller chercher un autre verre d'eau.

— Jay, non ! dis-je en me levant à mon tour. Bien sûr que je souhaite être avec toi. Mais à moins d'un miracle, ce n'est plus possible...

Perplexe, il se passe la main dans les cheveux.

— Combien de fois faut-il que je te le répète ? Je t'aime, Marine. Toi, tout entière. Cela inclut le bébé qui est dans ton ventre, qu'il partage ou pas la moitié de mon ADN. Permets-moi de te le prouver !

Troublée, je baisse les yeux.

— Tu es au courant, pour ton père et Denis ? demande-t-il.

— Euh... Oui, dis-je, surprise par ce soudain changement de sujet.

— Si Denis épouse Marc, il aura non pas un, mais *quatre* enfants d'un coup. Pourtant, ça n'a pas l'air de le gêner.

— Nos situations n'ont rien à voir !

— Non, c'est pire, si on suit ton raisonnement. Une petite fille de trois ans qu'il va devoir élever, une ado rebelle et capricieuse et deux adultes qui ne le considéreront jamais comme leur père.

— Je n'avais jamais envisagé les choses sous cet angle...

— Parce que c'est un raisonnement stupide ! Denis aime Marc et il a envie de partager sa vie. *Toute* sa vie.

— Je ne veux pas me marier, Jay. Pas après ce que Killian m'a fait subir.

— Je ne t'ai pas demandée en mariage. Je t'ai demandé si tu voulais qu'on soit ensemble et que je sois le père de ton enfant.

— C'est compliqué, Jay.

— Pas vraiment. C'est oui ou non. Et ce n'est pas un ultimatum. Je n'attends pas de réponse immé...

— Oui, murmuré-je.

— Quoi ?

— Oui, répété-je plus fort. C'est ce que je souhaite le plus au monde, mais j'ai peur que toi, tu changes d'avis.

— Regarde-moi, Marine, dit Jay en prenant mon visage entre ses mains. Je ne changerai pas d'avis. Jamais.

Je lève les yeux vers lui. Je sais qu'il dit la vérité.

— Je te crois, dis-je dans un souffle.

— On peut être heureux tous les trois. On *va* être heureux. Rien ni personne ne nous en empêchera. Tu me fais confiance ?

Je me hausse sur la pointe des pieds et je l'embrasse. Il me rend mon baiser et me serre dans ses bras, comme s'il avait peur que je disparaisse.

Pour la première fois depuis des semaines, j'arrive enfin à respirer.

— Je t'aime, Jay, murmuré-je avec timidité.

— Moi aussi, ma chérie... Je peux ? demande-t-il en désignant mon ventre.

J'acquiesce. Il s'agenouille et me caresse avec tendresse.

— J'ai hâte de te rencontrer, toi... Tu as choisi son prénom ?

— Je pensais l'appeler Charlie.

— C'est le troisième prénom de ma sœur...

— Je sais.

— Bienvenue, Charlie.

— J'ai l'impression d'avoir des papillons dans le ventre... Tu as senti ? m'écrié-je.

— Je crois que oui, répond Jay avec un grand sourire.

— C'est la première fois que je la sens bouger... murmuré-je, troublée.

Nous attendons un nouveau signe qui ne vient pas. Mais mon estomac se met à gargouiller.

— On va dîner ? demande Jay en riant. Nous sommes trois à avoir faim...

Une heure plus tard, nous sommes chez lui et nous n'avons toujours pas mangé. Jay a pris une douche et je l'ai rejoint. J'ai l'impression de le retrouver comme si nous nous étions quittés hier.

Quand on tambourine à la baie vitrée du salon, je reviens à la réalité. C'est maman et elle est hystérique. Je lui ouvre, les cheveux mouillés, vêtue d'un T-shirt et d'un boxer de Jay. Quand elle m'aperçoit, elle me gifle et se met à m'agonir d'injures. Médusée, je la regarde en silence, la main sur ma joue brûlante. Elle est au courant... Matthéo le lui a dit ?

Jay s'interpose entre elle et moi :
— Eileen, arrête !
— Qu'est-ce que ma fille fiche chez toi ?
— Ta fille est ma petite amie. On s'apprêtait à dîner, puis à dormir.
— Ta... *petite amie* ?
Pour confirmer ses dires, Jay entoure mes épaules de son bras.
— Oui, Eileen. Ne la frappe plus jamais ! D'ailleurs, ce n'est peut-être pas flagrant, mais nous attendons une petite fille.
Livide, elle me détaille des pieds à la tête :
— Depuis combien de temps ?
— Quatre mois et demi, murmuré-je.
— Alors, c'était vrai... Suis-moi, dit-elle en m'attrapant par le poignet.
— Non ! m'écrié-je. Si tu as quelque chose à me dire, tu peux le faire devant Jay.
Le regard de maman passe de lui à moi.
— Très bien, soupire-t-elle. Killian m'a appelée tout à l'heure pour m'apprendre que tu étais enceinte de lui.
Quelle ordure... Comment a-t-il osé téléphoner à ma mère ?
— Et... ? fait Jay. Rien ne le prouve. De toute façon, Marine n'est plus avec lui mais avec moi. Sa vie ne le concerne plus. Je t'assure qu'il a intérêt à nous laisser tranquilles !
Maman recommence à pleurer. Jay la prend dans ses bras et me fait signe de m'approcher.
— C'est si soudain... soupire-t-elle. Marine, pourquoi tu ne m'as rien dit ?
— Pour éviter ce genre de réaction, je suppose. Mais j'aurais dû t'en parler plus tôt... Je suis désolée que tu l'aies appris de la bouche de Killian.
— Eileen, dit Jay, j'ai vingt-quatre ans, une maison, un travail... On devrait s'en sortir. Et puis, j'ai déjà eu un bon entraînement avec Maë.
— Ce n'est pas le problème, Jay.

— Il n'y a *aucun* problème, Eileen. Ce bébé, je ne l'ai peut-être pas désiré, mais je l'ai choisi, affirme Jay en me regardant droit dans les yeux.

Et pour la seconde fois ce soir, j'ai la certitude qu'il tiendra ses promesses. Mon cauchemar est enfin terminé.

— Félicitations, Eileen, dit Jay avec un grand sourire. Dans un peu plus de quatre mois, Marc et toi allez être grands-parents.

CHAPITRE 9
Victoria

MERCREDI 12 MAI, 1 HEURE

Niort, trois heures plus tard…

MATT

Je suis fatigué de tout ça. Alors, on arrête là.

Assise sur le trottoir devant la gare de Niort, je lis pour la millième fois de la soirée le SMS que Matt m'a envoyé. Il m'a abandonnée. Une fois de plus…

À la surprise et à la colère a succédé un étrange sentiment de vide. Je ne ressens plus rien. Je n'ai plus ni énergie ni volonté. Soudain, mon portable se met à sonner. C'est Julien…

— Tori, où es-tu ? s'écrie-t-il, paniqué.

— J'attends le train, dis-je d'une voix éteinte.

— Je viens te chercher.

— Ça ne sert à rien. Il y a quatre heures de route depuis Paris et je m'en vais dans cinq heures.

— Je m'en fiche. On part tout de suite. Denis va essayer de joindre sa mère pour qu'elle te ramène chez elle.

— Ce n'est pas la peine, Julien. Je vais rester à la gare et rentrer en train, comme prévu.

— C'est hors de question que je te laisse passer la nuit toute seule dans la rue ! C'est dangereux !

— Matt m'a laissée, lui.

— Je suis au courant. Je ne sais pas ce qui ne tourne pas rond chez lui, mais s'il s'approche encore de toi, je le tue !

J'entends le bruit d'un moteur qui démarre.

— Je programme le GPS, dit une voix de femme.

C'est Marine...

La mère de Denis ne répond pas : elle a dû éteindre son portable en allant se coucher. Julien connecte le téléphone à la voiture et Marine bavarde avec moi pour me tenir compagnie. Elle m'apprend qu'ils sont en couple et qu'elle va s'installer aux Lilas avec lui. Je leur suggère de donner ma chambre à leur futur bébé : elle est grande, lumineuse et surtout à côté de celle de Julien. Peu à peu, Marine est gagnée par l'excitation. Elle qui a passé des semaines à cacher sa grossesse, elle va enfin pouvoir en profiter. Je lui promets de l'aider quand mon frère sera sur le circuit. Denis lui offre aussi son soutien. Il réalise que s'il épouse Marc, il sera grand-père et deviendra le beau-père de Julien et de Matthéo, ses deux meilleurs amis.

— Cette famille, c'est n'importe quoi... dit Denis en riant.

Au bout de trois heures, je raccroche car je n'ai presque plus de batterie. Les minutes s'écoulent de moins en moins vite. Je lutte pour ne pas m'endormir, mais je sombre presque aussitôt.

— T'as pas une clope ?

Je me réveille en sursaut. Debout devant moi dans la pénombre, un jeune homme me détaille, sourire aux lèvres.

— Je ne fume pas, dis-je d'une voix mal assurée en regardant ma montre : 4 h 30.

Encore une demi-heure à patienter dans le froid : la gare n'est toujours pas ouverte.

— Tu t'es enfuie de chez toi ?

— Quoi ? Non, pas du tout. J'attends mon copain. Il est allé garer la voiture.

— Ça fait un petit moment que je t'observe. Alors soit il t'a menti et il est parti, soit tu m'as menti et tu n'as pas de mec. Dans les deux cas, tu es seule.

Je me lève lentement et je cherche dans ma poche le taser de Lexie… avant de me souvenir qu'il est déchargé. La nuit dernière, j'ai eu une insomnie : je l'ai utilisé comme lampe torche pour lire.

— Laissez-moi tranquille, répliqué-je. Je ne vous ai rien demandé.

— Une jolie fille toute seule dans la rue en pleine nuit, elle n'est pas là par hasard.

— Non. Je dois prendre le train.

— En attendant qu'il arrive, tu veux me sucer la bite ?

Mais quelle horreur ! Trop choquée pour répondre, je fais un pas en arrière. L'inconnu me pousse contre le mur.

— Arrêtez ! hurlé-je avant qu'il ne plaque sa main sur ma bouche pour me réduire au silence.

Dans un élan de désespoir, je le mords de toutes mes forces et je lui donne un grand coup de genou dans l'entrejambe. Il me lâche et s'effondre sur le trottoir où il se tord de douleur. Je ramasse mon sac et je me précipite vers le parking. Il m'attrape la cheville. Je tombe tête la première. Mon front heurte le bitume et un des verres de mes lunettes se brise. Je me relève tant bien que mal, mais mon agresseur aussi.

— Espèce de salope ! vocifère-t-il. Tu vas me le payer !

Je me mets à courir comme si ma vie en dépendait, ce qui est sans doute le cas. Je parviens à le distancer, mais je suis à bout de forces.

Deux cents mètres plus loin, des phares m'éblouissent. Une voiture freine à ma hauteur. C'est un cauchemar…

— Vicky ! s'écrie Marine en s'élançant hors du véhicule.

Elle me serre dans ses bras et examine ma blessure à la tête.

— Qu'est-ce qui s'est passé ?

— Rien de grave. On en parle plus tard ? Je voudrais qu'on s'en aille…

Je plisse les yeux et scrute le parking désert. Mon agresseur a disparu. J'ai failli me faire violer. Marine acquiesce et m'invite à m'installer à l'avant, à côté de mon frère qui m'étreint à son tour. Elle s'assoit à l'arrière avec Denis. Il se penche et pose la main sur mon épaule.

— Je te demande pardon, Vicky. Matty nous a dit que tu avais prévu de dormir ici. Marc et moi, on l'a cru...

— Ce n'est pas votre faute, Denis.

— Demain, il va passer un mauvais quart d'heure, dit Julien entre ses dents.

— Non ! m'écrié-je. Ne t'en mêle pas, Julien, s'il te plaît. C'est entre Matt et moi.

— Mais...

— Toi, tu dois te concentrer sur les qualifications de Roland-Garros. C'est le plus important !

Julien hoche la tête et démarre. Personne ne parle.

— Je... Tori, est-ce que tu viendras me voir jouer, si j'atteins le tableau final ? demande-t-il une fois que nous sommes sur l'autoroute.

— Tu plaisantes, j'espère ! Je serai là pour t'encourager à chacun de tes matchs à partir de mercredi prochain. Et même à chacun de tes entraînements d'ici là, si tu veux.

— Tu ferais ça ?

Son sourire me serre le cœur. Il pensait que je n'allais pas assister à ses matchs ?

— Tu sais, Julien, tu ne m'as pas vue, mais j'étais dans les gradins, la dernière fois, dis-je en posant la main sur son bras.

Il ne répond pas, mais une larme coule sur sa joue. Il ne prend pas la peine de l'essuyer.

Nous roulons en silence pendant une heure, puis Marine se met au volant et Denis monte à l'avant pour servir de copilote.

Julien et moi, nous nous installons à l'arrière. Je me blottis contre lui et je ne tarde pas à sombrer dans un sommeil sans rêves.

CHAPITRE 10

Matt

DIMANCHE 23 MAI, 11 HEURES

Paris, une semaine et demie plus tard…

Assis tout en haut des gradins du court numéro 7, je regarde Jay disputer le premier tour du tournoi de Roland-Garros, pour lequel il a réussi à se qualifier.

Victoria est au premier rang, entre Jian et Marine. À leurs côtés, il y a maman, Margaux et Maë sur les genoux de Denis. Lexie et Gabriela sont venues aussi.

Papa a tenu à s'installer à côté de moi pour que je me sente moins seul. Jay ne me parle plus. Il ne voulait même pas que j'assiste à la rencontre. Victoria a bloqué mon numéro de téléphone et mon adresse email, mais je l'ai bien cherché : je l'ai abandonnée et elle s'est fait agresser. Je n'ai pas pu me justifier. Dire que je pensais la protéger… Killian a encore gagné. Il gagne toujours.

Marine a emménagé chez Jay dès le lendemain de leurs retrouvailles. Je peux lire sur son visage qu'elle nage dans le bonheur. Elle le mérite. Jay est parfait pour elle. Il la rendra heureuse.

J'ai transformé la chambre de Marine en atelier. C'était une idée de papa. Il avait sans doute peur que Denis lui suggère de s'installer chez moi. Ils ont décidé que mon père louerait un appartement dans les environs et qu'il resterait chez Denis en attendant. Je doute cependant que papa épluche les annonces immobilières comme il le prétend. Denis n'y trouve rien à redire, d'autant qu'il n'est pas bricoleur et que mon père effectue les réparations négligées depuis des années.

Je soupire pour la millième fois de la journée qui ne fait pourtant que commencer. Papa lève les yeux de sa conversation WhatsApp avec Denis – un émoji à la fin de chaque point gagné ou perdu par Jay, plus quelques cœurs par-ci par-là – et pose la main sur mon épaule.

— Matthéo, et si tu me racontais ce qui s'est passé avec Victoria ?

— Il ne s'est rien passé.

— Mais encore ?

— Quelle importance ? Elle s'est fait agresser à cause de moi et elle ne veut plus rien avoir affaire avec moi, ce que je peux comprendre !

— Mais si tu es parti sans elle, tu devais sans doute avoir de bonnes raisons...

— J'avais mes raisons, oui, mais elles étaient mauvaises.

— Lesquelles ?

— Papa, s'il te plaît, n'insiste pas.

— Vous devez trouver un moyen de parler de ce qui s'est passé. Sinon, crois-moi, tu le regretteras. Plus tu attends, plus ce sera difficile.

— C'est trop tard.

— Matthéo... Victoria et toi, vous êtes faits l'un pour l'autre.

Je hausse les épaules et désigne Jian, un peu trop proche d'elle :

— Elle n'a plus besoin de moi. Elle m'a remplacé. Rappelle-moi, qu'est-ce qu'il fiche à Paris, celui-là ?

— Je te l'ai déjà dit, il vient nous aider avec la pâtisserie.

Quand papa a demandé à Denis de l'embaucher, il pensait faire quelques gâteaux le soir dans sa cuisine, pour les vendre le lendemain au *Madeline*. Ainsi, Denis n'aurait pas eu à se les procurer ailleurs et ils auraient pu en proposer de plus originaux. Mais quand le salon de coiffure voisin du salon de thé a fermé, mon père et Denis ont décidé de le racheter et d'agrandir le *Madeline*. Marine y travaillera après son congé maternité, en attendant de trouver un poste dans son domaine de compétence – ou pas : je suis sûr qu'elle ne voudra pas partir.

Ce que j'ignorais, c'est que Jian allait venir quelques jours à Paris. Denis lui a offert son canapé, ce qui « oblige » mon père à dormir dans sa chambre. Ce qui arrange tout le monde, en fin de compte – je n'aurai pas à héberger Jian.

— Parle-moi, Matthéo, insiste papa.

— Il ne s'est rien passé, répété-je d'une voix monocorde.

— Très bien. Dans ce cas, laisse-moi deviner. Moi, j'ai beaucoup de mal à parler des violences que mon père m'a fait subir. Toi, c'est du harcèlement dont tu as été victime.

Je serre les poings.

— Ça a un rapport avec Killian Vasseur ?

— Non, dis-je dans un souffle, en fixant le court en terre battue.

— Il t'a dit quelque chose ?

Mes yeux s'embuent de larmes.

— Non.

— Il t'a menacé ? Il a menacé... Victoria ?

Je secoue la tête. Papa m'entoure les épaules de son bras.

— Matthéo... Ce n'est pas ta faute. J'ai longtemps cru que si mon père m'humiliait et me frappait, c'est parce que je l'avais mérité. Mais depuis, j'ai appris que certaines personnes sont toxiques et qu'il faut s'en éloigner à tout prix.

— C'est bien pour ça que j'ai accepté son marché ! m'écrié-je.

Les spectateurs qui nous entourent me regardent de travers. Mortifié, je fixe mes nouvelles Converse rouges, sur lesquelles j'ai écrit au marqueur noir la célèbre phrase de Banksy : « *Earth without art is just Eh* »[1]. Pour porter chance à Jay, papa porte les miennes, malgré les trous qui s'agrandissent.

— Ce. N'est. Pas. Ta. Faute, répète-t-il avec douceur. C'est la sienne. Mais si tu gardes tout pour toi, tu vas mourir à petit feu.

Ces jours-ci, j'ai déjà du mal à respirer et à mettre un pied devant l'autre...

— Si je te raconte ce qui s'est passé, promets-moi de ne rien dire à personne, murmuré-je.

Il hésite un instant.

— C'est promis.

Je lui parle alors de Killian et de son marché honteux, de son coup de téléphone à maman et de son rôle probable dans mon « accident » qui n'en était peut-être pas un. Inquiet, papa m'écoute sans rien dire.

Quand j'ai fini, je me lève et je quitte les tribunes, sans lui laisser le temps de réagir. Il ne me suit pas.

Je n'ai qu'une hâte : m'enfermer dans mon appartement et attendre la nuit pour incarner Ryōma, mon alter ego qui me permet de me soustraire à ma médiocrité.

Il n'y a que dans la peau du démon renard que je me sens bien. Dommage qu'au lever du jour, je doive redevenir ce jeune homme pathétique que j'ai de plus en plus de mal à supporter.

---

1. Le mot « earth » (terre) sans les lettres A, R, T devient « eh » : le monde sans art n'a aucun intérêt.

CHAPITRE 11

Jay

DIMANCHE 6 JUIN, 14 HEURES

Paris, deux semaines plus tard…

— Julien, vous avez perdu tous vos matchs contre Killian Vasseur, me rappelle un journaliste avec un accent anglais très prononcé. Pensez-vous *sincèrement* avoir une chance de gagner aujourd'hui, en finale de Roland-Garros ?

Je bâille, enlève ma casquette, la remets sur ma tête.

— Oui.

— Pourtant, vous êtes loin d'être favori. Il est le numéro 3 mondial et vous êtes dans les profondeurs du classement…

— Je n'ai jamais été doué avec les chiffres.

— Que comptez-vous faire s'il joue son meilleur tennis ?

— Lui renvoyer la balle, de préférence à l'intérieur du court.

— Julien, quand avez-vous su que vous vouliez faire du tennis ?

— Hier.

L'organisateur du tournoi me fait les gros yeux.

— Pardon… En 1989.

— Vous n'étiez même pas né ! s'indigne le journaliste, exaspéré.

Pourtant, pour une fois, je suis sincère. Ou presque.

Je n'y étais pas, mais j'ai vu la rediffusion de ce moment historique.

Mon père a toujours été passionné par ce sport, même s'il n'a sans doute jamais tenu une raquette. Et quand un sujet l'intéresse, il peut en parler pendant des heures, déversant un flot d'informations avec une précision chirurgicale.

Pour rien au monde il n'aurait raté un match de Roland-Garros, où il n'a d'ailleurs jamais mis les pieds. Il connaît les infrastructures aussi bien que le personnel du stade – l'accès aux satellites, ça aide. Et il possède les archives de *toutes* les rencontres qui s'y sont déroulées, y compris de celle qui a changé ma vie à jamais.

Ce jour-là…

J'ai cinq ans. Ma mère est morte il y a un an. Cet après-midi, je suis cloué au lit avec une mauvaise grippe. Papa, qui travaille et qui de toute façon n'a pas de temps à me consacrer, me montre « le match le plus célèbre de l'Histoire du Tennis » après m'avoir expliqué les règles.

Le son et l'image sont de piètre qualité. Fiévreux, je m'endors et me réveille toutes les cinq minutes. Sans surprise, le favori remporte les deux premières manches. Mais bientôt, je comprends que le vent est en train de tourner…

1989. Huitième de finale opposant le tout-puissant numéro un mondial, le Tchécoslovaque Ivan Lendl, triple vainqueur à Roland-Garros, au tout jeune Américain Michael Chang, dix-sept ans et trois mois, classé 19e à l'ATP. Mené deux manches à rien, Chang réussit à revenir à deux sets partout et à déstabiliser son adversaire.

Dans la cinquième et dernière manche, le score est de 4-3 en faveur de Chang, qui a le break[1] en poche. Mais il est mené 15-30 sur son service et surtout, il est à bout de forces, tétanisé par des crampes depuis quatre jeux. Si « Ivan le Terrible » obtient le débreak[2], la défaite est assurée. Chang sait qu'il doit gagner le point coûte que coûte. Alors il esquisse son geste de service… et soudain, il frappe à la cuillère. Stupeur dans le public. Surpris, Lendl s'élance vers le filet et renvoie la balle. Chang la renvoie à son tour et pousse Lendl à la faute. Le jeune homme hurle de joie. Son adversaire, d'ordinaire imperturbable, est déstabilisé.

Mais la balle de match est tout aussi mythique. À 5-3, 15-40, Lendl fait un let[3], puis un service trop long. Chang sait qu'il n'est plus capable de retourner la deuxième balle. Alors, il s'avance dans son carré de service. La foule est en délire. Lendl proteste, mais Chang ne bouge pas. Hors de lui, Lendl commet une double faute fatale.

« Ce match, a dit Chang, c'était une histoire incroyable, presque un conte pour enfants. À la différence que tout est vrai... »

Il gagne ses trois rencontres suivantes et, à dix-sept ans et trois mois, il devient le plus jeune joueur à remporter la Coupe des Mousquetaires[4]. Ce record n'a jamais été effacé depuis.

Ce que peu de gens savent, c'est que Chang a failli abandonner. Au moment où il se dirige vers l'arbitre de chaise pour commettre l'irréparable, une voix dans sa tête lui dit : « Michael, mais qu'est-ce que tu fais ? » Alors il s'accroche, non pas pour gagner mais pour terminer le match, qui devient peu à peu une guerre des nerfs. Et il finit par être vainqueur, malgré son jeune âge et son inexpérience.

J'aurais moi aussi pu entrer dans l'Histoire du Tennis quand j'avais dix-sept ans, mais mon genou en a décidé autrement. Cet après-midi, j'aurai peut-être ma revanche, si je bats Killian sur le court Philippe-Chatrier.

Avec cinq victoires d'affilée, c'est la première fois que je vais si loin dans un tournoi important depuis que j'ai repris la compétition. Le public, qui m'a été favorable jusqu'à présent, y est pour beaucoup. Mais mes adversaires n'étaient pas Français et Killian est un espoir national... Je doute que le soutien des spectateurs me soit acquis aujourd'hui.

Tant pis. J'ai le soutien inconditionnel des membres de ma famille et ça me suffit. D'ailleurs, ils sont venus m'encourager dans les vestiaires. Dans quelques minutes, ils rejoindront les gradins où sont déjà installés Lexie, Gabriela, Jian, Margaux et Maë.

— Je suis fière de toi, me dit Eileen en me serrant dans ses bras. Et je sais qu'*elle* l'est aussi, ajoute-t-elle en levant son index vers le plafond.

Je hoche la tête, gagné par l'émotion. *Regarde-moi, maman. Cette fois, je réussirai.*

Victoria m'étreint et m'encourage encore, comme elle le fait depuis deux semaines. Elle porte un débardeur qui ne cache rien de ses cicatrices. Sa joie est sincère, mais je ne peux m'empêcher d'être triste pour elle. Car jamais plus elle ne jouera au tennis. Jamais plus elle ne disputera de tournoi. Elle prend une ultime photo souvenir et s'en va rejoindre Jian et les filles.

Denis me fait un *high five* et me montre sur le compte Instagram de Ryōma une fresque signée du *street artist* représentant... moi, en pleine action, devant le filet. La localisation indique « Roland-Garros ».

— Non... Il n'a pas fait ça ! m'esclaffé-je.

— Si, la nuit dernière, sur un des murs extérieurs du Central. C'est Matty. Fidèle à lui-même... sourit Denis.

Il m'a envoyé un signe, parce qu'il n'est pas là. C'est moi qui lui ai demandé de ne pas venir me voir jouer, quand nous nous sommes disputés à son retour de Niort. Cette après-midi, j'aurais bien eu besoin de sa présence à mes côtés...

— Le Matty que je connais n'aurait pas abandonné sa petite amie en pleine nuit dans un endroit désert, répliqué-je.

— Il a paniqué, Jay, répond Marc.

— Quoi ?

— Je ne dis pas ça pour le défendre, mais sache que ce n'était pas une querelle d'amoureux. Killian l'a menacé de nuire à ses proches, dont ta sœur, s'il continuait à la fréquenter. Matthéo a pris peur. Il pensait la protéger en prenant ses distances.

— Killian a fait chanter Matthéo ?

— Pire que ça. Il lui a raconté que lorsqu'ils étaient au lycée, c'était *peut-être* lui qui l'avait renversé avec son scooter, dans l'intention de le tuer.

Pas étonnant que Matthéo ait paniqué…

— Pourquoi il ne m'a rien dit ?

— Tu étais furieux. Tu ne lui as pas laissé le temps de te l'expliquer.

C'est vrai. La colère m'aveuglait, ce soir-là.

— On ne va pas refaire le passé, Jay. Mais ça te donne une autre raison de battre ce fumier de Vasseur.

Marc me serre dans ses bras au moment où mon entraîneur arrive, suivi d'un homme très grand, affublé d'un masque chirurgical et de lunettes de soleil, que je ne reconnais pas tout de suite.

— Jay, ce type prétend être ton père. Tu confirmes ou j'appelle la sécurité ?

— Papa ? m'écrié-je, interloqué. Qu'est-ce que tu fais là ?

— J'ai pris un congé pour venir te voir jouer, répond-il d'une voix monocorde. Et tu vas mettre une bonne raclée à ce Killian. Sinon, c'est moi qui le ferai. Ça ne se fait pas d'espionner les gens !

— Euh… Tu le fais tous les jours…

— Ça fait partie de mon job. Ce n'est pas à des fins mauvaises ou personnelles.

Papa pose deux doigts sur mon épaule – ce qui est une première pour lui qui déteste tout contact physique – et se coiffe d'un casque antibruit. Puis il se dirige vers la sortie des vestiaires avec les autres.

Marine s'attarde et m'embrasse pendant de longues minutes. Je caresse son ventre, symbole de son passé et de notre futur, qui sera heureux. Je le lui ai promis.

À peine est-elle partie que la voix de Killian me fait sursauter :

— Je ne sais pas ce qu'elle t'a raconté, Chaix, mais ce bébé, tu es au courant que c'est le mien ? ricane-t-il.

— Plus maintenant, Vasseur, répliqué-je en dressant mon majeur.

L'expression sur son visage est impayable.

---

1. Un joueur fait un break lorsqu'il gagne le jeu de service de son adversaire.
2. Un joueur fait un débreak quand il gagne le jeu de service de son adversaire après avoir perdu le sien.
3. Un service est annoncé « let » quand la balle touche la bande du filet sans être faute. Le joueur est alors invité à refaire un service.
4. La Coupe des Mousquetaires est le trophée remis au vainqueur du simple messieurs des Internationaux de France de tennis (Roland-Garros).

CHAPITRE 12
Victoria
DIMANCHE 6 JUIN, 22 HEURES

Six heures plus tard...

— Ça fait déjà six heures que le match a commencé... s'étonne Jian en regardant sa montre.

Il risque d'être bientôt fini... pensé-je en jetant un coup d'œil au tableau des scores : 7-6 / 6-7 / 7-6 / 6-7 / 3-5.

Julien a remporté la première et la troisième manche au tie-break. Killian, lui, a gagné le deuxième et le quatrième set. Il mène au dernier set, cinq jeux à trois, et il s'apprête à servir pour le match. Jusqu'à présent, il n'a jamais perdu de jeu sur son service...

Julien croise mon regard. Il est à bout de forces. Il a joué chaque point comme s'il s'agissait d'une balle de match, n'hésitant pas à plonger sur les balles courtes. Son T-shirt souillé de terre battue n'a plus rien de blanc, mais c'est le cadet de ses soucis.

— Julien, accroche-toi ! m'écrié-je alors qu'il se place derrière la ligne de fond de court.

Dommage que Matt ne soit pas là pour l'encourager. Il y réussit très bien...

J'ai failli lui envoyer un message ce matin pour lui proposer une invitation, mais au dernier moment je me suis ravisée. J'avais peur de son refus et surtout, j'avais peur qu'il m'appelle et qu'il souffle encore le chaud et le froid. Je ne l'aurais pas supporté.

Killian est plus confiant que jamais. Pourtant, le public, qui lui était en grande partie favorable, encourage maintenant mon frère. Il faut dire que Killian a tout fait pour exaspérer les spectateurs : il a demandé deux pauses toilettes – tactiques – en plein milieu de jeux où Julien dominait ainsi qu'une interruption pour changer ses chaussures qui, a-t-il prétendu, étaient cassées ; il a contesté sept fois la décision de l'arbitre ; il a détruit deux raquettes et il s'est moqué d'un ramasseur de balles qui était tombé. Julien, lui, s'est précipité pour l'aider à se relever. Killian a aussi tiré trois fois sur Julien quand il était au filet, en visant la tête.

Première balle. Ace. 15-0.

Je saisis le poignet de Jian et j'enfonce mes ongles dans sa peau.

30-0. Jian me prend la main et la serre.

40-0. Trois balles de match pour Killian. *C'est fini.*

— Ça t'apprendra à me voler ma fiancée, Chaix ! exulte-t-il.

Soudain, tout en haut des gradins opposés, je vois quelqu'un se lever et mettre ses mains en porte-voix :

— *Jay-senpai, mada mada daneeeeeee !* hurle-t-il à pleins poumons.

« Ce n'est pas encore ça. » La phrase fétiche de Ryōma, le Prince du tennis, celle qu'il prononce dès qu'il se trouve en difficulté devant un adversaire plus fort que lui. Bien sûr, il finit toujours par renverser la situation et par l'emporter.

Matthéo ? m'étonné-je.

— S'il vous plaît ! s'indigne l'arbitre.

Matt se rassoit. Julien éclate de rire. Sa fatigue semble s'être envolée.

— *Arigatō*[1], *Matt-chan*, dit-il en faisant une courbette à la manière asiatique.

Il a ajouté après son prénom le suffixe honorifique « *chan* », utilisé pour les amis proches. Matt, lui, avait employé « *senpai* », « aîné ».

Furieux, Killian insulte Matt et brise sa raquette sur son genou. Excédé, l'arbitre le rappelle à l'ordre. Killian va chercher une autre raquette et se replace derrière la ligne de fond de court.

Première balle. *Out*. Deuxième balle. *Out*. 40-15. Killian laisse échapper un cri de rage. Il ne commet jamais de double faute.

Il en fait une autre, à la stupeur générale. 40-30.

La suivante passe, mais Julien gagne cet échange puis le suivant.

— Avantage Chaix, annonce l'arbitre.

Julien se jette sur chaque balle comme si sa vie en dépendait. Et… ça passe !

Il vient de réaliser l'impossible. Sauver trois balles de match et faire un break.

4-5. 5-5. 6-5. Rien ne semble pouvoir l'arrêter.

C'est à présent à Julien de servir pour le match. Killian demande l'intervention d'un médecin, invoquant – prétextant ? – une douleur insupportable à la cheville. Julien cherche Matt des yeux pendant que la foule en délire, friande des retournements de situation, scande « *Jay, mada mada dane* » en faisant la ola. Matt sort une banderole où est reproduite l'œuvre *No Ball Games* de Banksy – pas de jeux de ballon, mais « *ball* » signifie aussi « balle ». Il s'agit de deux enfants en noir et blanc, qui lancent et attrapent ce qui devrait être une balle, mais qui est en réalité un panneau de rue, rouge vif et blanc, où est écrit NO BALL GAMES. Les spectateurs sont hilares.

Julien fait un signe de main à Matt et sourit.

Le point suivant dure un quart d'heure. Ni Julien ni Killian n'arrivent à conclure.

Et soudain, au terme d'un échange interminable, alors que Julien a l'avantage, sa balle touche le haut du filet. Le temps s'arrête. Le début du film *Match Point* de Woody Allen tourne en boucle dans ma tête :

« Les gens n'osent pas admettre à quel point leur vie dépend de la chance. Ça fait peur de penser que tant de choses échappent à notre contrôle. Dans un match de tennis, il y a des instants, quand la balle frappe le haut du filet, où elle peut soit passer de l'autre côté, soit retomber en arrière. Avec un peu de chance, elle passe et on gagne. Ou peut-être qu'elle ne passe pas et on perd. »

Elle passe.
Julien est allongé sur le dos, les bras en croix, et il sanglote. Il commence à réaliser qu'il a remporté la finale, au bout de 6 h 45 de jeu. Elle restera dans les annales des matchs les plus longs de l'Histoire de Roland-Garros. Elle marquera sa vie à jamais. Je suis si fière de lui.
Julien est toujours sur le sol. Je saute par-dessus la barrière qui me sépare du court et je me précipite vers lui.
— Tu l'as fait ! exulté-je en lui tendant la main pour l'aider à se relever. Tu as été incroyable !
— Merci... me murmure-t-il à l'oreille en me serrant dans ses bras.
Les deux heures qui suivent se déroulent dans l'euphorie la plus totale. Remise du trophée, discours, interviews... Jian ne me quitte pas d'une semelle. Je lui sers de guide et d'interprète. Sa présence me fait du bien. Julien a appelé Matt mais il n'a pas décroché. Est-il déjà parti ?
Au détour d'un couloir, je heurte Killian. Je m'attends à ce qu'il soit en colère, mais quand il lève les yeux vers moi, il semble effrayé :
— Ah, Sara... Tu tombes bien, je voulais te voir.
— Pas moi, répliqué-je.
— Là, j'ai une interview. Tu pourrais me retrouver dans un quart d'heure sur la place des Mousquetaires ?
— Pas question !
— Si tu as peur, tu n'as qu'à venir avec lui, dit-il en désignant

Jian d'un geste plein de mépris.

— Je n'ai rien à te dire, Killian.

— Je te demande juste de m'écouter deux minutes. Si tu ne me laisses pas te parler, ton père va me tuer !

— Mon *père* ? dis-je, incrédule.

L'aurait-il menacé ?

— S'il te plaît, Sara, c'est important !

— D'accord, soupiré-je. Ne sois pas en retard.

J'explique à Jian le contenu de cet échange pour le moins étrange. Bien sûr, il insiste pour m'accompagner.

En attendant Killian, nous nous asseyons sur le banc circulaire en pierre blanche au milieu de la place. Jian est tendu. Je sens qu'il aimerait me dire quelque chose, mais qu'il n'ose pas.

— Tout va bien, Jian ? demandé-je en posant la main sur son genou.

— Je... je pars à Hong Kong jeudi prochain, dit-il en plongeant ses yeux noirs dans les miens. Tu m'accompagnerais ?

— Pardon ?

— Tu pourrais me fournir des photos de qualité pour mes réseaux sociaux, comme tu le faisais à Los Angeles...

— Pendant combien de temps voudrais-tu que je reste ?

— À toi de décider. Quelques semaines, peut-être...

— Je ne sais pas quoi dire, Jian... C'est un peu soudain, dis-je avec un rire nerveux.

— Réfléchis, Vicky. Mais entre nous, qu'est-ce qui te retient à Paris ?

Matthéo...

Non. Personne.

— Prends quelques jours de vacances en Asie et tu verras bien quand... si... tu veux rentrer, insiste-t-il en serrant ma main, toujours posée sur son genou.

C'est tentant. Surtout que je rêve de voyager.

— Je te donnerai ma réponse demain matin, Jian.

— Accepte, s'il te plaît ! Je n'ai pas envie d'être séparé de toi pendant des mois…

Il se rapproche un peu plus de moi. Je m'empourpre.

— Je…

— Je t'aime, Vicky. Depuis des semaines, je ne pense qu'à toi. Je ne t'ai rien dit parce que tu attendais Matthéo. Mais lui et toi, c'est fini, non ?

— Je crois… murmuré-je, troublée.

— Ça fait trois ans et demi que vous vous faites du mal. Votre histoire est compliquée… Et puis, c'est lui qui a renoncé.

Il a raison. J'en ai assez d'être malheureuse.

— Vicky, veux-tu être ma petite amie ? C'est peut-être soudain, mais…

— Oui.

— Oui ?

— Je veux bien partir avec toi à Hong Kong. Et je veux bien être ta petite amie.

Je me penche et pose mes lèvres sur les siennes. Aussitôt, il m'attire à lui et il me rend mon baiser. Ce n'est pas comme avec Matthéo. Ni mieux ni moins bien. C'est… différent. Rassurant. Jian ne me connaissait pas avant mon accident. Il ne me comparera jamais avec celle que j'étais.

Soudain, j'entends une exclamation de surprise. Je me dégage et je découvre Matt, pétrifié, à quelques pas de nous. Son téléphone est tombé par terre.

— Matt, qu'est-ce que tu fais là ? m'écrié-je en me levant d'un bond.

— Je… Killian m'a donné rendez-vous ici pour… Mais je… Vous… balbutie-t-il, livide, en reculant comme s'il avait vu un fantôme.

— Non, Matt, attends !

— Je comprends, Vic. Je comprends…

Matt essuie les larmes qui coulent sur ses joues. Mon cœur se serre. Pourquoi réagit-il comme ça ? C'est lui qui a rompu avec moi !

Jian s'est levé aussi.

— Matt, arrête de jouer à « fuis-moi je te suis, suis-moi je te fuis » ! C'est fatigant pour tout le monde, surtout pour Vicky !

— Je... je ne joue pas avec elle, dit-il d'une voix blanche.

— Ah non ? Ce n'est pas ce qu'elle m'a raconté... Ose nier que lorsque tu l'as retrouvée, tu as voulu la séduire pour te venger !

Matt ne répond pas et fixe ses chaussures.

— Vicky m'a choisi et elle part à Hong Kong avec moi dans quatre jours, continue Jian. Alors, dis-lui au revoir et laisse-nous tranquilles !

Le regard que me lance Matthéo me brise le cœur. *Non, Vicky. Il est juste jaloux. Il ne s'intéresse à toi que parce qu'il t'a perdue.*

Sans me quitter des yeux, il ramasse son téléphone. Puis, il tourne les talons et il s'en va, tête baissée, sans avoir proféré une parole. *Tu vois, Vicky, il ne se bat même pas pour toi. Il n'en vaut pas la peine.*

Jian me serre contre lui et m'embrasse dans le cou. Je m'abandonne à ses caresses et j'essaie de chasser Matt de mon esprit.

Soudain, quelqu'un se racle la gorge derrière moi. Je sursaute et je me retrouve nez à nez avec Killian qui a perdu de sa superbe. Et une défaite, une !

— Je t'écoute, dis-je en croisant les bras.

— Matt n'est pas encore là ?

— Tu viens de le rater. Pourquoi ? Tu voulais encore le harceler ?

Killian secoue la tête.

— Je voulais m'excuser. Tu n'auras qu'à lui transmettre le message.

Lui ? S'excuser ? Première nouvelle... pensé-je, peu convaincue. Il lève les yeux au ciel.

— Pardon de vous avoir espionnés et de vous avoir séparés. Deux fois.

— Comment ça, *deux* fois ? Les lettres, et... ?

— Il t'expliquera. Tu pourras dire à ton père que j'ai fait ce qu'il m'a ordonné ?

— J'hésite. Pour mon anniversaire, je lui ai demandé de t'expédier à Guantanamo ou de t'enterrer vivant dans le désert.

Killian pâlit, bredouille quelques mots incompréhensibles et bat en retraite. Qu'est-ce qu'il a voulu dire par « deux fois » ? J'appelle Matt aussitôt, mais je tombe sur son répondeur. Il doit déjà être loin...

— Vicky ? lance Jian, inquiet. Tu ne vas pas changer d'avis, au moins ?

— Je...

— Quand tu es arrivée à Los Angeles, tu ne souriais pas, tu ne mangeais pas, tu ne dormais pas. Matthéo t'a détruite, Vicky ! Il t'a fallu des semaines pour t'en remettre.

— J'étais déprimée, Jian. J'avais perdu le tennis, ma raison de vivre. Ça n'avait rien à voir avec lui !

— Le soir de vos « retrouvailles », Matt t'a insultée et tu es revenue en pleurs de ton rendez-vous. Tu mérites mieux.

Et si c'était vrai ?

Au moment où je vais lui répondre, mon téléphone sonne. C'est Margaux, qui m'annonce que nous allons faire la fête à la maison : Julien ne tient plus debout et il veut rentrer. Eileen s'occupera de tout.

— Jian, le héros du jour, c'est mon frère. Alors je préférerais qu'on ne parle ni de Hong Kong ni de nous pour l'instant...

— Ça signifie qu'il y a un « nous » ? s'exclame-t-il en prenant ma main dans les siennes.

Je hoche la tête avec timidité.

Si Matt avait souhaité que je reste, il me l'aurait fait comprendre d'une manière ou d'une autre.

---

1. « Merci », en japonais.

CHAPITRE 13
Matt
JEUDI 10 JUIN, 4 HEURES

Quatre jours plus tard…

Dans quelques heures, Victoria s'envolera pour la Chine, pensé-je en débouchant une autre bombe de peinture, violette cette fois. J'espère qu'elle ne reviendra jamais. C'est trop douloureux de la voir avec Jian.

Quand elle montera à bord de l'avion, je dormirai déjà. C'est la cinquième nuit d'affilée que je revêts mon costume de Ryōma et que je peins jusqu'à l'aube. Ensuite, je somnole jusqu'au soir. Puis, je repars en mission. Au moins, ça m'empêche de penser.

Lundi matin, le journal *20 Minutes* titrait : « Jay, le prince du tennis français ». Ce matin, c'était : « Ryōma à l'assaut des stations fantômes du métro parisien ». Jay a-t-il vu que nous avons fait la une la même semaine ? Ou, comme sa sœur, est-il déjà passé à autre chose ?

J'ai voulu envoyer un message à Jay pour le féliciter de sa victoire, mais mon téléphone s'est cassé quand il est tombé et j'ai négligé d'en acheter un autre. Cette semaine, je n'ai pas non plus rangé mon appartement, ni fait le ménage, ni fait les courses. Je ne me suis pas rasé. À peine me suis-je douché une fois. Je suis en train de perdre pied. Le pire, c'est que j'adore ça.

Personne ne s'inquiètera pour moi : j'ai écrit un mail à mes parents depuis mon ordinateur pour les prévenir que je prenais quelques jours de vacances – des vacances de moi-même. Mais ça, je ne le leur ai pas précisé. J'ignore s'ils m'ont répondu car je n'ai pas relevé ma boîte de réception. J'aimerais rester Ryōma pour toujours.

Créer est chez moi un besoin vital. C'est mon oxygène, ce qui m'empêche de sombrer dans l'ennui. Car lorsque je m'ennuie, mes pensées m'assaillent. C'est un maelström dans mon cerveau. Je suis ce que l'on appelle un zèbre ou, plus communément, un HPI pour « haut potentiel intellectuel ». Mais croyez-moi, je n'ai rien d'un super-héros. Ce n'est pas un don, c'est une malédiction. Pour résumer, on est 40 dans ma tête, mais le problème c'est qu'on ne dort jamais en même temps.

Mon cerveau a un système de pensées en arborescence, avec des milliers de ramifications, tandis que celui de la plupart des gens procède de façon linéaire. Devinez quel cerveau arrive à un résultat ? Gagné : ce n'est pas le mien.

J'ai été diagnostiqué HPI très jeune car j'ai toujours eu des ennuis à l'école. Mais plutôt que de m'aider à vivre avec ma différence, on m'a appris à la dissimuler pour paraître « normal » et éviter d'être mis à l'écart. D'aussi loin que je me souvienne, je me sens en décalage. Loin de s'atténuer, mon mal-être s'est aggravé avec le temps. Ma confiance en moi déjà fragile a volé en éclats quand on a commencé à me harceler. Aucun de mes succès présents ne soulage mes blessures passées.

Cette nuit, c'est un troupeau de zèbres que je peins, semblables mais tous différents. Mes zèbres à moi ont des rayures noires, mais aussi jaunes, bleues, vertes, arc-en-ciel… et personne ne les juge, ne les rabaisse, ne les humilie. Ils orneront pendant quelques heures ou, avec un peu de chance, quelques jours, la station fantôme Saint-Martin.

Située sur les lignes 8 et 9 entre Strasbourg–Saint-Denis et République, Saint-Martin a fermé faute de personnel au début de la Seconde Guerre mondiale. Désormais, la RATP y a installé le service qui inspecte le patrimoine du métro. L'Armée du Salut l'utilise comme accueil de jour pour les sans-abri. S'y déroulent aussi de nombreuses opérations publicitaires. Par exemple, en 2010, l'un des quais de la ligne 9 a hébergé des Nissan Qashqai lumineuses. Ridley Scott y a tourné quelques scènes de *Prometheus* en 2012. Saint-Martin cache enfin de belles réclames en faïence des années 1950.

Cette nuit, je peins dans un long couloir aux murs carrelés de blanc, au pied d'un escalier que les voyageurs empruntaient pour rejoindre la surface. J'ai accroché mes affaires sur d'anciennes rampes métalliques. Nul besoin de lampes, l'endroit est éclairé.

Cette incursion illégale dans le métro me rappelle l'expédition que j'ai faite avec Victoria. Nous avions été pourchassés...

Non. Ne pas penser à elle. Victoria n'est pas une fille pour moi. Je l'ai toujours su. De toute façon, je ne suis pas seul et je ne le serai jamais. Il me reste mon imagination. Quand on me harcelait, je m'évadais de mon corps et j'étais quelqu'un d'autre, très loin des couloirs du collège. *Vous ne gagnerez jamais*, me répétais-je. *Vous aurez mon corps, mais vous n'aurez jamais mon esprit.*

Quand Killian a voulu me noyer dans les toilettes, je me suis dit que j'étais dans la Matrice et que rien de ce que je vivais n'était réel : ni la peur, ni la douleur, ni la honte. Je chantais dans ma tête *Cheap Shots & Setbacks* de As It Is.

C'est toujours la chanson que j'écoute quand je ne vais pas bien. Elle semble avoir été écrite pour moi. Je la passe en boucle depuis cinq nuits.

« Nos âmes sont mortes, mais nous nous sentons vivants. Nous rêvons parce que nous ne dormons pas », disent les paroles.

Une fois ma fresque achevée, je la signe, range mes affaires et retourne sur le quai. Je ne me trouve qu'à cent mètres de la station Strasbourg–Saint-Denis, que je n'ai qu'à parcourir à pied. À cette heure-ci, il n'y a plus de métro. Le premier est à 5 h 30 et il est… 5 h 25. Fichtre. Je n'ai pas vu le temps passer.

Avant de partir, je dois faire une dernière chose. Je sors de ma parka la fausse lettre de Sara. Je la déchire en petits morceaux et je les jette sur les rails.

— Eh, vous ! Restez où vous êtes !

Un agent de la RATP braque une torche vers moi. Il ne manquait plus que ça ! Sans réfléchir, je me débarrasse de mon sac à dos et je me précipite dans la direction opposée. Je suis pris en chasse. Au bout du quai, je saute, évitant de justesse le rail de traction et une décharge de 750 volts.

— Arrêtez ! s'écrie l'agent.

Mais je ne l'écoute pas. Je cours en direction de Strasbourg–Saint-Denis, ma lampe dirigée vers le sol pour ne pas marcher sur ce maudit troisième rail qui me serait fatal. Je vais mourir…

Soudain, un grondement. C'est un métro ! J'accélère. Le grondement se rapproche. Si je m'en sors, je jure sur tous les Kamis[1] du Japon de ne plus jamais recommencer…

Dans un élan désespéré, j'arrive à la station suivante. Je me hisse sur le quai. Le métro me frôle. Sauvé… Les dieux m'ont entendu !

Mais mon soulagement est de courte durée. Deux agents courent vers moi, un talkie-walkie à l'oreille. On les a avertis…

Je me relève aussitôt et je me précipite vers la sortie. Je grimpe l'escalier quatre à quatre. Je bifurque vers la ligne 4 direction Bagneux quand soudain, je rate une marche et je me tords la cheville gauche. J'atterris deux mètres plus bas, tête la première. Je m'écorche les mains à travers mes gants. Une douleur fulgurante me transperce la jambe mais, poussé par l'adrénaline, je reprends ma course folle.

— Stop ! s'écrie un des agents qui gagne du terrain.

Je bouscule un homme en costume qui m'insulte et je descends une dernière série de marches en serrant les dents. Au moment où j'arrive sur le quai, j'entends le signal sonore : le métro va partir.

Les portes se ferment. Je saute. Ça passe ou ça casse. Je roule à l'intérieur de la rame, m'écrasant au pied des strapontins sous le regard amusé des voyageurs.

Je me relève avec difficulté, m'accroche à une barre métallique et enlève mon masque de renard. Il est fendu mais il n'est pas brisé. Puis, je retire mes gants troués couverts de peinture à l'extérieur et de sang à l'intérieur. Enfin, je retourne ma parka réversible pour que le côté noir et propre soit visible.

— Châtelet, annonce la voix préenregistrée.

Dès que le métro s'arrête, je descends sur le quai en boitant et je me dirige vers la sortie en m'appuyant au mur. Chaque pas est douloureux. Je n'ose pas prendre la ligne 1, de peur d'être attendu à la station suivante. Je veux rentrer chez moi.

Quand j'arrive à la surface, il pleut à verse. Je fouille dans mes poches à la recherche de mon téléphone mais, bien sûr, il est toujours cassé. Voilà ce qui se passe quand on remet tout à demain. Je trouve néanmoins quelques pièces, que je donne à un vendeur de rue en échange d'un énorme parapluie multicolore. Je ne prends pas la peine de l'ouvrir, mais je m'en sers comme d'une canne. Sara me l'avait suggéré il y a trois ans et demi. Jusqu'à mon appartement, il y a un peu moins de deux kilomètres…

Je dois faire une pause presque à chaque pas. Je m'arrête enfin dans le square de la Tour Saint-Jacques et, exténué, je m'assois sur un banc. J'ouvre le parapluie mais, comble de malchance, je découvre qu'il est cassé. L'eau ruisselle sur mon visage. Pour me protéger, je mets mon masque. De toute façon, avec cette pluie, le parc est désert. J'ai froid. Malgré la douleur lancinante à mon pied gauche, je m'endors bientôt d'un sommeil peuplé des souvenirs d'une fille aux cheveux rouges que j'ai aimée et que je ne reverrai sans doute jamais.

―――

— Matthéo ! Matthéo !

Quelqu'un me secoue avec vigueur. Je me réveille en sursaut et je me retrouve nez à nez avec Victoria qui me dévisage avec inquiétude.

La pluie s'est arrêtée.

— Que... qu'est-ce que tu fais là ? m'écrié-je en me levant d'un bond.

Ma cheville se rappelle à moi. Je me mords la lèvre pour ne pas hurler, mais Victoria ne s'en aperçoit pas car je suis toujours affublé du masque de renard.

— Ce que je fais là ? Je t'ai cherché partout, Matthéo ! Quand comptais-tu rentrer de ton expédition nocturne ?

Victoria est furieuse. Elle porte une paire de Converse rouges comme les miennes et un foulard assorti, avec un jean et un T-shirt noirs.

— Tu voulais me dire au revoir avant ton départ ? Pourquoi tu ne m'as pas prévenu ?

Victoria hésite un instant, comme si ma question l'avait surprise.

— Je l'ai fait, soupire-t-elle. Tu n'as jamais répondu à mes messages.

Parce que je ne les ai jamais reçus... Je sors de ma poche mon téléphone dont l'écran est brisé.

— En ce moment, j'ai un léger problème technique...

— Aux mains, aussi ? demande-t-elle en désignant mes paumes écorchées.

— Mmh... J'ai eu une mauvaise nuit. Une mauvaise semaine, à vrai dire.

Je frissonne. Et je crois que j'ai de la fièvre.

— Comment m'as-tu trouvé, Vic ?

— Même éteint et cassé, ton portable émet toujours des signaux. J'ai demandé à mon père de les intercepter... Tu veux bien enlever ton masque ?

— Non.

Victoria fronce les sourcils et s'approche de moi. Je recule de deux pas.

— Pourquoi ? dit-elle, perplexe. En plus, il est fendu...

— Parce que je préférerais que tu gardes le souvenir de Ryōma – ou de Teo, à la rigueur – mais pas de Matt.

Elle lève les yeux au ciel.

— Je sais à quoi tu ressembles !

— Je ne me suis pas rasé depuis dimanche.

Elle se hausse sur la pointe des pieds et m'embrasse sur le bout du nez, ou plutôt sur le museau du renard. Je suis brûlant de fièvre – ou peut-être pas de fièvre.

— Sara... dis-je sans réfléchir.

— Et si Teo et Sara se disaient au revoir pour de bon ? Il est temps de passer à autre chose, tu ne crois pas ?

Elle baisse ma capuche et dénoue le ruban qui retient mon masque, avec des gestes lents qui me font frissonner. Elle caresse mes cheveux qui sont redevenus noirs – je les ai teints en rentrant de Roland-Garros – et elle me sourit. Puis, elle enlève son foulard et le noue autour de mon cou. Est-ce pour que j'aie moins froid, ou pour me laisser un souvenir ?

— « Notre mois est terminé », ajoute-t-elle, citant le personnage de Sara dans *Sweet November*.

Je n'ai pas envie de passer à autre chose !

— « C'est notre mois. Il n'aura jamais de fin », dis-je en secouant la tête, citant Nelson.

Victoria fronce les sourcils. Puis, elle comprend que c'est encore une réplique du film qui a permis notre rencontre il y a trois ans. Elle esquisse un sourire.

— « Il n'y a que novembre pour moi », continué-je. « Je ne voudrai jamais rien d'autre. »

— Nous avons vécu quelques moments plutôt intenses en décembre aussi... dit-elle avec un clin d'œil.

Ma gorge se serre. Je dois partir. Je ne pleurerai pas devant elle. Je lui ai déjà assez montré mes faiblesses...

— Des moments inoubliables, dis-je en battant en retraite vers la grille du square, appuyé sur mon parapluie. Maintenant, tu devrais t'en aller, Sara.

— Tu es blessé ? Qu'est-ce qui t'est arrivé ?

Je hausse les épaules. Inutile de lui avouer que j'ai trébuché en m'enfuyant devant deux agents de la RATP…

— « Si tu t'en vas maintenant, tout sera parfait », récité-je, reprenant à mon compte les propos de la Sara de *Sweet November*.

— « Dans la vie, rien n'est parfait. »

— « Nous n'avons que le souvenir que tu garderas de moi et je veux qu'il soit fort et beau. Tu comprends ? Si je suis sûr de te laisser ce souvenir, je pourrai tout affronter. Tout. Grâce à toi, je serai immortel. »

— En attendant, tu m'as l'air à deux doigts de t'évanouir, Matt… Je t'emmène aux urgences.

— Pas la peine. Je préfère rentrer chez moi, prendre une douche et dormir.

Victoria me caresse la joue avec douceur malgré ma barbe de quatre jours. Je retiens mon souffle.

— Comme ça, tu parais plus âgé, remarque-t-elle. J'aime bien.

— Jian est imberbe, lui, répliqué-je. Et intelligent, beau, riche, attentionné… Bref, parfait. L'homme idéal.

— Et toi ? sourit-elle.

— À ta place, je n'aurais pas hésité une seconde, Vic…

— C'est pour ça que tu m'as laissé partir ?

Comme si j'avais eu le choix… Ne sachant que répondre, je rejoue à nouveau la scène finale de *Sweet November*, quand Charlize Theron rend sa liberté à Keanu Reeves.

— « Je veux être sûr que tu auras une belle vie », dis-je en prenant le visage de Sara entre mes mains. « Celle que tu mérites. »

— « C'est toi que je veux », rétorque Victoria du tac au tac.

Si seulement ça pouvait être vrai…

— « Je suis à toi », continué-je. « Pour toujours. Maintenant, laisse-moi partir. »

— « D'accord... »

— « Ferme les yeux », dis-je avec un sourire triste.

J'enlève le foulard rouge que Victoria a noué autour de mon cou il y a quelques minutes et je l'attache sur ses yeux comme un bandeau. Puis, j'appuie mon front contre le sien et je caresse ses joues. Nos souffles se mêlent.

— Je t'aime, Sara Chaix, chuchoté-je, les yeux fermés.

— Je t'aime, Teo Delonge, murmure-t-elle à son tour.

Et je la crois, parce que je l'ai lu dans son carnet. J'ai été son premier amour, comme elle a été le mien. Et on n'oublie jamais son premier amour.

Je me penche un peu plus et, de peur qu'elle ne me repousse, je me contente de lui effleurer les lèvres. Elle en fait autant et me prend la main. Je n'ose pas l'embrasser vraiment car on n'est pas au cinéma et elle a un petit ami.

— « Souviens-toi de moi... » dis-je en rompant le contact.

Je fais quelques pas quand soudain, je suis saisi de vertiges. Je chancelle et tombe... dans les bras de Victoria qui a dénoué le bandeau.

— Tu ne veux toujours pas aller à l'hôpital, Matt ?

Je secoue la tête.

— Dans ce cas, je te raccompagne. Et il n'y a pas de « mais », mon cher, dit-elle en m'offrant son épaule pour m'appuyer.

— Moi qui pensais faire une belle sortie... grommelé-je pendant qu'elle commande un Uber.

Quelques minutes plus tard, nous sommes devant la porte de mon appartement. C'est l'heure des adieux. Les vrais, cette fois. Je ne suis pas prêt. Je ne le serai jamais.

— Vic, merci de m'avoir racc...

— Je peux entrer ? coupe-t-elle.

— Je ne crois pas que ce soit une bonne idée...

— S'il te plaît. Je me fiche que tu ne te sois ni rasé, ni lavé les cheveux, ni douché, ajoute-t-elle devant ma réticence.

Je vérifie l'odeur de mes aisselles, ce qui la fait rire.

— Ça ne va pas changer ma décision, Matt…

— Je sais, soupiré-je après avoir éternué deux fois. Mais j'aurais préféré te laisser une meilleure image de moi.

— Tu devrais aller prendre une douche bien chaude. Je ne suis pas à cinq minutes près.

Elle ne renoncera pas ! J'ouvre la porte avec appréhension.

— Je te préviens, je n'ai pas rangé mon appartement.

— Ça ne peut pas être si terr… Qu'est-ce qui s'est passé, ici ? s'exclame-t-elle en découvrant l'ampleur des dégâts. On dirait un champ de bataille !

Honteux, je balaie du regard le salon encombré de projets artistiques divers et variés. Des vêtements d'une propreté douteuse jonchent le sol ; de la vaisselle sale et des canettes de bière vides sont posées un peu partout et une colonie de fourmis a investi un carton à pizza. C'est encore pire que dans mes souvenirs…

— Hem… Fais comme chez toi, dis-je en m'échappant vers ma chambre – qui est dans le même état – afin de dénicher un T-shirt et un pantalon propres.

J'ouvre la porte de la salle de bains dix minutes plus tard, sans m'être rasé car mon rasoir demeure introuvable. Le salon est toujours dans un désordre indescriptible, mais je constate que la vaisselle sale est au lave-vaisselle et dans l'évier, les déchets à la poubelle et le linge sale en tas devant la machine à laver.

— Tu n'étais pas obligée, murmuré-je, penaud.

Victoria s'approche de moi et m'offre son épaule. Je la suis jusqu'au canapé et pose mon pied sur la table basse, près d'un verre d'eau et d'un comprimé de paracétamol que j'avale aussitôt. Elle me tend un sac de petits pois surgelés que j'applique sur ma cheville enflée, puis elle examine mes mains écorchées. La droite s'est remise à saigner.

— Je reviens. Je vais chercher un pansement, annonce-t-elle.

— Bon courage… Si tu tombes sur mon rasoir, n'hésite pas à me le faire savoir.

Épuisé, je ferme les yeux et j'appuie ma tête contre le dossier. J'entends Victoria fouiller dans la salle de bains.

Quelques minutes plus tard, elle s'assoit un peu trop près de moi et applique un coton imbibé de désinfectant sur ma paume.

— Tu ne vas pas rater ton av… Aïe ! m'écrié-je. Ton avion ?

— Il s'est envolé il y a une heure.

— Quoi ?

— Je ne pars pas en Asie, Matt. Si tu avais écouté le message que j'ai laissé sur ton répondeur lundi matin, tu le saurais. J'ai réalisé que ma vie était ici avec…

— Et Jian ? coupé-je.

— Il est peut-être parfait, mais il n'est pas pour moi.

— Mais tu…

— Je n'ai jamais dit que je cherchais un homme parfait, Matt.

Incrédule, j'observe Victoria qui enlève son foulard et qui le noue à nouveau autour de mon cou.

— Je t'aime, Matt. Depuis le jour où je t'ai rencontré sur ces gradins. Killian a presque réussi à nous séparer, mais il a échoué. Deux fois.

— Tu… tu es au courant ? Qui t'en a parlé ?

— Ton père. Et le mien s'est assuré que Killian ne nous menacerait plus jamais. Il a constitué un dossier qui prouve qu'il vous espionnait, Marine et toi. Il n'attend qu'un mot de ma part pour le divulguer à la presse et ruiner la carrière de Killian, qui se retrouverait en prison.

— Alors, on est débarrassés de lui pour de bon… murmuré-je, soulagé.

C'est comme si mon horizon s'était éclairci tout à coup.

— Quand tu as dit que Teo et Sara devaient se dire au revoir… continué-je.

— Je voulais dire qu'il était temps de laisser la place à Matthéo et à Victoria.

Perplexe, je secoue la tête.

— Tu m'aimes… malgré tous mes défauts ?

— Je t'aime *à cause* de tous tes défauts, Matt. Ce sont eux qui font ce que tu es.

Un loser, oui... Je ne réponds pas.

— Pourquoi es-tu si surpris ? Tu as lu mon carnet.

— Tu sais, je n'ai pas trop confiance en moi...

— Tu devrais. Tu es quelqu'un de bien, Matt. Tu as un cœur en or. Tu es un artiste brillant. Et tu as les plus beaux yeux bleus que j'aie jamais vus, ce qui ne gâche rien.

Victoria m'aime et elle m'accepte tel que je suis, et non pas tel que je pourrais être « si je réalisais pleinement mon potentiel », comme on me l'a si souvent reproché.

— Mais toi, est-ce que tu m'aimes autant que tu aimais Sara ? demande-t-elle en évitant mon regard.

Pour toute réponse, je l'attire à moi et je l'embrasse comme je rêve de le faire depuis des semaines. Un baiser d'abord timide, doux, puis passionné, sans aucune retenue. Victoria s'assoit sur mes genoux et s'abandonne dans mes bras.

— Je t'aime encore plus, Vic, dis-je en reprenant mon souffle. Tu es forte, indépendante, belle et généreuse malgré toutes les épreuves que tu as traversées. Je remercie le destin que tu m'aies retrouvé il y a sept mois.

— C'est surtout Lexie et Marine que tu devrais remercier...

— Par contre, j'ai très mal au pied, grimacé-je, à deux doigts de m'évanouir.

— Matt, mon cœur, je pense qu'il est *vraiment* temps d'aller aux urgences...

Cette fois, j'accepte. Pendant que Victoria va chercher mon ancienne paire de béquilles que je garde « en souvenir » sous mon lit, j'appelle maman pour la prévenir. Par chance, elle travaille aujourd'hui et elle me fera passer en priorité.

Cinq minutes plus tard, papa – mis au courant *via* le groupe WhatsApp « famille » – frappe à la porte. Il sourit quand il voit la main de Victoria dans la mienne, mais il ne se permet aucun commentaire.

— En route, les jeunes !

Nous le suivons jusqu'à sa voiture, garée de façon quasi permanente devant le *Madeline*. Denis l'a libéré cet après-midi pour qu'il me conduise à l'hôpital.

Je m'installe à l'arrière avec Victoria car je n'ai pas envie d'être séparé d'elle. Papa me tend son iPhone avant de démarrer. :

— Tiens, ton nouveau téléphone. Victoria, je te fais confiance pour qu'il le configure maintenant. Sinon, il ne le fera jamais.

Il me connaît bien. « *Out of sight, out of mind.* » Hors de vue, hors de l'esprit.

— Mais… Et toi ? m'étonné-je.

— J'ai pris le portable du *Madeline*. J'irai en acheter un neuf tout à l'heure.

Sans un mot, Victoria s'acquitte de la tâche pendant que, vaincu par la fatigue, je pose la tête sur son épaule. Plus les minutes passent, plus les mois où nous avons été séparés semblent s'effacer.

— Je t'aime, Victoria Charlie Sara Chaix, murmuré-je à son oreille.

— Je t'aime, Matthéo Jérôme Chin-Hae Delonge Walsh, dit-elle avec un grand sourire. Au fait, qui a choisi tes autres prénoms ?

— C'est moi, répond papa. Chin-Hae est le prénom coréen de Denis et j'éprouve une certaine fascination pour le peintre Jérôme Bosch…

— Quoi ? m'écrié-je, surpris par ces deux révélations.

— « Tu vois de qui je parle ? » me demande-t-il en imitant ma voix.

C'est ce que je lui avais dit à Niort devant la fresque du lycée…

Il y a encore tant de choses que j'ignore de lui. Mais j'ai l'impression que si je lui pose des questions, il me répondra… En tout cas, cela vaut la peine d'essayer.

Maman me fait passer une radio du pied peu après mon arrivée. J'ai une grosse entorse mais, par chance, pas de fracture. Je vais tout de même devoir utiliser mes béquilles pendant au moins deux semaines. Tant pis. J'ai retrouvé Sara.

De retour à l'appartement, je me traîne jusqu'à mon lit en toussant. Je peine à garder les yeux ouverts. Victoria part à la recherche d'un T-shirt propre et, en désespoir de cause, elle se glisse sous les draps en sous-vêtements. Je la serre contre moi comme lorsque nous étions au lycée. Tout de suite, une sensation de bien-être m'envahit. Victoria se détend dans mes bras. Nos corps se souviennent. Certaines choses ne changeront jamais.

— Bonne nuit, Teo… Matthéo…

— Bonne nuit, ma princesse… tout court, chuchoté-je en enfouissant mon visage dans ses cheveux bruns.

J'avais coutume de l'appeler « ma princesse du tennis », mais certaines choses ont changé.

— Je voudrais qu'on dorme toutes les nuits comme ça, continué-je. S'il te plaît, viens vivre avec moi…

— Dès que cet appartement sera de nouveau présentable, j'en serais ravie, Matt.

Je m'assoupis aussitôt.

―――

Quand je me réveille, le lit est vide et froid. *Et si tout n'était qu'un rêve ?* pensé-je, affolé.

La douleur à ma cheville, mes quintes de toux et l'état de ma chambre – on l'a rangée – me rassurent un peu. Je boite jusqu'à la porte. Je l'ouvre avec appréhension. Je tombe nez à nez avec Marine, une pile de dessins à la main. Elle a rassemblé tous mes projets artistiques sur la grande table, qui en est couverte.

— Tiens, un revenant ! Il était temps… Bien dormi ?

— Oui, mais… quelle heure est-il ? dis-je en clignant des yeux, surpris qu'il fasse encore jour.

— Treize heures. Mais tu devrais plutôt me demander quel *jour* on est, se moque-t-elle. Pour ton information, on est vendredi. Tu as dormi pendant vingt-quatre heures…

— Où est Jay ? Il s'entraîne ?

— J'aurais préféré... lâche-t-il en émergeant de la salle de bains, affublé d'une paire de gants en latex. Je récure ta baignoire. Hors de question que ma sœur vienne vivre dans cette porcherie.

Alors, c'est vrai ? Elle va emménager avec moi ? pensé-je, surexcité, en avisant la valise et le sac à dos de Victoria près du canapé. À côté traîne un sac poubelle d'où dépasse le calendrier pour lequel Jay a posé.

— Merci, « Novembre », dis-je en allant le récupérer. Ça, c'est à moi. Je suis sûr qu'à présent que tu es un héros national, je pourrais le vendre une petite fortune sur eBay.

— Ou pas, réplique Jay, écarlate. Et merci de ne pas m'appeler « Novembre ».

— Tu sais, j'ai donné à Matt le même surnom, dit Victoria en entrant dans l'appartement. Vous n'êtes pas meilleurs amis et beaux-frères pour rien...

Elle tient à la main une boîte en carton avec l'inscription « Madeline ».

— J'apporte le dessert. Cadeau du chef ! ajoute-t-elle en ouvrant la boîte.

Elle contient des sablés en forme de cœur, dont le glaçage arbore les couleurs de l'arc-en-ciel. Papa y a écrit le message « LOVE WINS » en majuscules blanches. Depuis qu'il les a créés, ces gâteaux sont devenus des *best-sellers*. Les clients viennent de loin pour les déguster.

« L'amour gagne. »

Sara et Teo ont gagné, Voldemort a perdu.

Jay et Marine ont gagné, Killian a perdu.

Denis et papa ont gagné, Paul Delonge a perdu.

Victoria me sourit. À peine a-t-elle posé la boîte sur le bar que nous nous élançons l'un vers l'autre d'un même mouvement, comme si nous ne nous étions pas vus depuis des lustres.

Les mots du héros de *Sweet November*, dont le destin a été changé à tout jamais par la magnifique Sara, résonnent dans ma tête.

C'est tous les mois novembre et je t'aime tous les jours. C'est notre mois, il n'aura jamais de fin… Je n'ai qu'un but dans la vie. T'aimer. Te rendre heureuse. Profiter pleinement et joyeusement de chaque instant. Il n'y a que novembre pour moi. Je ne voudrai jamais rien d'autre.

Nous nous sommes rencontrés à dix-sept ans, puis nous nous sommes perdus, retrouvés, perdus et enfin retrouvés.
Et j'ai bien l'intention de rattraper le temps perdu.

---

1. Les divinités shintoïstes.

Épilogue

« The things we fear the most have already happened to us. »

« Ce que nous craignons le plus nous est déjà arrivé. »

— ROBIN WILLIAMS

CHAPITRE 1
Eileen
JEUDI 6 JUILLET, 22 HEURES

Arles, un an plus tard…

Assise sur les gradins du théâtre antique d'Arles à côté de Marc, je l'écoute échanger quelques mots dans un anglais parfait avec son voisin de derrière.

Je ne peux m'empêcher de penser aux premières paroles qu'il m'a adressées, un matin de novembre, à Niort, il y a trente-sept ans. Ce jour-là…

— *You… you want… to be my best friend ?*

« Veux-tu être ma meilleure amie ? »

J'ai trois ans et j'ai quitté Londres pour une autre ville grise et pluvieuse, située dans l'ouest de la France. Mon père, Matthew Walsh, Anglais pur souche, vient d'y être muté. Sans doute l'a-t-on choisi pour ce poste car ma mère est Française : elle pourra lui – nous – enseigner la langue. Lui et moi ne parlons pas un mot de français. Aussi, quand j'arrive dans ma nouvelle école, je suis perdue. Je me recroqueville dans un coin de la classe et je me mets à pleurer. J'aimerais qu'on cesse de me poser des questions incompréhensibles. J'aimerais rentrer chez moi, en Angleterre.

Soudain, un petit garçon aux cheveux noirs s'agenouille devant moi et met sa main sur mon épaule. Son avant-bras est couvert de bleus. Je me dis qu'il a dû tomber en jouant. Pas un seul instant je n'imagine que c'est son père qui l'a frappé.

— *You... you want... to be my best friend* ? demande-t-il avec un accent étrange, en me fixant de ses grands yeux verts.

Je viens de le voir parler à la maîtresse. C'est sans doute elle qui lui a appris ces quelques mots, qui vont changer nos vies à tous deux. Car lorsque mes pleurs redoublent, il me serre dans ses bras, caresse mon dos et me rassure.

— *Please* ? ajoute-t-il.

Je hoche la tête.

— Marc, dit-il en se désignant.

— Eileen, dis-je en faisant de même.

— *Marc, Eileen, best friends*, répond-il en me prenant la main.

Aujourd'hui, trente-sept ans plus tard, il me tient toujours la main. Et nous sommes toujours meilleurs amis, après avoir été amants pendant vingt ans. Nous nous aimons, bien que ce mot n'ait pas le même sens pour lui et pour moi. Je suis amoureuse de lui, lui ne l'a jamais été. J'ai pensé qu'il pourrait le devenir avec le temps, mais mes espoirs ont été déçus.

Denis entre aussi dans nos vies un jour de novembre. Nous sommes en quatrième. Comme moi, il arrive en cours d'année, mais il est tout de suite très à l'aise – Denis est à l'aise dans n'importe quelle situation. Le professeur lui demande d'aller s'installer. Il s'avance dans la salle et croise le regard de Marc assis juste à côté de moi. Il lui sourit. Marc rougit et baisse la tête. Il a la même expression que lorsqu'il regarde certains acteurs américains ou notre professeur de musique, tout juste sorti de l'université. Bien sûr, il ne s'en rend pas compte. Mais moi, oui : je ne le quitte jamais des yeux. Je fais signe au nouvel élève de prendre place devant nous et je lui prête mon livre d'histoire : je suivrai avec Marc. À la récréation, je m'empresse d'aller lui parler. Non pas qu'il m'attire, mais mon instinct me dit que nous allons bien nous entendre.

L'alchimie opère aussitôt et bientôt, mon duo avec Marc se

transforme en trio. Nous sommes toujours ensemble, au collège puis au lycée, et surtout dans ma chambre car Denis vit dans un petit appartement et Marc, qui craint son père, préfère passer le plus de temps possible hors de chez lui. D'ailleurs, quand Paul Delonge apprend que son fils est ami avec un garçon bisexuel et d'origine asiatique, il lui interdit de le fréquenter. Mes parents, qui ne sont ni racistes ni homophobes, nous couvrent.

Je comprends vite que Denis est très amoureux de Marc. Parfois, j'ai l'impression que ces sentiments sont réciproques. Mais rien ne se passe et les jours se muent en semaines puis en mois. Au lycée, tout le monde me dit que l'amitié platonique entre une fille et un garçon n'existe pas, alors je me mets à croire que j'ai mes chances avec Marc.

Après son agression, bouleversée, j'oublie de prendre ma pilule contraceptive et je me retrouve enceinte à dix-sept ans. Quand il sort du coma, il sait. Je lui ai parlé pendant tout le temps où il était inconscient. Sans hésiter un instant, il me promet d'être là pour moi et notre bébé. Ses parents obtiennent une dérogation et nous obligent à nous marier deux mois plus tard. Marc ne va pas bien ; il n'arrive pas à surmonter son traumatisme ; ses crises d'angoisse se multiplient. Malgré tout, il fait en sorte que cette journée soit parfaite – sauf quand je vomis sur ses chaussures au moment d'échanger nos vœux.

D'ailleurs, on dirait que le sort s'acharne contre lui : quand nous sommes tous descendus prendre notre petit déjeuner au buffet de l'hôtel, Victoria a vomi sur ses chaussures dans l'ascenseur. Elle nous a assuré que c'était à cause du stress, mais je n'ai pas pu m'empêcher de penser à des nausées matinales. Marc ne s'est pas formalisé. Il m'a fait un clin d'œil et il s'est félicité de ne pas porter des tongs comme Denis. Puis, il est remonté dans leur chambre et il a échangé ses chaussures souillées contre les Converse rouges trouées de Matthéo. Pour les préserver, il ne les met plus que dans les grandes occasions.

Il comptait de toute façon les porter ce soir. La série *Beautiful*

Scars de Victoria a été sélectionnée pour les Rencontres internationales de la Photographie d'Arles, dans un lieu qui regroupe les travaux de dix jeunes artistes prometteurs. Le lauréat du Prix du Jury va être annoncé dans quelques instants, dans le théâtre antique d'Arles, devant plusieurs centaines de spectateurs, lors d'une des Nuits de la Photographie. Toute la famille s'est déplacée pour l'inauguration de l'exposition, même le père de Victoria et même Marine, Jay et leur petite Charlie, qui va avoir dix mois. Elle ressemble trait pour trait à Marine quand elle était bébé, mais ses yeux sont marron – comme ceux de Killian. Maë prend son rôle de Tata très au sérieux. Elle aurait voulu une petite sœur, ce qui je l'espère n'arrivera jamais – j'ai déjà donné.

Denis a accompagné Maë aux toilettes il y a dix minutes et ils peinent à nous retrouver dans la pénombre qui règne dans le théâtre romain.

— Papa, par ici ! s'écrie Margaux en faisant de grands signes de la main. Cinquième rang à partir du bas !

Marc et moi échangeons un regard interloqué.

— Depuis quand tu appelles Denis « papa » ? demandé-je.

Margaux hausse les épaules :

— Aucune idée. C'est à force d'entendre Maë le dire. Pourquoi ? Ça pose un problème ?

— Non, aucun, dis-je en souriant.

À la surprise générale et surtout à celle de Denis, Marc a insisté pour se marier avec lui le 31 octobre dernier, afin de conjurer le sort qui les a séparés vingt-quatre ans plus tôt jour pour jour. La cérémonie a eu lieu en tout petit comité – les mêmes personnes que ce soir, plus la mère de Denis et moins le père de Victoria. Marc a pleuré en m'apercevant : il ne pensait pas que je viendrais. Mais je ferais tout pour lui et je savais qu'il aurait besoin de ma présence à ses côtés en ce jour si particulier.

Il travaille à plein temps au *Madeline, pâtisserie et salon de thé*, qui a vu sa fréquentation exploser depuis la diffusion de la deuxième saison de la minisérie documentaire de Jian Lee sur

Netflix. Tout le monde veut rencontrer l'associé de Jian. Mais son succès est justifié : Marc est très doué en pâtisserie, comme dans tout ce qu'il entreprend.

Pour l'exposition de Victoria, Matthéo a eu l'idée, plutôt que d'accrocher des cadres classiques sur des cimaises blanches, de réaliser des fresques à la bombe et au pochoir dans lesquelles il a intégré les œuvres. Pour ce travail titanesque, il a sollicité l'aide de son père qui a accepté sans hésiter. Marc a dû apprendre en quelques jours ces nouvelles techniques, bien différentes de l'aquarelle et du crayon qu'il utilisait. Le résultat est stupéfiant.

— Juste à temps, souffle Denis qui reprend sa place entre Marc et Matthéo.

Aussitôt, Maë grimpe sur ses genoux.

— Vicky va gagner, bâille-t-elle en se blottissant dans ses bras. C'est la meilleure.

Je l'espère, ma chérie. Elle a travaillé dur pour en arriver là. Mais la concurrence est rude...

Marc consulte son nouvel iPhone – il a donné son ancien téléphone à Matthéo qui, par inadvertance, a oublié le sien dans un pantalon qu'il a mis dans la machine à laver.

— Denis, pourrais-tu arrêter de spammer ma boîte mail avec des annonces immobilières dans le Marais ?

— J'arrêterai quand tu m'avoueras que nous vivons ensemble.

— Je te l'avouerai quand tu me diras que tu m'aimes.

— Quand je te l'ai dit il y a vingt-quatre ans, ça a mal tourné.

— Oui, nous vivons ensemble, répond Marc. Et ce, depuis mon retour des États-Unis. Pas un instant, je n'ai cherché à louer un studio.

— Même pas au début ? s'étonne Denis.

Marc secoue la tête :

— Satisfait ? À toi, maintenant. Répète après moi : « Marc, je t'aime. »

Cela ne fait aucun doute, mais Denis n'a plus jamais réussi à le lui dire après « l'incident » qui lui a valu un nez cassé.

— Chut, ils vont annoncer les résultats ! lâche Denis en fixant la scène sur laquelle le jury vient de monter.

Victoria n'est ni troisième ni deuxième. Nous retenons notre souffle, sauf le père de Victoria que rien ne semble atteindre.

— Et le premier prix de cette édition est décerné à… commence le directeur en ménageant le suspense.

— Sara Delonge… murmure Matthéo en embrassant Victoria sur la joue.

C'est le nom d'artiste qu'elle a choisi, bien que Matthéo et elle aient décidé de ne jamais se marier.

Victoria a souhaité se consacrer à la photographie pendant quelque temps et de voir où cela la mènera. Matthéo et elle avaient envie de voyager. C'est pourquoi, depuis qu'ils sont de nouveau en couple, ils accompagnent souvent Jay sur le circuit, pour le plus grand bonheur de celui-ci. Tous les trois sont inséparables. Quant à Marine, elle les rejoint dès qu'elle le peut.

— Sara Delonge, pour sa bouleversante série *Beautiful Scars*, annonce le présentateur.

Hurlements de joie de la part des membres de notre « famille », moins le père de Victoria qui se contente d'un demi-sourire, mais c'est déjà un exploit.

Victoria éclate en sanglots dans les bras de Matthéo.

— Nous allons regarder quelques images sur l'écran géant, continue le directeur. Attention, certaines peuvent heurter la sensibilité du public. Sara, je vous invite à nous rejoindre avec les deux personnes qui vous ont aidée à mettre en valeur votre travail : Matt Delonge…

Ému, Marc dévisage notre fils qui a choisi son nom de famille et pas le mien.

— … et Marc Delonge Eychenne, ajoute le directeur en nous faisant signe.

Stupéfait, Denis fixe son mari qui, peu impressionné, s'avance vers la scène. Je prends le portefeuille de Marc dans la poche de sa veste, dont je me suis couverte pour me protéger des moustiques. J'en sors sa carte d'identité qu'il a renouvelée il y a peu.

— Quoi ? s'étrangle Denis. Il a pris mon nom ?

Victoria regarde Matthéo et lui sourit à travers ses larmes. Ils semblent communiquer par télépathie. Elle s'empare du micro, pendant que derrière elle défilent ses photographies. La série s'est beaucoup étoffée depuis l'année dernière et elle compte désormais une centaine de modèles. Même la *street artist* internationale Sky a accepté de poser pour elle, dévoilant ainsi la cicatrice qui marque sa joue droite. C'est Matt qui l'a convaincue de participer au projet malgré sa réticence à exhiber ce « souvenir » de la violence qu'elle a subie.

— Je serai brève. Je tiens à remercier tous ceux qui ont posé pour moi et qui m'ont raconté leur histoire, dit Victoria avec humilité. D'abord, les membres de ma famille, puis les anonymes qui ont répondu à mon appel sur les réseaux sociaux. Sans chacun de vous, jamais je n'aurais pu accomplir ce travail, qui est aussi le vôtre. Pour conclure, je voudrais vous dire que nos cicatrices sont belles. Ce sont les témoins des combats que nous avons remportés sur la mort ou la maladie, l'oppression ou l'adversité. C'est notre histoire, soyons-en fiers. Et vive la vie !

Elle prend Matthéo et Marc par le bras et les entraîne vers les gradins où nous sommes assis. Nous, sa famille recomposée, imparfaite mais parfaite.

CHAPITRE 2
Matt
VENDREDI 21 JUILLET, 16 HEURES

Los Angeles, deux semaines plus tard…

— Matt, c'est notre tour, dit Victoria en m'embrassant dans le cou.

Surpris, je lève les yeux de ma tablette et je la dévisage. Elle éclate de rire.

— Je parie que tu étais parti *loin, très loin, dans une galaxie lointaine, très lointaine…*

Je hoche la tête et je lui montre ce que je faisais.

Nous faisons la queue pour monter sur la grande roue de Santa Monica. J'ai mis ce temps à profit pour dessiner. Pour *nous* dessiner, Victoria et moi, main dans la main sur le *boardwalk* de Venice où nous nous sommes promenés cet après-midi.

— Tu aurais pu me rajouter quelques centimètres… dit-elle tandis que nous prenons place à bord de la nacelle.

— Pourquoi ? Tu es parfaite, assuré-je en m'asseyant près d'elle.

Et c'est la vérité. Les épreuves que nous avons traversées, loin de l'affaiblir, ont fortifié l'amour que j'éprouve pour elle. Je remercie le destin que nos chemins se soient croisés à Niort il y a quatre ans et demi et qu'il nous ait à nouveau réunis à Paris.

Nous prenons de la hauteur. La vue est superbe, mais c'est Victoria que je regarde. Elle porte une paire de Converse rouges – comme moi –, une jupe courte et un top blanc à fines bretelles. Hier, elle s'est fait tatouer un arbre de vie sur l'épaule gauche. Il dissimule quelques-unes de ses cicatrices.

À présent, Victoria accepte ce qui lui est arrivé. Elle peut en parler. Elle va bien. Elle a des projets. *Nous* avons des projets.

Fonder une famille, par exemple. Il y a peu, nous avons cru qu'elle était enceinte, mais ce n'était qu'une fausse alerte. J'étais très déçu... « Et si on essayait pour de bon ? » lui ai-je demandé. Elle a été surprise, mais elle a accepté tout de suite.

La grande roue s'immobilise à son point le plus haut. Je prends la main de Victoria. Si j'étais le héros d'un shōjo manga, c'est ce moment que je choisirais pour l'embrasser. Mais je suis le héros de ma propre histoire et...

— Embrasse-moi, Matt, sourit Victoria.

Je ne me fais pas prier.

Quelques minutes plus tard, nous sommes de nouveau sur la terre ferme. Nous quittons la fête foraine et nous nous dirigeons vers Ocean Avenue.

Nous passons devant un bâtiment sur lequel on peut lire l'inscription : « *Ryōma loves Sara Victoria* » à la peinture noire. C'est mon hommage au célèbre graffeur américain Daryl Mc Cray, alias Cornbread, considéré comme l'un des pionniers du *street art* dans les années 1960. Quand il était jeune, il était amoureux d'une certaine Cynthia mais il était trop timide pour le lui avouer. Alors, aux endroits qu'elle fréquentait, il écrivait sur les murs : « *Cornbread loves Cynthia* ».

Soudain, une superbe décapotable rouge s'arrête à notre hauteur.

— On vous emmène quelque part, les amoureux ? lance Denis, assis au volant à côté de papa.

Celui-ci lui a appris à conduire alors que Jay et moi avions échoué dans cette entreprise...

— Oui, chez Jian, répond Victoria en montant dans la Maserati.

Jian est toujours à Hong Kong, mais il nous a prêté sa voiture et son *pool house*. Lui et moi, nous avons eu une longue conversation téléphonique. Les tensions entre nous se sont apaisées. J'étais jaloux de sa relation avec Victoria...

Victoria est venue à Los Angeles pour une visite de contrôle postopératoire avec le professeur Thompson. Bien sûr, je l'ai accompagnée. Denis et papa ont décidé de prendre une semaine de vacances et de se joindre à nous.

Je m'assois à l'arrière de la décapotable à côté de Victoria et je pose la tête sur son épaule. Elle entrelace ses doigts aux miens. Denis démarre en faisant vrombir le moteur.

— Frimeur, me moqué-je. Monte le son, papa ! dis-je en reconnaissant *Holiday From Real* de Jack's Mannequin.

Il s'exécute aussitôt. Il porte le T-shirt que je lui ai offert où sont imprimés les petits personnages de Keith Haring.

Cheveux au vent, je commence à chanter, bientôt rejoint par les trois autres occupants de la voiture. Une chanson de circonstance, qui vante les mérites de la Californie en été où chaque journée ensoleillée a des airs de vacances. Je pourrais bien vivre comme ça toute l'année...

Victoria se penche vers moi :

— On a réussi, Teo, me chuchote-t-elle à l'oreille. À présent, rien ni personne ne pourra nous séparer.

Je passe un bras autour de ses épaules :

— Jamais, Sara, confirmé-je en prenant un *selfie* pour immortaliser cet instant.

La photo n'est pas très nette, mais ça n'a aucune importance. Le souvenir de ce moment parfait restera gravé dans ma mémoire.

« Hey, Madeline, tu as l'air d'aller bien », disent les paroles, comme si elles s'adressaient à papa.

Lui et moi, nous sommes plus proches que nous ne l'avons jamais été. Il m'aide beaucoup dans mon travail. Lui-même a recommencé à dessiner. À présent, il signe toutes ses œuvres « Madeline ».

Et c'est vrai qu'il va beaucoup mieux. Il a pu réduire sa dose quotidienne d'antidépresseurs. Dans quelques mois, il pourra sans doute s'en passer. Parfois – c'est de plus en plus rare –, il a une journée difficile, mais Denis est là pour le soutenir. Leur bonheur fait plaisir à voir.

« Je reviendrai l'année prochaine », chanté-je à tue-tête.

Oui, je reviendrai aux États-Unis. C'est prévu. Avec toute ma famille, cette fois, quand le bébé de Marine et de Jay aura grandi. Pour l'instant, j'ai hâte de rentrer chez moi à Paris avec Victoria. Chez nous…

Tant d'aventures nous attendent.

Fin

Tourne la page pour découvrir des lectures gratuites, des romans dans le même univers et d'autres choses encore !

Tu veux prolonger l'aventure ?

Découvre l'histoire de Sky (la meilleure amie de Matthéo et Denis) dans la romance de Noël **Christmas Love : Avion, flocons et philtre d'amour** !

Un pilote anglais sexy et fauché, une street artist talentueuse et complexée, une potion mystérieuse, un aéroport bloqué par le neige...

À trois jours de Noël, je n'avais pas prévu de me retrouver coincée par la neige dans un aéroport du sud de la France... ni de renverser sur mon écharpe un philtre d'amour péruvien.

Un attrape-touriste ? Pas sûr... La potion semble affecter Jeremy, un séduisant pilote anglais qui est loin de me laisser indifférente.

Il ignore que je suis une artiste mondialement connue et je n'ai aucune intention de le lui révéler. Pas plus que mon autre secret...

Mais à trop me protéger, je risque de tout gâcher.

Laissez-vous séduire par Sky & Jeremy, installez-vous sous un plaid avec un chocolat chaud et vibrez avec cette romance de Noël pleine d'humour et d'émotions !

Disponible au format numérique et au format papier.

Merci !

Chère lectrice,

Je te remercie d'avoir lu le tome 3 de **November Love** ! J'espère que les aventures de Matt & Victoria t'ont transportée.

Tu as aimé cette histoire ? N'hésite pas à le dire avec des ★ ou à laisser un commentaire, même très court, pour que ce roman parte à la rencontre de nouveaux lecteurs et que je puisse continuer à écrire.

Ce roman est autoédité : sans toi, il n'existerait pas ! ♡

À très vite,

Laure

Quelques mots sur l'autrice
... ET CADEAUX LECTURE

Originaire du sud de la France, je me passionne très tôt pour la littérature.

Mes nombreux voyages, mes rencontres, l'art sous toutes ses formes sont autant de sources d'inspiration pour mes écrits. Mes personnages complexes nous ressemblent.

L'amour, l'amitié, la place des femmes et la quête de soi sont mes thèmes de prédilection. Ma plume est teintée de rock et de culture japonaise.

Envie de rejoindre la team de mes lectrices VIP pour des lectures gratuites, suivre l'actualité et plus encore ?
   C'est par ici : https://bit.ly/lectricesvip

Tu peux aussi flasher directement ce QR code :

Retrouve-moi sur **Instagram**, **TikTok**, **YouTube** (@laure.arbogast) ou sur **Facebook**.

instagram.com/laure.arbogast
tiktok.com/@laure.arbogast
facebook.com/laure.arbogast.romans
youtube.com/@laure.arbogast

À voir...

Films & séries

- ***Bienvenue à Gattaca*** (*Gattaca*), Andrew Niccol (1997)
- ***Carrie au bal du diable*** (*Carrie*), Brian de Palma (1976)
- ***Dark Angel***, James Cameron (2000-2002)
- ***E.T., l'extra-terrestre*** *(E.T. the Extra-Terrestrial)*, Steven Spielberg (1982)
- ***Fight Club***, David Fincher (1999)
- ***Indiana Jones et les Aventuriers de l'arche perdue*** (*Indiana Jones and the Raiders of the Lost Ark*), George Lucas (1981)
- ***Jurassic Park,*** Steven Spielberg (1993)
- ***La Guerre des étoiles*** *(Star Wars)*, George Lucas (1977)
- **Le Seigneur des anneaux** *(The Lord of The Rings),* Peter Jackson (2001)
- ***Les Dents de la mer*** *(Jaws)*, Steven Spielberg (1975)
- ***Les Goonies*** *(The Goonies)*, Richard Donner (1985)
- ***Matrix***, les Wachowski (1999)

- *Maman, j'ai raté l'avion ! (Home Alone)*, Chris Columbus (1990)
- *Match Point*, Woody Allen (2005)
- *Prometheus*, Ridley Scott (2012)
- *Retour vers le futur (Back to the Future)*, Robert Zemeckis (1985)
- *Scream*, Wes Craven (1996)
- *Snowden*, Oliver Stone (2016)
- *Sweet November*, Pat O'Connor (2001)
- *Titanic*, James Cameron (1997)
- *Toy Story*, John Lasseter (1995)

Mangas & *animes*

- *Death Note* (デスノート, *Desu Nōto),* Tsugumi Ōba et Takeshi Obata (2003-2006)
- *Fruits Basket* (フルーツバスケット, *Furūtsu Basuketto),* Natsuki Takaya (1998-2006)
- *Horutabi no morie e* (蛍火の杜へ), Yuki Midorikawa (2002)
- *Mon voisin Totoro* (となりのトトロ, *Tonari no Totoro*), Hayao Miyazaki (1988)
- *Naruto* (ナルト), Masashi Kishimoto (1999-2014)
- *Orange* (オレンジ, *Orenji),* Ichigo Takano (2012-2015)
- *Prince du tennis* (テニスの王子様, *Tenisu no Ōjisama),* Takeshi Konomi (1999-2008)
- *Vampire Knight* (ヴァンパイア騎士, *Vanpaia Naito),* Matsuri Hino (2004-2013)

Autres romans

Romance contemporaine

Série « Avec toi » (histoires indépendantes)

À Paris avec toi

Tome 1,5 : À Hambourg avec toi

À Bali avec toi

À Berlin avec toi

Saga « November Love »

Tome 1 : Âmes brisées

Tome 2 : Âmes égarées

Tome 3 : Âmes sœurs

Christmas Love : Avion, flocons et philtre d'amour *(spin off, romance de Noël)*

Seconde chance pour Noël *(romance de Noël)*

Geek in Love

Un carnet perdu, un amour retrouvé

Jamais plus *(décalé, humour, rock)*

———

Urban Fantasy

Saga « Les Liens de sang » *(bit-lit)*

Tome 1 : Innocence

Tome 2 : Éveil

Tome 3 : Vengeance

Tome 4 : Rédemption

Tome 5 : Résurrection

Shadow

———

AUTRE

Le théorème de Pythalès *(témoignage)*

Copyright © 2022 Laure Arbogast
Tous droits réservés.

www.laurearbogast.com

Couverture : © Laure Arbogast
Crédit photo couverture : Depositphotos
Portrait de l'auteure : Stéphane Franzese
Correction : Maxime Gillio

ISBN : 979-10-95602-21-7
Dépôt légal : juillet 2022
Première édition : juillet 2022

Ceci est une œuvre de fiction. Toute ressemblance avec des personnes existantes ou ayant existé serait purement fortuite.

« Le Code de la propriété intellectuelle interdit les copies ou reproductions destinées à une utilisation collective. Toute représentation ou reproduction intégrale ou partielle faite par quelque procédé que ce soit, sans le consentement de l'auteur ou de ses ayants droit ou ayants cause, est illicite et constitue une contrefaçon, aux termes des articles L.335-2 et suivants du Code de la propriété intellectuelle. »

Printed in France by Amazon
Brétigny-sur-Orge, FR